# La Douanière

ANDRÉ ROUGEOT

# La Douanière

LA NUÉE BLEUE

LE SENS D'UNE VIE

*Collection dirigée par Laïd Sammari*

Christain Proust, *En prison pour l'emploi,* 1996

Francis Loridan, *Le grand canal*, 1997

DU MÊME AUTEUR

*Flic des beaux quartiers,* Robert Laffont, 1991

Compo / gravure : Edito


ISBN 2-7165-0433-4

*A Jean-Henri Hoguet*

*A la mémoire de Bobby,*
*disparu accidentellement au retour d'une mission*

# Avant-propos

*Les personnages de cet ouvrage existent réellement. Ils sont agents des douanes et, sous de fausses identités et de fausses qualités, ont infiltré, sur ordre de leur hiérarchie, des réseaux internationaux de trafiquants de drogue. Les opérations d'infiltration menées par « X » et son équipe dans l'Est de la France et les Pays-Bas, principalement contre les trafiquants d'héroïne, sont racontées ici. Mais « Y » faisait de même dans le Sud-Est et au Maroc contre le cannabis, « Z » dans le Sud-Ouest et en Espagne contre la cocaïne. Et d'autres ailleurs.*

*Ces super-douaniers, qui se font passer pour des trafiquants, ont, pendant des années, travaillé à la limite de la légalité. Puis une loi, votée en décembre 1991, a légalisé leurs opérations d'infiltration et leur a permis de procéder officiellement à des « livraisons surveillées » de stupéfiants, pour mettre hors d'état de nuire les véritables trafiquants.*

*Les « affaires » qu'ils ont réalisées – ou, nul n'étant parfait, qu'ils ont ratées – se sont déroulées de la façon décrite, avec leur invraisemblable cortège d'anecdotes et de gags. Certaines opérations ont été recomposées ou mêlées à d'autres et les noms des agents infiltrés et des trafiquants ont été changés. D'abord, afin de préserver l'anonymat des douaniers. Ensuite, pour res-*

*pecter l'obligation de réserve imposée aux fonctionnaires (tout en sachant qu'il s'agit d'une invention de politiciens surtout soucieux d'éviter la divulgation de leurs propres turpitudes). Enfin, pour ne pas abréger le séjour à l'ombre des trafiquants, qui sont des criminels, en permettant à leurs avocats de prétexter une provocation douanière pour obtenir leur élargissement.*

*Les douaniers sont des fonctionnaires à part qui dépendent d'un droit spécial, d'un code spécifique, et n'ont qu'un patron, le ministre des Finances. Si certains gabelous revendiquent la qualité d'officier de police judiciaire accordée à certains policiers et gendarmes, d'autres la rejettent car elle leur ferait perdre leur pouvoir de transaction. Ils perdraient aussi le « droit de fouille » qui leur permet, à tout moment et sans autre autorisation que celle qu'ils s'accordent, de faire ouvrir un coffre de voiture, de fouiller un bateau, un camion, et même la cabine du chauffeur, sans « démembrement » du droit de propriété.*

*Les douaniers n'agissent pas, comme les officiers de police judiciaire (OPJ), sous les ordres des magistrats. Ils collaborent seulement avec l'autorité judiciaire. Et quand ils infiltrent un réseau de trafic de stupéfiants, si le procureur territorialement compétent coordonne leur action avec celle des OPJ (qui formaliseront la procédure), il ne les contrôle pas.*

*Une équipe de douaniers, baptisés super-douaniers par les médias, a fait les frais de ce très envié statut particulier. Au mois de mars 1991, la foudre judiciaire longtemps contenue, mais bien entretenue par la jalousie de certains OPJ des autres corps, s'abattit sur ces atypiques fonctionnaires. Formés par les spécialistes de la DGSE, le service français d'espionnage, préparés à évaluer les risques des contacts avec les trafiquants, ces douaniers étaient à des années-lumière de penser qu'ils pourraient être pris sous le feu de la justice, se retrouver en examen, et même en taule pour quelques-uns. Sur la seule dénonciation de petits truands. Dont certains avoueront, plus tard, avoir été un peu téléguidés...*

*A l'époque, le ministre du Budget, Michel Charasse, et leur patron, Jean-Henri Hoguet, les défendirent becs et ongles. La loi codifiant les opérations d'infiltration et de livraison surveillée fut même votée, à l'unanimité des députés, le 19 décembre 1991, juste avant la première audience de leur procès, à Montbéliard. Mais la justice avait néanmoins pris le temps, sinon le plaisir, de faire subir à ces douaniers clandestins un interrogatoire d'identité... public. Maladresse ? Toujours est-il que leurs véritables noms et adresses ayant été jetés en pâture aux trafiquants dont ils avaient, au péril de leur vie, tari les colossaux profits, ces super-douaniers étaient grillés à jamais.*

*Ils avaient, heureusement, la capacité de « rebondir », et ils ont sévi ailleurs. Contre le terrorisme ou d'autres trafiquants. Aucun n'a sombré dans la paranoïa nostalgique d'un passé baroudeur. Il est vrai que la préparation « dans la tête » à une retraite précoce fait partie de la formation dans ce genre d'activité.*

*Après 1991, d'autres douaniers ont pris la relève, dans le cadre de la nouvelle loi (devenue l'article 67 bis du code des douanes). Mais combien d'actions cette loi a-t-elle stérilisées ? Légiférer à outrance, c'est figer ! Et à vouloir protéger les douaniers des risques pénaux encourus en les considérant comme trafiquants durant les opérations de « coup d'achat », on a surtout remarquablement protégé les trafiquants de toute infiltration et poursuite judiciaire.*

*L'actualité en est l'illustration navrante. Le 3 septembre 1996, deux ans après leur arrestation en flagrant délit, à Toulouse, en possession de 1 200 kg de cocaïne, trois maffiosi italiens ont été relaxés. Avec les excuses de la République française. N'ayant pas été informé des conditions de leur arrestation (suite à une infiltration douanière réalisée avec l'autori-*

*sation écrite du procureur), le juge a décidé de les remettre dehors ! Mais il n'a tout de même pas ordonné la restitution de leur marchandise, illégalement confisquée selon son raisonnement... Au point où il en était dans cet « état de droit », c'eût été logique. Mais les douaniers avaient procédé à la destruction de la drogue après l'avoir saisie.*

*Si la dérision et l'humour, forme subtile d'une tristesse réelle parfois, qui parsèment ce « roman d'aventures », permettent de découvrir des réalités ignorées, les auteurs auront gagné leur pari. Et si les lecteurs éprouvent, à la fin, une certaine sympathie pour ces gabelous qui ont risqué leur vie pour un modeste traitement de fonctionnaire, celui des deux auteurs que sa fonction contraint à un total anonymat aura gagné son pari fou.*

# Opération Show

Quel mois de juillet ! Des jours et des jours de canicule. L'air immobile sent le goudron. Un petit homme pressé, la cinquantaine tapée, visage sévère couronné de cheveux blancs coupés courts sur la nuque, costume gris clair de fonctionnaire en retard d'une mode, entre dans un immeuble cossu. Aussitôt dans son bureau, au septième étage, il décroche le téléphone avant même d'ôter sa veste et aboie :

– Montez me voir !

Puis il allume une Gauloise bleue sans filtre. Il est 15 heures et il entame son deuxième paquet de la journée.

Marlène Vincenty, Mady, quarante et un ans, est commandant des douanes. Elle grimpe quatre à quatre les trois étages qui séparent son bureau de celui de Tengo. Le Vieux, comme on l'appelle dans la maison. Elle frappe un coup sec sur le battant de la porte. Un seul coup. Un jour, elle avait frappé trois fois et le Vieux avait hurlé, de l'autre côté : « C'est pas fini de tambouriner, non ? Je suis pas sourdingue ! »

Mady pénètre dans le vaste bureau en rotonde du patron des douanes et attend. Le Vieux a suspendu sa veste sur un cintre accroché au portemanteau mais il a gardé sa cravate grise serrée sur le col de sa chemise jaune paille. Le mobilier acajou offert par l'Etat à ses hauts fonctionnaires, les bibelots souvenirs des villes de garnison et les trophées qui décorent ce sanctuaire, Mady les connaît : ils lui sortent par les yeux. Surtout ceux de la Légion étrangère, exposés bien en évidence, pour signaler au visiteur qui l'ignorerait encore qu'avant de « croupir dans un burelingue », Tengo était colonel dans la Légion. Il est maintenant directeur interrégional des douanes, fonction qui correspond au grade de général. Ses lunettes en demi-lune posées sur le nez, il feint d'ignorer la présence de Mady. Il a juste émis un grognement en réponse à son salut. Cette fausse indifférence relève du rite tribal. Il espère toujours que Mady, qui pète le feu, laissera aller sa nature. Car ses étoiles de « gégène » n'émeuvent guère la jeune femme. Selon elle, dans une société civilisée, le beau sexe a droit à des égards.

– Excusez-moi, patron, j'avais cru entendre « entrez ». J'ai dû me tromper. Je reviendrai plus tard, dit-elle en amorçant un demi-tour.

Tengo lève un sourcil.

– Nannnn... Restez ! Ah ! oui... Asseyez-vous...

Le Vieux jubile. Suite du rituel : Mady doit prendre elle-même une chaise devant la table ronde réservée aux réunions. Le genre de goujaterie qu'elle abhorre. Alors, elle laisse échapper la chaise. Tengo s'y attend mais sursaute pour lui faire plaisir. Puis Mady cogne la chaise contre le bureau directorial et Tengo a un geste d'agacement. Mais il sourit. Le cinéma que se font ces deux-là est à la mesure de la réelle estime qu'ils se portent.

Tengo pose alors le document qu'il étudiait replie ses lunettes, et pointe l'index vers Mady.

– Vous faites vos bagages. Il y a un type à tamponner à Strasbourg. Trafiquant d'habitude, les flics et les gendarmes du coin ont déjà essayé de le casseroler mais ils sont trop cons. C'est un Kurde. Il dirige une société bidon d'import-export et trafique dans l'héroïne à hauteur de dix kilos mensuels. Et puis merde ! Je ne vais pas tout vous dire ! Vos collègues qui ont fait la périphe et les filoches vous expliqueront sur place.

La « périphe », l'enquête périphérique, c'est l'enquête de voisinage. En employant le même jargon que sa troupe, « périphe », « filoche » pour filature, « casseroler » pour interpeller, le Vieux se donne un coup de jeune. Il frime. Il adore frimer devant ses « gamins ». Jouer les affranchis. Parler grossièrement, même si sa voix n'est pas structurée pour l'injure. Pichenette sur le haut de son paquet de cigarettes pour faire jaillir une clope. Raté. Zéro. Mais un légionnaire ne renonce jamais. Tengo recommence. Deux fois. Trois fois. S'énerve.

– Vous jouez des castagnettes, patron ? demande Mady.

– Ah ! Vous... merde !

Il sort une cigarette entre deux doigts et l'allume avec le mégot de la précédente. Soufflant la fumée vers le plafond, il dit :

– Je dois vous avertir : l'indic est foireux. Vous ne pourrez pas compter dessus. Il a été vaguement comédien. Un raté, quoi. Vous pouvez prendre quelqu'un avec vous, mais il vaudrait mieux aller seule au premier contact. Enfin, vous décidez. C'est votre boulot, pas le mien ! Pensez à informer le Parquet si vous trimbalez un échantillon d'héro. Et tâchez de régler ça vite et bien. A mon avis, vous pouvez faire une croix sur vos vacances. Bon, je ne vois rien à ajouter. Vous avez une idée pour baptiser l'opération ?

– Euh... Show ?

– La canicule vous inspire.

– Non. Show, s.h.o.w. Comme comédien... Comme one man... Pas comme chauds les marrons !

– C'est malin. Des questions ?

A ce stade de l'entretien, quand l'opération est baptisée, Mady sait qu'il ne faut plus rien demander à Tengo. A chaque fois qu'il envoie un de ses « gamins » au casse-pipe, il a la trouille. On ne peut rien lui dire. A la moindre question, il s'empourpre, ses yeux bleus virent au gris acier et il explose : « Mais bordel ! L'analyse du renseignement, le montage, c'est votre job ! Si vous avez des états d'âme ou la pétoche, je mets vos lettres de démission en circulation ! Elles sont déjà signées, y a qu'à les dater ! » C'est ce que ses troupes clandestines appellent les « départs en blanc ».

Personne ne reproche jamais ses coups de gueule à Tengo. D'abord parce qu'il est le créateur en France de ce nouveau métier : l'infiltration de douaniers dans les réseaux de trafic de drogue. Sans lui, la vie des douze super-douaniers qu'il a sélectionnés pour en faire des clandestins dériverait encore sur l'océan de la banalité administrative. Ensuite, parce qu'il a raison un peu plus souvent que les autres. Et enfin parce que, chacun le sait, il flippe plus que ses subordonnés à chaque fois qu'il les envoie « dans la jungle ». Jusqu'à présent, il n'y a pas eu de pépin à déplorer. Pas comme chez les Teutons, qui se sont fait dessouder deux agents par les trafiquants turcs dont ils avaient infiltré le réseau. Deux en trois mois. Bien, les funérailles. A l'allemande. Défilé, étendards, musique de fifres et tout. Pour éviter de penser qu'il pourrait avoir à remettre un jour la médaille d'honneur des douanes posthume, le Vieux s'occupe l'esprit en râlant. Mais quand il ouvre la porte à Mady, car il ouvre toujours la porte aux dames, ses dernières recommandations ne varient pas :

– Et si vous sentez qu'on vous renifle, vous démontez, hein ! Pas d'héroïsme inutile !

– Tout ira bien, monsieur le directeur. Votre trafiquant n'y verra que du feu. Je vais la lui jouer en minijupe Agnès B et en solaires Cartier. Il ne résistera pas à mon bronzage Acapulco.

– Soyez prudente quand même.

En refermant la porte, le Vieux a un petit geste de la main. Ou plutôt du bout des doigts, qu'il ouvre en éventail. De sa part, c'est un témoignage d'affection qui passe pour de l'effusion.

Mady redescend en trombe. Elle partage un bureau – de transit, car sa véritable base administrative est dans l'Est – avec Robert Charvey, dit Bobby, inspecteur principal, autrement dit lieutenant-colonel. Bobby, muni d'un simple baccalauréat, a bénéficié de la promotion interne. Sorti du rang. A quarante-huit ans, il n'a probablement encore rien fait d'autre que se fendre la pêche. Son cri primal a dû être un éclat de rire et comme personne n'a osé lui faire observer qu'il s'était gouré, qu'il aurait dû chialer comme les copains devant toutes les horreurs que le monde lui offrait, il a continué, depuis, à se marrer en croyant bien faire. Malheureusement, le rire, ça fripe... De profil, il peut, à la rigueur, passer pour un Sioux à lunettes. Mais de face, c'est une sorte de Philippe Léotard qui viendrait de fêter son centenaire.

– Qu'est-ce qu'il voulait, le Vieux ?

Mady raconte plus qu'elle ne rend compte. Bobby est son supérieur mais surtout son complice. Il l'écoute, la bouche en groin.

– Ça va être coton, ton truc, mon bébé. Avec tes quarante-huit kilos, t'as pas vraiment le type danseuse du ventre. Les Orientaux, ils aiment plutôt les femmes loukoum.

– Fous-toi de moi ! Bon. Pour commencer, je préfère infiltrer seule. Mais si ça se corse, tu viens, hein ?

– Of côôôrse, my love !

– T'es un amour.

– Je te le prouve où tu veux, quand tu veux, tu le sais bien...

– Ah... Ton regard lascif... Je vais craquer. Mais pas tout de suite. Jamais dans la paroisse, a dit Tengo. On en reparlera donc quand je serai en retraite. Vingt ans, c'est vite passé.

– Tu me fais marcher, cruelle...

– Mais non. Tiens ! Si tu veux, on réserve l'hôtel tout de suite.

Sur cet engagement pris un peu à la légère, Mady appelle Marguerite Pomarède, la secrétaire de la cellule clandestine.

– La Pomme ? Il me faut une réservation pour Strasbourg et une voiture à la gare... Plutôt une BMW... A l'Altéa du pont de l'Europe, la chambre. Dans une demi-heure ? T'es un ange. Bien sûr, que j'y pense.

Lors de chaque nouvelle opération, la Pomme rappelle aux infiltrés qu'ils doivent lui remettre leurs vrais papiers avant de prendre les faux. Ou plutôt les vrais-faux, car ces documents sont fabriqués spécialement pour la cellule clandestine des douanes par la préfecture de police. C'est Tengo qui a obtenu ça. L'infiltration d'agents des douanes dans les réseaux de trafiquants de stupéfiants n'étant pas prévue par la loi, et les infiltrés risquant de se faire prendre, mieux vaut qu'ils n'apparaissent jamais comme gabelous dans les procédures judiciaires qui pourraient s'ensuivre.

Rapatriée d'Algérie, cinquante-quatre ans, Marguerite Pomarède est arrivée à la Direction nationale des recherches et enquêtes douanières (DNRED) dans les bagages du Vieux, qui est allé la pêcher à la DGSE, le service du contre-espionnage, où, murmure-t-on, il a lui-même servi au temps où la chose s'appelait encore SDECE.

La Pomme s'occupe de louer Mercedes, BMW et autres grosses cylindrées indispensables aux douaniers infiltrés. Pour être pris au sérieux par les trafiquants internationaux, il faut jouer la même partition avec les mêmes instruments.

La Pomme fournit aussi les fausses plaques pour les bagnoles, françaises ou étrangères selon les besoins. Elle en a une pleine armoire et dispose d'un plein tiroir de fausses cartes grises qui vont avec. Bien sûr, c'est elle qui détient les panoplies des faux papiers de l'équipe : cartes d'identité, passeports, cartes de Sécu, chéquiers, etc.

Si un téléphone a besoin d'être écouté et que les collègues de la PJ ou de la gendarmerie rechignent à rendre service, la Pomme active ses anciennes relations des services secrets qui se font un plaisir de brancher une écoute sauvage pour lui être agréables. Ou, pour être plus exact, qui se faisaient un plaisir : grâce à Tengo, des douaniers ont été formés et équipés par la DGSE et ils font très bien eux-mêmes ce délicat boulot.

En revanche, le Vieux se charge en personne des vraies-fausses cartes de crédit, dont il faut négocier l'établissement directement avec les pontes des grandes banques censés garder mieux les secrets que les sous-fifres, et parce qu'il faut approvisionner les comptes, ce qui représente parfois beaucoup de pognon. Car les « trafiquants » de la cellule de Tengo doivent dépenser autant que les vrais pour être crédibles. La seule action entreprise en solo par le Vieux, l'établissement des fausses cartes de crédit, n'a pas été un franc succès... Il n'a donné que des prénoms masculins alors qu'il avait recruté deux « bonnes femmes ». Résultat : Mady s'est retrouvée un jour à régler une note de Novotel avec une Visa Premier au nom de Robert Lanvin. Les cartes suivantes furent donc établies avec des prénoms mixtes. Dominique, par exemple.

Les trafiquants, les gros, ceux que ciblent les douaniers, ne sont pas nés de la dernière pluie. Ils vont chercher à vérifier si leur nouveau client est réellement ce qu'il prétend être : un garagiste, un patron de bar, une gérante de magasin de prêt-à-porter au deuxième sous-sol du Forum des Halles, à Paris, comme Mady, ou un directeur d'agence de voyages un peu minable du neuvième arrondissement de Paris, comme Bobby. C'est encore la Pomme qui loue les bureaux et les boutiques où ils sont censés exercer leur activité. Elle se charge donc de la rédaction des statuts des fausses sociétés et de leur dépôt au greffe du tribunal de commerce, au cas où un truand maladivement curieux aurait l'idée d'aller y mettre son nez. Les douaniers apparaissent donc officiellement dans leurs fausses entreprises sous les identités fausses qui leur ont été attribuées.

Mady avait juste eu le temps de passer chez elle, à Montparnasse. Une douche vite fait, une poignée de fringues et des bricoles de toilette à la volée dans un vrai sac Vuitton, et taxi pour la gare de l'Est. Une gare pourrie pour desservir une ville que la France voudrait capitale de l'Europe. Quatre heures de train pour aller à Strasbourg !

Les trois douaniers strasbourgeois en charge de l'indic qui a balancé le trafiquant kurde attendent Mady à « l'Amandier », le bar de l'hôtel Altéa. Brèves effusions et ils l'accompagnent dans sa chambre pour le rapport. Durée de l'entretien : trente secondes.

– Mais c'est de la merde, ce dossier ! hurle Mady. Y a rien dedans ! Y a même pas une photo du truand ! Qu'est-ce que vous avez branlé ?

Evoluant depuis des années dans un univers de machos rouleurs de mécaniques bien huilées, Mady a fini par adopter le langage ambiant. Après tout, un chat s'appelle un chat.

– Vous êtes dingues ! Vous nous avez alerté trop tôt. Je vais au casse-pipe, moi. Le mec à tamponner n'est même pas logé. Y a pas son adresse ! Où il crèche ? A quoi il passe ses journées ? Y a que dalle ! Si, quand même, y a son nom. Ismet. Ça me fait une belle jambe...

– Mady... implore Noël Kuony. On pensait pas que le Vieux enverrait quelqu'un si vite. On a téléphoné ce matin ! Juste pour indiquer un casserolage possible. On n'a même pas encore faxé la note de synthèse !

Mady hausse les épaules.

– Vous connaissez le Vieux, non ? Un vrai môme. Vous lui donnez un jouet et vous voudriez qu'il n'y touche pas ? Fallait attendre avant de vous faire mousser.

– Bah ouais...

– Bon. Je vais discuter directement avec l'indic. Elles sont pas claires ses motivations, et je me demande s'il a bien compris le contrat. On se revoit demain.

Les gars du terrain connaissent Mady depuis une dizaine d'années, quand, jeune lieutenant frais émoulu de l'Ecole des douanes, elle avait débarqué à Strasbourg, au poste du pont de Kehl. Pour contrôler et fouiller les camions. Pendant trois ans. Elle était ensuite passée aux « op-co », les opérations commerciales, un service d'enquête pointu. Elle avait réussi quelques beaux coups, cette teigne, et sa réputation de « tueuse » de contrebandiers était parvenue aux oreilles du Vieux, qui s'y était intéressé quand il avait créé la cellule clandestine anti-stups.

– Et si on se retrouvait pour boire un coup tous ensemble, quand t'auras largué l'indic ? propose Noël Kuony.

– Pas ce soir, Nono... Je suis crevée. Vous m'en voulez pas, les copains ?

Seule dans sa chambre, Mady allume la télé pour créer un fond sonore. Elle ne sent pas l'indic. Il peut jouer le jeu sincèrement, ayant pigé qu'il encaissera sa prime d'aviseur de cinquante mille balles une fois le Kurde casserolé, et qu'on lui foutra à peu près la paix jusqu'à l'affaire suivante, car un indic n'est jamais totalement quitte. Mais il peut aussi avoir été manipulé par les truands pour monter un « chantier » contre les agents undercover de la bande à Tengo.

Sonder un indic, un aviseur, c'est tout un art. On travaille dans la pâte humaine. Autant dire dans le vide. Il faut faire appel aux connaissances emmagasinées, des plus humbles aux plus trapues. « Avec un pourcentage d'erreur allant en asymptote vers l'infini », lâchait parfois Mady, qui avait fait aussi math sup et math spé, avant une maîtrise de droit avec mention et une licence de chimie. Des études engagées au hasard par une petite jeune fille de la petite bourgeoisie qui n'avait rien d'autre à faire qu'à se remplir la tronche en attendant un beau mariage. Etudes qui allaient se révéler parfaitement ciblées pour devenir agent infiltré anti-stups. Mais Mady se faisait aussitôt pardonner l'intrusion du mot asymptote dans son propos en ajoutant, à l'attention de ses collègues moins doués en classe : « Une erreur d'appréciation, et c'est un pruneau dans le bide. » A ces mots, chacun se sentait intelligent. Bien sûr, des stages sont organisés pour enseigner l'art de recruter un aviseur, autrement dit lui mettre un fil à la patte pour ne plus le lâcher, et comment le traiter, en clair presser son jus jusqu'à la dernière goutte. Mais rien ne remplace la vérité d'un contact personnel. « C'est comme la nudité dans les draps, disait Mady. Il y a des gestes, des mots, des ruses... Mais on éprouve, ou pas ! »

Un vrai merdier, ce métier d'agent infiltré. Il faut être crédible comme trafiquant mais sans cesser une seconde de « penser douanier ». Rester en permanence sur ses gardes. Se méfier de l'adversaire, et se méfier de soi-même, de son propre enthousiasme. Il s'en faut à chaque fois d'un cheveu pour commencer l'exécution d'un acte illégal, avec cette loi floue en matière d'infiltration. On peut infiltrer, à une seule condition : réussir. Si ça foire, la justice sera sans pitié. Pour le douanier, évidemment. Car le plus répugnant des trafiquants, l'ordure qui a quelques overdoses sur la conscience, sera relâché par le juge, et parfois avec des excuses, si « l'odieuse provocation douanière » dont il aura été victime est démontrée. Infiltrer, c'est jouer le truand en bouffant, buvant, dansant dans un milieu d'étrangers allant du camé de base minable et souvent pitoyable au truand fiché au grand banditisme. « Fiché », parce qu'on n'a pas été fichu de le coxer. Il faut infiltrer sans connaître un seul mot de la langue de l'adversaire. Et maintenant, en pensant aux deux collègues allemands refroidis...

Un œil sur la télé, qui diffuse une connerie. « Si seulement je m'étais embarquée avec les copines dans les thés-réunions Tupperware, pour tromper l'ennui et les maris, au lieu de jouer cette comédie mortelle ! se dit Mady pour oublier qu'elle commence à flipper, comme au début de chaque nouvelle opération. Nous aussi, c'est profession menteur, comme les acteurs. Mais on n'a pas le temps d'apprendre le rôle. D'ailleurs, ça ne servirait à rien. On doit sans cesse improviser, s'adapter au jeu et aux répliques de l'autre. Et quand le rideau tombe, il faut vite disparaître. Retourner dans la clandestinité pour préparer un nouveau numéro. Bon... Allons voir ce con. » Avant de sortir, Mady s'examine dans la glace et se passe un Kleenex sur les ailes du nez.

Au restaurant de l'Altéa, elle sirote un baby en attendant l'indic. Horreur ! C'est une caricature de demi-sel qui se pointe. Un rasta quadragénaire déjà grisonnant ! Paire de Ray-Ban made in Singapour sûrement piquée dans un Prisu. Fausse Rolex achetée à un vendeur à la sauvette. Futal en accordéon. Manches de veste retroussées sur une doublure toile à matelas. Au poignet droit, des gourmettes en laiton plaqué qui sonnent creux. A hurler ! En plus, il a déjà pas mal picolé.

Apéritif, bourgogne et digestif : Mady lui fait la totale. Saturé d'alcool. A l'abri des microbes pour trente ans, le mec ! Avec son coup dans le nez, il se prend pour Rambo. En plus con ! Mady lui répète une énième fois son rôle de troisième couteau.

– Demain, tu me conduis dans le restau de ton Kurde, on déjeune, tu nous branches, et tu disparais au dessert. Après, je me débrouille. Tu piges ?

– Vous croyez que vous pourrez, toute seule ? demande-t-il d'une voix pâteuse. C'est des méchants, ces mecs-là.

– Bien sûr, que je pourrai. Bon. On se quitte. Tu sors le premier. Sécurité.

Sécurité ? C'est surtout que l'indic n'a rien d'un jumeau de Christophe Lambert. L'idée que des clients pourraicnt croire qu'elle va se faire sauter par ce rasta décrépit n'enchante pas Mady.

Annoncer au boss que l'affaire est en marche. Que l'indic frise la débilité mais qu'il est fiable à 80 %. Que les locaux vont compléter d'urgence leur périphe. Façon de faire comprendre à Tengo qu'il l'a envoyée un peu vite dans le dur. Message reçu cinq sur cinq, puisqu'il pousse une gueulante :

– Qu'est-ce qu'ils ont glandé, ces cons ?

– Patron... y a pas trois jours que l'indic leur a donné le Kurde. Faut le temps...

– Ah ! vous, ça va ! Ne les défendez pas, espèce de gauchiste ! Ensuite ?

Mady expose l'embryon de plan en gestation dans son cerveau.

– Bon. C'est pas mal. Mais pas d'imprudences, hein ? Au revoir.

« Pas d'imprudences... » Tu parles ! Accepter de jouer les truands, risquer d'en prendre une si la ruse est éventée, au lieu de tirer ses trente-neuf heures hebdomadaires à compenser le stress du fonctionnaire en persécutant l'usager, c'est ça, l'imprudence.

Après une courte nuit, Mady téléphone à Noël Kuony, le chef des agents de terrain locaux, et lui donne ses instructions pour la journée.

– Pas de filoche aujourd'hui, Nono. Ni avant ni après mon rendez-vous. Pas de risque. Le restau où je déjeune avec votre indic en ruine sert de base aux Kurdes. Ils doivent se sentir chez eux. S'ils ont des observateurs aux alentours, une tronche inconnue les mettrait en alerte. Alors, on les laisse occuper le terrain aujourd'hui encore. Je te rappelle ce soir.

A midi, un taxi dépose Mady devant la cathédrale. Elle a rendez-vous au bout d'une ruelle qui débouche sur le parvis, dans une winstub, un bistrot à vin typiquement alsacien. Sauf que le patron est yougoslave...

– Son frère est au trou à Bâle, explique le rasta. Les douaniers suisses l'ont serré avec quatre kilos d'héro.

Boiseries foncées des murs, gravures austères, abat-jour, nappes et petits rideaux rouges, le décor sinistre semble avoir été étudié pour que le client ne lève pas le nez de son assiette. Erreur tactique : la bouffe est débectante et pour faire revenir le client, mieux vaudrait détourner son attention de la nourriture. Le rasta, qui avait chipoté la veille sur la cuisine élaborée du « Liseron », se jette sur les morceaux de graillons, abusivement baptisés charcuterie-maison, qu'il aspire bruyamment. Pas moyen de couper le son. Gerbant. Mady se console en se disant que sa conversation insipide rétablit l'équilibre.

Au bout d'une demi-heure, entrée du Kurde, flanqué de deux comparses. Trente ans. Pas loin du quintal. Comportement de caïd. Kojak avec des cheveux. L'un de ses gardes du corps a le visage granité. Souvenir de petite vérole. Visiblement, c'est pas le jour où il pense. L'autre, énorme tas de graisse, doit être interdit de piscine municipale, en vertu du principe d'Archimède : déplacerait trop de liquide de bas en haut à chaque plongeon et inonderait les abords.

Le trac qui tenaillait Mady depuis son arrivée dans la winstub disparaît d'un coup. Elle est « au contact » et, bien que rien ne se passe encore, la bagarre est engagée. Elle ne pense plus qu'à écraser la vermine. Obsession sanitaire qu'elle tient sans doute de son père, un ancien du service Action du SDECE. Mady doit vaincre pour des tas de raisons. Parce que Tengo lui fait confiance et que le Vieux, on ne veut pas le décevoir. Parce qu'elle a un besoin constant de se remettre en cause, de se prouver qu'elle peut faire aussi bien que la fois d'avant, à défaut de faire mieux. Parce qu'elle hait la routine. Parce que ce boulot d'infiltration ne répond à aucune règle, qu'il faut sans cesse inventer, se réinventer, et toujours faire confiance à son instinct. Il faut aussi deviner les pensées de l'adversaire. Essayer, en tout cas. Et le plus dérisoire : il faut risquer sa peau pour dix-huit mille balles par mois tout compris, autant dire pour des clopinettes. Mais il y a tout de même la prime de risques, cinq cents francs mensuels, et les heures de nuit, payées cinq francs quatre-vingt-trois de plus l'unité. Après de longues luttes syndicales... Mais le plaisir a-t-il un prix ?

Contact. Kurde et rasta s'interpellent. Le Kurde est un rapide :

– Tu présentes ta copine ? demande-t-il en plongeant les yeux dans la large échancrure du corsage de Mady.

– Marlène. Elle vient de Paris. Elle est dans les affaires. Ismet, un copain de Strasbourg.

Le rasta a énoncé le curriculum vitae de Mady avec l'once d'admiration dans la voix qu'elle lui avait recommandé d'y mettre. Et il ne se démerde pas mal, l'ex-comédien. Effet immédiat. Ismet clignote comme un sapin de Noël. Une petite brune pas trop mal roulée, de Paris, dans les affaires... Il se penche sur sa chaise, essaye d'apercevoir les jambes de l'oiseau rare. Et en avant la musique... Mais l'instrument d'Ismet, c'est plus le cor de chasse le soir au fond des bois que la flûte traversière.

– Vous faire quoi ? Moi, j'ai société ici. Moi aimer beaucoup voyages.

Ismet n'a pas encore lu Proust. Mady s'en fout. Il fonce tête baissée dans son jeu et c'est inespéré. Alors elle minaude, décroise lentement les jambes pour serrer les genoux. Elle commence la séance de torture, comme dit le Vieux. Elle pose son personnage entre la femme d'affaires qui a de la classe et la « pas farouche », l'affaire tout court, quoi. L'ambiguïté nécessaire, toujours. Distinguée, un peu. Sexy, vaguement. Mais dans la tête, douanier. Ismet tourne autour de l'hameçon, la gueule grande ouverte.

– J'ai une boutique de prêt-à-porter au Forum des Halles. Vous connaissez le Forum ? interroge Mady.

Ismet dit « oui-oui ». Subjugué, il ne peut qu'acquiescer.

– J'ai ouvert récemment un rayon de lingerie féminine, poursuit Mady en jouant avec sa boucle d'oreille, et j'organise des défilés de présentation tous les deux mois. Ça marche bien.

– Avec des mannequins ? s'enquiert Ismet.

– Bien sûr ! On ne peut apprécier l'élégance et la finesse d'un sous-vêtement que sur le corps d'une femme. Six jeunes filles ravissantes présentent ma collection. Le prochain défilé a lieu dans trois semaines.

– J'ai connu mannequin. Elle voulait marier avec moi. Mais moi, pas voulu, dit Ismet en agitant son index en signe de dénégation.

« C'est vraiment con, un mec », pense Mady en jetant un regard oblique vers son indic. Il sue à grosses gouttes, Rambo. La chaleur ? La trouille ? La libido ? Tout à coup, un doute : ce ringard se came pas, au moins ? Ces yeux glauques, cette suée soudaine... Il y a urgence à le larguer. Qu'il se mette pas à danser le flamenco. C'est pas le moment. Pas quand le trafiquant accroche. Elle propose un café-cognac aux Kurdes. Ismet et ses gorilles rapprochent leur table.

– Dans quelle branche exercez-vous votre activité ? demande-t-elle.

– Import-export, tous les pays. Habits, meubles, cuirs, voitures. Tout, précise-t-il avec un sourire de coyote rafraîchi à l'émail-diamant.

– Vraiment ? J'aimerais bien voir vos cuirs. Mon ensemble est une sous-marque de Lanvin. Les prix de cette maison sont trop élevés pour la clientèle jeune que je cible.

Pendant qu'elle délaye sur ce sujet, le Kurde jauge cette étrange nana, phosphore sur son look cuir, sur son fric, sur ses mannequins demi-putes. Et Mady lit dans son œil maquereau-velours qu'il se demande aussi, dans sa langue natale, si elle ne serait pas l'occasion de concilier l'utile et l'agréable.

– Vous passer, si vouloir, à ma société. Je montrer à vous des catalogues et des modèles.

Mady saisit l'offre au vol pour expédier l'indic qui se noie dans son jus huileux :

– Mon chou, je suis désolée... On se retrouve ce soir pour dîner ? Je crois que monsieur peut me fournir exactement les marchandises que je cherche.

Le Kurde se renverse sur sa chaise et glisse ses pouces dans sa ceinture. Ses larges mains sont tapissées jusqu'aux ongles de poils noirs et drus. Il porte au cou un ridicule foulard blanc gorgé de sueur grasse, noué comme une ficelle autour d'un rouleau de toile cirée. Sa chemise, blanche aussi, s'ouvre sur plusieurs larges chaînes en or. D'un mouvement de menton, Ismet renvoie ses gorilles et commande deux autres cognacs. Ravalant le dégoût physique et moral que lui inspire le trafiquant, Mady le laisse faire son numéro désolant de mâle langoureux. Sa stratégie semble prendre et elle ne veut pas ralentir la manœuvre.

– Cher monsieur, je ne voudrais pas abuser de vos précieuses minutes. Voulez-vous me conduire à votre entrepôt ? Je serais ravie de consulter vos catalogues.

Puis elle demande l'addition.

– Non. Moi payer, dit Ismet.

– Pensez-vous ! Je passerai ça sur le compte de ma société.

Dans la boîte du Kurde, juste derrière le restaurant, flotte une odeur de moisi et de café « bouillu ». Des éléments de cuisine récupérés composent le mobilier de bureau. Des classeurs traînent un peu partout, jusque sur le sol jamais nettoyé. S'il y a des serpillières dans cette entreprise, elles sont sûrement réservées à l'exportation.

– Mon associé, dit Ismet.

Un Maghrébin d'une trentaine d'années s'extrait d'un vieux fauteuil de cuir. Obséquieux. Bavard. Il dit avoir « fait la fac de Strasbourg ». L'envie qu'a Mady de lui demander : « Vous avez fait le terrassement ou le gros œuvre ? » la fait sourire, ce que l'Arabe prend pour une marque de considération. Du coup, il lui offre un café. Cette fois, Mady se force à sourire : cafetière boueuse et tasses poisseuses, bien en vue sur une chaise en Formica, n'incitent pas à la dégustation. Mais la transposition du rite du thé à la menthe ne se refuse pas, sauf à blesser son hôte. Et Mady est là pour faire ami-ami avec toute la bande.

Pendant près d'une heure, ils parlent cuir, marques, prix, remises quantitatives, délais de livraison. Conversation totalement irréaliste pour la douanière qui ne commandera jamais rien. Ismet sera au trou avant. Si tout se passe bien. De temps en temps, l'associé arabe saisit un commentaire au vol et s'offre une digression sur le symbolisme des contes des Mille et Une Nuits ! Pas con, ce qu'il dit.

Vers 17 heures, Mady reprend l'offensive.

– Je crois que nous pourrons faire affaire. Je vais réfléchir et je vous enverrai ma commande par fax dès mon retour à Paris. Vous avez une télécopie ? demande-t-elle pour inférioriser ses interlocuteurs.

– Euh... c'est en cours, répond l'associé.

– Par lettre, alors. Je peux appeler un taxi pour retourner à mon hôtel ?

Ismet file aussi sec un coup de croc sur l'appât.

– Moi raccompagner vous, propose-t-il.

Mady exulte intérieurement : « C'est trop beau ! Ce con avale l'hameçon, le fil, la canne et le moulinet ! » Brève euphorie. Le plus déglingué des taxis de la cordillère des Andes passerait, à côté de l'épave qui sert de voiture à Ismet, pour le carrosse du sacre de Napoléon. Intérieur option poubelle, sa caisse. Mais poubelle garnie. Des colonies de bestioles variées ont dû élire domicile dans les peaux de mouton qui recouvrent les sièges et profiter de la chaleur pour y proliférer. Elles ont la nourriture sur place. Mady tire sur sa minijupe en cuir et s'assoit au bord du siège, pour éviter tout contact de sa peau avec une faune qu'elle imagine grouillante.

La circulation est dense et la chaleur plaque les gaz d'échappement au sol. Le Kurde profite des ralentissements pour zyeuter ses cuisses. Alors elle lui propose de boire un dernier verre au bar de l'Altéa. Il accepte et a le bon goût de garer son épave à l'écart du parking principal. Dans le hall, elle lui montre le bar :

– Vous m'attendez ? Je vais poser ma veste.

Dans sa chambre, elle téléphone à la douane locale, où Noël Kuony attend son appel. Sans doute en se rongeant les ongles de la main gauche et en crachotant les morceaux autour de lui, en demi-cercle, comme pour marquer son territoire. Cet anxieux se charcute uniquement la main gauche. Curieux tic.

– Nono, ça roule ! Je te rappelle ce soir d'une cabine. Maintenant, on fait gaffe à tout.

Elle rejoint Ismet. Il est devant un whisky-coca. Elle commande une orange pressée. Et parle du business fluctuant de la mode. Des clients souvent difficiles.

– Sans compter, ajoute-t-elle ingénument, qu'au Forum, il y a un tas d'emmerdeurs qui se droguent.

Ismet ne répond pas mais il pose son menton au creux de sa main. Signe qu'il a percuté.

– Certains de mes clients snobs se shootent un peu. Pas les vôtres ? demande-t-elle.

– Il y en a... concède Ismet en croisant les jambes.

– Le plus fort, c'est qu'ils me demandent de les fournir. Comme si c'était facile...

Ismet fixe Mady. Trois secondes de réflexion et il attaque :

– Moi, plus toucher la drogue. Mais j'ai copains. Si tu cherches, on peut voir eux.

Mady feint la surprise, semble réfléchir, et dit comme pour elle-même :

– Pourquoi pas ?

– Si t'as l'argent, je peux te faire rencontrer les types. Mais moi, je veux rien savoir. Je touche plus la dope.

Ismet a tutoyé Mady. Il admet donc qu'ils sont du même monde. Il n'a pas encore promis d'apporter dix kilos d'héroïne lui-même, mais il a reconnu être dans le circuit. On peut causer.

Moment sublime. Mady sait que le big boss de la came dans la région, c'est lui. Il le confirme en se montrant modeste, prudent. Et son français s'améliore de minute en minute. Sujet, verbe, complément, quand il s'agit de parler d'affaires véritables, il sait les aligner. Il vante aussi la qualité de la dope de ses « copains », puis demande à brûle-pourpoint :

– Comment t'as connu le con avec toi tout à l'heure ? C'est un mec qui parle aux flics !

Branle-bas de combat mental. Mady avale son jus d'orange de travers, exprès, toussote dans le creux de sa main, c'est toujours dix secondes de gagnées pour réfléchir, et s'étonne :

– Tu crois ? Non... Pas ce clampin ! Je l'ai connu à Paris, c'est un comédien raté qui crève la dalle en bossant pour des radios privées de merde. Un pauvre mec. J'ai pitié de lui.

Ismet arque les sourcils, l'air de dire : « Je t'aurais avertie », et répète :

– Il parle aux flics...

Visiblement, il cogite aussi à toute vitesse. La question qui cogne dans sa tête, inévitable parce que vitale pour lui, se lit dans ses yeux : « Et si la gonzesse était un flic ? » Ne pas lui laisser le temps de réfléchir.

– Ecoute, Ismet. Tout con et pute qu'il soit, il a permis qu'on se rencontre, non ? Alors, on boit un coup à sa santé et on le vire ! Je te donne mes coordonnées et on se retrouve rien que nous deux, pour voir la dope de tes copains. OK ?

Ismet ouvre les bras et éclate de rire.

– T'es sacrée gonzesse ! OK ! Tu me plais. T'amènes des copines et on va en boîte.

« On progresse encore, remarque Mady. Maintenant, il emploie un langage de caïd. Il connaît même l'argot, la vache ! » Battant des paupières, rieuse, elle lui tend la carte de sa boutique parisienne.

– C'est ma ligne directe. Comme je m'absente souvent, j'ai un répondeur.

En fait, ce numéro aboutit dans son bureau, sur un poste spécial qui, en temps réel, bascule les appels dans les bureaux de douanes de province où elle prend parfois ses quartiers.

Ismet se fait maintenant peloteur. Attention, danger ! Mady doit casser ses élans sans le vexer, car elle a compris qu'il a inscrit à son programme de la sauter. D'ailleurs, ça devient clair :

– On sort ensemble, ce soir ?

Mady fonctionne à mille à l'heure. Elle prend un air ravi, puis navré.

– Oui. Bonne idée. Mais non, je suis bête... Je ne peux pas. T'as entendu, tout à l'heure ? J'ai demandé à l'autre cave de venir bouffer avec moi.

– Dégage-le !

Mady semble se laisser tenter, puis renonce à regret :

– Non. C'est pas prudent. S'il est comme tu dis, il risque de suspecter nos projets.

Les numéros de funambule, Mady adore. Elle se fait enjôleuse.

– Ecoute, Ismet. Je suis sûre qu'on va faire des trucs fantastiques, ensemble. Je le sens. Mais je ne suis jamais tombée. Et là, il y a un risque. Toi aussi, t'es un pro ? Alors, contacte tes copains, téléphone-moi vite, et si tes prix et ta qualité me bottent, on fait affaire. Et après, on s'amuse.

Mady voudrait bien qu'Ismet aborde le chapitre des conditions de livraison. Prix, délai, lieu... Si elle en parle la première, à tous les coups il va subodorer le piège. Car les flics sont toujours trop pressés d'en finir et les trafiquants les reniflent à cause de cette précipitation. Mais Ismet n'a plus qu'une idée en tête : se faire la petite brune aux yeux noirs, dont les tétons pointent sous le t-shirt et qui garde serrées sous la minijupe ses fines cuisses bronzées. Devant l'indifférence de Mady à ses regards appuyés, Ismet doit maudire l'Occident d'avoir laissé les femelles prendre autant d'indépendance.

Cependant, le trafiquant ne fait pas que fantasmer. Une partie de son cerveau reste sur le qui-vive. En quittant Mady devant l'entrée de l'Altéa, il regarde autour de lui et grimace :

– Je n'aime pas cet hôtel.

Pas étonnant. Devant l'espace dégagé du parc de cinq hectares qui entoure la bâtisse, il doit se sentir aussi à l'aise qu'un lapin de garenne sur un terrain de football.

Dans sa chambre, Mady se laisse tomber sur son lit. Epuisée nerveusement. Les yeux clos, elle oublie tout pendant quelques minutes. Trois ou quatre. Puis elle se relève pour noter succinctement les détails de sa vie inventés au cours de la conversation, pour bien s'en imprégner et rejouer le même personnage à la prochaine rencontre. Ismet n'aura rien oublié, lui. Un menteur professionnel doit avoir une mémoire infaillible. Ou un calepin...

Appeler Manuy. Le docteur Manuy, chirurgien, son petit copain. Entendre sa voix pour décompresser. Mady compose le numéro du cabinet privé. « Le docteur est en consultation », répond la secrétaire d'une voix aimable.

– Zut ! Passez-le moi quand même. C'est Marlène Vincenty.

Mot de passe... Grésillements de poste qu'on transfère, et une voix curieusement grave et juvénile à la fois :

– C'est toi ? Je peux te rappeler ce soir ?

– Ben non. Je suis en opération. Je dois faire un débriefing de la journée avec les collègues et on n'a pas déterminé le lieu. Je pense à toi, mon docteur. Tu me manques. J'ai envie que tu m'auscultes partout...

– Oui, bien sûr, je comprends, répond-il d'une voix neutre. Je suis avec un patient. Donne-moi ton numéro, je te rappelle dans cinq minutes.

Toujours le même dialogue entre eux : je t'aime, tu me manques mais je ne suis pas seul, ou je n'ai pas le temps. Mady voudrait lui téléphoner un soir, à Manuy. Chez lui. A l'heure du dîner. Quelle importance puisqu'il n'y a plus rien entre sa femme et lui ? A part les convenances. Mais il y tient, aux convenances, le toubib. Mady l'agresse un peu, et concède le numéro de l'Altéa.

Mady est divorcée depuis six ans. Son ex est substitut général dans une cour d'appel de l'Est. Pas très loin... Distingué, l'ex. Disponible. Neutre. Raisonnable. Chiant, quoi, à la longue... Mady ne sait plus très bien qui a commencé à parler de divorce. Peu importe. Chacun y pensait déjà dans son coin. Lui ne supportait plus d'être décoiffé par cette petite bonne femme pétaradante qui troublait la quiétude du domicile conjugal. Et elle, elle en avait marre d'être obligée de le pousser comme un caddie pour l'emmener au restau ou au ciné. « Finalement, dans la journée tu envoies les mecs en taule, et quand c'est fini, tu rentres à la maison et c'est nous que tu boucles. J'ai l'impression de vivre au dépôt ! », lui avait-elle reproché un jour.

Mûrs pour des adieux courtois. Sans enfant, une seule question s'était posée au couple : qui va garder le chat ? On ne pense jamais au sort des animaux du divorce. Le chat, déjà vieux, n'avait pas supporté la séparation de ses maîtres : il était mort au bout de quinze jours. Et il ne restait plus de leur union qu'une amitié entretenue par quatre ou cinq dîners annuels.

La sonnerie du téléphone interrompt le flash-back qui, de toute façon, arrivait à sa fin. Mady ne se penche jamais longtemps sur son passé. Manuy rappelle, comme promis. Bêtifications d'amoureux en manque. Mady éprouve un vague dépit et abrège. Puis elle appelle un taxi et sort.

Il tourne en bourrique, le chauffeur. Quatre kilomètres à rouler au pas, alors qu'il y a très peu de circulation, et pratiquement en rond !

– Elle sait où elle veut aller, la petite dame ? finit-il par demander.

– Oui, elle sait ! réplique sèchement Mady. Dans le sens unique, à droite, et vous vous arrêtez à trente mètres.

Elle ne va tout de même pas se laisser emmerder par un gros bouffi à moitié chauve qui brillantine les quatre tifs qui lui pendent sur la nuque, non ? A l'arrêt, le chauffeur tend la main vers son compteur.

– Non. Laissez tourner. On va repartir.

Intrigué, il lorgne Mady dans son rétro. Elle regarde derrière elle, par-dessus son épaule.

– Vous êtes flic ?

– Vous chauffez, chauffeur.

– Pigé. On n'a pas été suivi, si c'est ce que vous voulez savoir.

– On attend quand même encore trente secondes. Après, on tourne à droite et on attend.

Mady a repéré une voiture qui s'arrêtait au coin de la rue, presque en même temps que le taxi. A l'intérieur, un couple de jeunots. Vus de loin, ils se tripotent. Mais ils peuvent faire semblant. Ils faisaient vraiment... La nana descend et le type repart dans la direction opposée.

– Conduisez-moi à une cabine téléphonique.

Mady appelle les locaux, qui lui fixent rendez-vous dans un bar de la périphérie. Le taxi passe devant, pour lui montrer l'endroit, la dépose deux cents mètres plus loin, et elle revient à pied, pour jeter un œil dans les voitures. Toujours la crainte de la filoche. Un exercice que les truands savent faire aussi.

Le quartier est animé, malgré l'heure tardive. On est en juillet, la saison des rediffusions télé merdiques a commencé, et les appartements saturés de chaleur ont été désertés. Des vieux s'aèrent en jacassant sur les bancs et des mômes cavalent sur les pelouses « verboten » sillonnées de raccourcis. Car les architectes, qui croient masquer l'indigence de leur pensée créatrice en entourant d'espaces verts leurs chiures de béton, obligent toujours l'habitant à contourner le gazon pour entrer dans les immeubles. Fatalement, les locataires retracent eux-mêmes les accès...

Dans le bar, deux locaux sont déjà attablés.

– Nono n'est pas là ? demande Mady avant d'apercevoir trois verres sur la table.

Le grand Llorca, deux mètres exactement, indique les toilettes au moment où Kuony en sort.

– Excuse-moi, Mady, mais y a qu'au cinéma que les Incorruptibles peuvent tenir trois jours sans pisser. T'as l'air crevé, toi ?

– Ce salopard d'Ismet a marché plus vite que prévu. Il est dur, la vache. Au moindre mot de travers, il est prêt à battre en retraite. Fallait suivre et ça use.

– C'est tout bon, alors ?

– La mayonnaise monte. Il doit me faire une offre. Y a qu'à attendre. On va en profiter pour affiner la périphe. Vous surveillez ses mouvements au large, hein ? Qu'il ne se sente surtout pas observé.

Même une fraction de seconde. Toi, Llorca, tu t'y colles une fois, après tu restes au bureau. T'es vraiment trop voyant et il est sur ses gardes. Alors, gaffe ! Ce mec, c'est dix kilos d'héro par mois. On n'a pas affaire à un enfant de chœur !

– T'inquiète pas. On est bons trois jours par mois et ça tombe justement cette semaine. Un truc, au fait : t'es sûre qu'il y a des chœurs, dans les mosquées ?

– Tiens ! C'est vrai... J'en sais rien.

– Bah, renseigne-toi et faxe-nous la réponse en rentrant à Paris.

– T'es inscrit au jeu des mille francs, Nono ? Bon, mes agneaux, je vous fais la bise. Vous informez le Vieux dès ce soir. Il attend. Vous lui dites que je rentrerai demain. Je ferai mon rapport en arrivant.

Dès qu'un contact est établi avec un trafiquant, plus question pour un agent infiltré de téléphoner de son hôtel. Surtout d'un gourbi quatre étoiles style Altéa, où les numéros appelés sont enregistrés sur ordinateur. Pour la facturation. Car on ne sait jamais si le trafiquant n'a pas quelqu'un parmi le personnel. Pas question non plus d'aller téléphoner du bureau de la douane locale pour risquer de se faire repérer.

Soirée tristounette devant la télé. A 22 h 30, Mady se fait servir un plateau repas dans sa piaule. Si seulement elle pouvait se gargariser au fil avec son Jules, pour un de ces petits échanges verbaux érotiques dont ils ont le secret. Leur téléphone rose... Tant pis. Un Leixomil et un Halcion blanc, qui vaut deux bleus, et au pieu. Curieusement, dans les draps, Mady oublie son toubib et ses pensées reviennent à Ismet et au rapport qu'elle doit faire au Vieux. Le premier train pour Paris part aux aurores.

Journée, ou plutôt demi-journée chargée en perspective. Passer à Montparnasse, chez elle, se changer et faire tourner une lessive. Une joie que ses collègues mâles ignorent, le dosage de la lessive et le choix de la température de l'eau. Ensuite, cavaler à la base affronter le regard perçant du Vieux, lui présenter la note de frais et écouter ses cris de douleurs devant l'addition. Il ne mégote jamais sur les dépenses, mais il se croit obligé de hurler comme un goret auquel on arrache la queue quand il doit parapher le relevé. C'est plus fort que lui. Le calme revenu, Mady songera à monter un autre chantier. Plusieurs casseroles sur le feu, toujours. La routine.

La journée se déroule comme prévu, sauf que le Vieux signe la note de frais sans moufter. Etonnant, et Mady se demande s'il ne leur couve pas un sale microbe...

Le soir, dîner avec Robert Charvey, Bobby, aux Fontaines Saint-Honoré, à côté du Palais-Royal, pas loin de la boîte. A ce stade de l'infiltration, la prudence recommande de faire entrer Bobby dans la danse. Le Kurde est un coriace, il faut lui opposer du muscle. Bobby dispose de 80 kilos. Les deux complices passent en revue différentes hypothèses de travail.

– C'est tout de même con de pas pouvoir relancer par l'indic, râle Bobby. On gagnerait du temps, au lieu d'attendre que ton Kurde appelle. T'es certaine qu'on peut pas essayer ? Faut qu'on garde la main.

– Il est pas crédible, le rasta. Attends de le voir... T'auras envie de te sauver. Et Ismet s'en méfie parce qu'il parle aux flics. Aux flics ! Tu te rends compte ?

– C'est honteux ! Ça frise la haute trahison ! Bon, ben... attendons l'appel d'Ismet. Ça devrait pas trop traîner, d'ailleurs, de la façon dont tu l'as fait bander. Géniale, ton idée de défilé de petites culottes. J'aurais pas pensé à ça, moi.

– Normal, t'as été à l'école chez les sœurs. Quand j'ai vu où et comment il me reluquait, j'ai compris que c'était pas la peine de le brancher bridge ou musique sacrée.

– Ils le font bien, le magret, ici, hein ? dit Bobby en suçant ses phalanges.

– Dis... que tu bouffes avec tes doigts, si c'est la mode en Haute-Patate, passe. Mais claque pas la langue, en plus. Tu me rappelles le rasta...

– Qu'est-ce que ça peut faire, on est tout seuls dans ce coin ? Et puis dis Haute-Saône, pas Haute-Patate. Allez, une petite larmichette pour me faire pardonner.

Et Bobby commande une autre bouteille.

– En attendant que ton Ismet se manifeste, tu pourrais bosser avec moi sur un autre coup. J'ai une affaire où il faut être en couple dès le départ.

– Je vais réfléchir... Tes intentions ne sont pas toujours très pures à mon égard...

– Une rose, mon bébé ?

– Quoi, une rose ?

– Oui, une rouge, s'il vous plaît.

Mady n'avait pas vu arriver la marchande de fleurs.

– Ça sent bon ? demande Bobby.

– Oui... Ça sent l'amitié.

– Dans vingt ans, tu m'as dit, pour le reste ?

Trois semaines plus tard, vers 13 heures, appel sur la ligne « boutique » de Mady. C'est Ismet.

– Faut qu'on se voie. Demain. J'ai copains à Toulouse, ils ont le tissu que tu veux.

Aïe aïe aïe ! Des Toulousains ? Y aurait-il une imbrication des réseaux qu'on ne soupçonnait pas ? Mady n'a pas le temps de faire réaliser une enquête par les locaux de Toulouse, qu'elle connaît mal. Et pas question de partir à l'aventure.

– Ecoute. Moi, c'est toi que je connais. Et puis, j'ai pas envie d'aller à Toulouse. C'est loin. Il fait trop chaud. J'aime mieux qu'on se revoie à Strasbourg. On en profite pour dîner ensemble ?

La perspective d'un tête-à-tête fait flancher Ismet.

– Bon. Si tu veux, viens Strasbourg. Tu me rappelles le matin pour dire l'heure que tu viens.

La machine s'emballe. Mais il ne faut pas perdre le contrôle. D'urgence muscler le dispositif des locaux. Prévoir une voiture. Un chauffeur. Qui sera Bobby, bien sûr. Avertir le parquet de Strasbourg que des douaniers infiltrés vont entrer en contact avec un trafiquant de stupéfiants, et qu'il y a de fortes chances pour qu'une remise d'héroïne ait lieu. Il faut donc demander l'accord du procureur pour assurer la protection pénale de l'indic, même s'il n'a pas été très actif, et pour couvrir l'infiltrée et son éventuel chauffeur. C'est-à-dire fermer les yeux sur leur provocation. Il faut aussi prévoir un dispositif léger d'observation, dès maintenant, car le réseau kurde va commencer à bouger pour sortir sa dope.

Le lendemain matin, Mady appelle Ismet et confirme son arrivée vers 19 heures. En voiture. Avec son chauffeur. Ismet tique.

– Qui c'est, ce chauffeur ?

– C'est un peu mon homme à tout faire. Toi aussi, t'as des employés dévoués, non ?

Petit accroc à la confiance. *A priori*, Ismet devrait plutôt apprécier le professionnalisme. Si elle rappliquait seule avec ses quarante-cinq kilos contre ses quatre-vingt-dix à lui, la nénette serait une sacrée cavette !

– Je t'ai choisi hôtel, dit Ismet. Le tien, j'aime pas. T'écris le nom ?

Il donne le nom et l'adresse et raccroche. Catastrophe ! Mady fonce chez la Pomme. Il faut qu'elle demande aux locaux de Strasbourg de faire d'urgence une périphe sur cet hôtel. Localisation, nombre d'entrées et de sorties possibles, existence d'un bar intérieur, d'un restau, d'un parking. Savoir si les proprios ont des problèmes avec les flics, le fisc... Bref, le max de renseignements, comme d'habitude. Si l'autre a choisi ce boui-boui, il a des raisons. Faut découvrir lesquelles. Les connaître ne donne peut-être pas une longueur d'avance, mais ça évite d'en avoir deux de retard. Ne rien laisser au hasard dans un métier où rien ne se passe jamais comme prévu...

– J'ai une Opel, propose la Pomme. Ça te va ? Immatriculée dans les Hauts-de-Seine. C'est bon ou je change les plaques ?

– C'est le 92 ? Ça colle. Je pourrais lui dire que je crèche à Saint-Cloud. Ou que j'ai un dépôt à Levallois. Ça pose socialement.

Quand Mady regagne son bureau, Bobby, debout le dos à la fenêtre, se frotte les yeux.

– J'ai eu un éblouissement...

– Merde ! Au moment de partir ! Tu veux que j'appelle un toubib ? Des piquouzes d'eau de mer, ça requinque vachement.

– Non. L'éblouissement que j'ai eu, c'est qu'on arrivait tous les deux dans l'hôtel d'Ismet, et qu'il n'y avait plus qu'une chambre avec un seul lit ! C'est un signe, non ?

– Crétin ! Le seul signe à y voir, c'est que ton subconscient est aussi con que toi, parce qu'il a pas pigé que t'allais dormir dans le couloir.

– Ah... T'as dit à ton Kurde que j'étais ton homme à tout faire, non ? En tant que gros bras, j'envisageais une protection très rapprochée.

– Obsédé ! hurle Mady en lui balançant sa gomme.

Bobby riposte par une volée de trombones.

– Obsédé ? Moi ? Eh ! Si j'avais voulu, hein ? L'opération Samovar, ça te dit quelque chose ?

Pas près d'oublier l'opération Samovar, Mady. Trois jours de planque pour loger des trafiquants ouzbeks. Redoutables, les nouveaux venus sur le marché du crime. Soixante-dix ans d'expérience de la clandestinité, à voir le KGB partout. La prudence a fini par s'inscrire dans leurs gènes. Et formés à la dure au goulag. Le genre de stage où, si t'en crèves pas, t'en sors blindé comme un char T34. T'as plus une ratiche mais tu tords une clé à molette avec les gencives. C'était peut-être ça, « l'homme nouveau » annoncé, un simple outil. Rigolade : le bourgeois a tremblé pendant des décennies dans la hantise d'un déferlement de l'Armée Rouge, et c'est la mafia qui débarque. Bref. Au bout de trois jours de planque et de filoches, Mady était pliée en deux. Mais pas de rire. Névralgie cervico-brachiale aiguë, avait diagnostiqué un toubib vosgien fier de sa science. Bobby obligé de raccompagner sa collègue chez elle, de la déshabiller et de la coucher. Un supplice : Mady ne supporte rien pour dormir et Bobby hésitait à lui enlever son string. « Quand même, je peux pas... », il avait dit. « Merde ! Ça fait dix ans que tu me promets le septième ciel, et quand t'as l'occasion de faire de l'entraînement, tu fais ta coquette ? Alors regarde ailleurs, enlève mon string, et casse-toi ! », avait-elle répondu.

– Je le reconnais, tu t'es conduit en gentleman, ce jour-là, mon pépère.

– Ouais... Mais j'ai regagné le domicile conjugal chargé d'une grosse frustration. Et la Nanette dormait.

Vers midi, Mady et Bobby déposent leurs avis de départ en mission dans la boîte réservée à cet effet au secrétariat, et direction l'Alsace.

Tout est en règle. Le procureur a donné son accord pour couvrir l'opération, en posant tout de même une condition : « Que la provocation douanière n'apparaisse surtout pas dans la procédure de flagrant délit. » Les frères ennemis du service régional de police judiciaire (SRPJ) sont en piste pour assister à l'opération et prendre la suite judiciaire de la procédure douanière, eux seuls, avec les gendarmes, étant habilités à œuvrer pour la justice. Ils ont en effet la qualité d'officier de police judiciaire que n'ont pas les douaniers. En revanche, Mady et Bobby, et une poignée d'autres collègues, sont accrédités secret défense. Barbouzes à l'occasion. Chacun son truc.

Les « locaux » ont mis en place autour de l'hôtel un dispositif léger de surveillance. Tout baigne et c'est presque d'un cœur joyeux que les deux douaniers clandestins, les yeux fixés sur la ligne bleue des Vosges, prennent l'autoroute de l'Est.

Pendant le trajet, ils évoquent tous les cas de figure possibles pour ficeler Ismet. Inévitablement, la conversation roule sur la DEA, la Drug Enforcement Agency, le service anti-stupéfiants américain, et les pouvoirs presque sans limites qui sont les siens, renforcés par l'appui total de la justice US dans la lutte de ses agents infiltrés chez les trafiquants.

– Si on pouvait agir dans le même cadre juridique que les Amerloques, comment on le coxerait, ton Ismet ! dit Bobby. On lui achèterait cinq cents grammes ou un kilo, une fois ou deux, le temps de le mettre en confiance. Et on foncerait avec dix kilos d'un coup. Et crac ! Les pinces ! Y aurait pas un petit juge de merde pour discutailler sa capacité à fournir gros, pour dire qu'on l'a provoqué, qu'on l'a forcé, que sans nous il n'aurait peut-être jamais rien vendu d'autre que des cacahuètes.

– Tu dors pas au volant, mon pépère ?

– Ça va pas, non ?

– Ah bon. Alors tu rêves éveillé...

– Non, bébé. Je pensais tout haut.

– Bah moi, je vais te dire ce que je pense tout bas : la DEA, c'est bon pour un pays qui se bouge le cul. Mais à société avachie, état de droit frileux. T'as une poignée de clowns comme nous qui risquent leur peau pendant que les autres se bouchent les oreilles et ferment les yeux. Surtout pas savoir. Démerdez-vous tout seuls, les gabelous. On doit rester clandestins du début à la fin d'une opération. Et mentir après... Comme on fait notre boulot du mieux possible, en essayant d'y croire, et qu'on a des résultats, on nous fiche relativement la paix. On a le droit de se taper soixante heures par semaine pour le prix de trente-neuf, et de se payer la différence en émotions fortes. C'est pas donné à tout le monde, alors on y va.

– Ouais. Sauf que les émotions, tu les négocies pas chez ton banquier comme les bons du Trésor. Bon, ça y est, ton quart d'heure de philo est terminé ? demande Bobby.

– Moi, qu'est-ce que tu veux, j'aime pas me crever la peau pour casseroler ces gros salopards de trafiquants pourris, et truquer pour pas choquer la morale judéo-chrétienne d'un juge à la con, qui ne se salit les mains qu'en lisant dans le journal le nombre de mômes morts par overdose. Ils n'ont qu'à y aller un peu, au contact, dans toute cette merde.

– Tu causes, tu causes, et on est arrivés. Tu vois ce que je vois ?

Mady regarde l'hôtel choisi par Ismet.

– C'est pas possible...

– Bah si. Il est fermé.

– Mais il est con, ce mec ?

– Et les collègues qui ont fait la périphe et qui ne nous ont rien dit, ils sont pas un peu cons aussi ? Ils vont m'entendre. Bon, qu'est-ce qu'on fait, patronne ?

– La cabine, là-bas.

Bobby roule une cinquantaine de mètres, et Mady bondit sur le téléphone. Ismet n'est pas à son bureau. Elle raccroche rageusement et remonte en voiture quand elle flashe : la winstub où ils se sont rencontrés ! Demi-tour. Le patron yougoslave décroche.

– Ismet ? Oui, il prend l'apéro. Je vous le passe.

Il n'a pas le temps de finir de dire allô.

– Ismet, tu te fous de ma gueule ?

– Hein ?

– Ton hôtel minable, il est fermé !

– Hein ?

– Bon ! Je vais à l'Altéa avec mon chauffeur. Tu me contactes là-bas dans une demi-heure. On se fixera rendez-vous en ville, OK ?

– Oui.

Le Kurde doit se sentir génial, en ce moment, et c'est bon pour lui saper le moral...

A l'Altéa, Bobby et Mady prennent deux chambres contiguës. Bobby dépose son baluchon et fonce voir les collègues du dispositif de surveillance.

Mady prend une douche. Un aller et retour de brosse à dents. Une touche de Rimmel et un raccord de rouge à lèvres. Un coup de peigne dans les cheveux avec ses doigts en éventail. A 20 heures pile, Ismet téléphone. Il déroule une explication confuse sur la cause de fermeture inattendue de son palace, et propose un rencard à la demie dans une pizzeria du centre.

Le couple de douaniers arrive le premier. Trois minutes plus tard, Ismet entre, flanqué d'une espèce de yéti d'Anatolie. Ismet fixe Bobby, fronce les sourcils, et balance :

– Je l'ai vu quelque part.

La méga-tuile. Avec sa tronche plissée de sharpei qui aurait pris des coups de lattes par un maître acariâtre en étant petit, Bobby ne laisse pas indifférent... Mady invente à mesure qu'elle parle.

– C'est bien possible... Quand je l'ai recruté, il tenait une boîte dans les Vosges. Avant, il avait été videur dans plusieurs bars montants, chez les Boches.

Et se tournant vers Bobby, elle ajoute :

– Tu le connais, toi ?

Bobby dévisage Ismet avec l'air de s'en foutre.

– Jamais vu. Mais je suis pas physionomiste. J'espère que je lui ai pas cassé la gueule, au moins ?

Le trafiquant se détend un peu. Très peu. Bobby, l'infiltré champion, a souvent bossé dans la région, frontières suisse et allemande obligent. L'autre a pu le croiser et mémoriser facilement cette tronche incroyable. Mais il le fait peut-être à l'intox. Mady propose de s'installer pour manger. Une fois assis, Ismet présente le yéti.

– Lui, c'est Halit. C'est lui qui peut apporter ce que tu cherches. Mais il parle mal français.

Ce que Mady et Bobby, dans un bel exercice de transmission de pensée commandée par un bref regard, traduisent par : « L'Halit en question est ton sbire et en fait de mal parler le français, tu lui as simplement demandé de la boucler. » Analyse confirmée au début de l'apéritif. Et à la fin de la même tournée d'apéro, il ne fait plus l'ombre d'un doute pour les douaniers qu'Ismet dispose de cinq ou dix kilos d'héroïne stockés dans une planque proche de la frontière.

– Pour commencer, je te donne un kilo, annonce Ismet.

– Quoi ? Mais il m'en faut cinq !

– Un kilo. Pour voir. Mais si t'arnaques, je te tuera !

– Arnaquer, moi ? Sois poli ! Et ton prix ?

– Ecoute. Toi faire première affaire avec lui, un kilo, très bonne, pour 500 000 F.

Bien joué. Le prix de cet achat en gros est fixé intelligemment. Assez élevé pour traire la Parisienne censée être pleine aux as, et malgré tout correct pour lui donner envie de revenir se fournir chez lui s'il n'y a pas de lézard. Mais quel que soit le prix annoncé, Mady avait prévu de crier au voleur.

– Cinquante plaques ? Mais t'es malade ? Et d'abord, je ne fais pas affaire avec lui, mais avec toi. T'es le patron, merde ! A ce prix-là, je vais acheter en Hollande ! Si je traite avec toi, c'est pour éviter de passer la frontière chargée. Mais ton transport, il est trop cher.

– Mais elle est super-bonne !

– Bon. Alors, fais voir !

Le yéti d'Anatolie qui parle si mal le français mais qui a tout compris sort un pli de sa manche, un petit sachet d'héro classique, et le glisse sous la serviette de Mady. Bobby, dont le cœur s'emballe à la moindre émotion et qui a une tendance naturelle à la dramatisation, surtout quand il ne dirige pas les opérations, se masse la nuque en balançant la tête et profite du mouvement pour regarder autour d'eux si un client n'a pas remarqué la livraison. Mady fixe Ismet dans les yeux.

– OK. On va tester ensemble dans les chiottes.

Ismet accuse le coup et hésite. Pas prévue, la séance labo. Mady, qui sent qu'elle marque des points, le provoque en faisant vibrer la corde macho, la plus sensible devant le sous-fifre.

– Dis... T'as peur de t'enfermer dans les chiottes avec une gonzesse ou quoi ? Tu viens avec moi, et ta dope, je vais te dire ce qu'elle vaut.

Bobby, en bon chauffeur homme de main, ne desserre pas les dents, mais il veille à refaire les niveaux dans les verres. Comme Mady l'avait prévu, la vanité d'Ismet l'emporte sur sa prudence. Il la suit aux toilettes. Bobby, mal à l'aise, maudit sa petite camarade, adepte des coups de poker. Il sait bien qu'il ferait la même chose, mais après réflexion, lui. Après avoir pesé le pour et le contre. C'est un sujet fréquent d'algarade entre eux. Qui donne ce dialogue, affiné avec le temps : « Tu pèses trop, Bobby ! – Et toi, tu baises pas assez. Euh... T'auras rectifié de toi-même. »

Bobby a le trac. Si la PJ et le Parquet sont avertis, un pandore ou un flic de la sûreté urbaine en quête d'héroïsme peut pointer le nez dans la pizzeria et renifler l'héro qui crame dans les gogues. Or, leurs services à eux, gendarmerie et police en tenue, ne sont pas au parfum. Ça en ferait du grabuge ! Deux truands et deux douaniers serrés en même temps. Des douaniers obligés de s'expliquer dans un commissariat central. La honte et l'opprobre qui s'abattent sur toute la profession. Tout ce temps passé et tout ce fric dépensé pour rien. Ismet qui s'en sortirait avec seulement deux mois de taule assortis du sursis. Le Vieux qui ferait des bonds comme Zébulon. Horrible perspective. Bobby s'envoie un verre de juliénas pour chasser ces trop noires pensées.

Mady et Ismet se sont enfermés dans un WC qui pue. Une odeur âcre d'urine qui résiste au désodorisant. Mady vide son sac sur le rabat de la cuvette. Ismet constate ainsi qu'elle ne trimbale ni flingue ni accessoires de flic. Il peut lire aussi sur ses vrais-faux papiers, pliés exprès à l'envers, qu'elle est bien Marlène Vincenty, commerçante. L'absence de flingue dans le sac rassure Ismet, qui se dit que ce n'est pas sur cette sauterelle vêtue d'une jupette de coton collée à son anatomie et d'un t-shirt sous lequel ballottent des seins en liberté qu'on peut dissimuler quelque chose. Divers cosmétiques et trois préservatifs finissent de dévier les soupçons tenaces d'Ismet.

Mady ouvre le pli, prend un peu de dope sur un doigt. C'en est. Pas de doute. Mais quelle pureté ? Il n'y a que le feu pour se faire une première idée. Mady forme une gouttière avec un papier en alu, y dépose un peu de poudre et allume son briquet dessous. Pas dégueulasse. A première vue, c'est un chlorhydrate d'héroïne sans support. Elle va essayer d'en garder une pincée pour le labo central, qui déterminera le nombre et le pourcentage des différents alcaloïdes contenus dans cette camelote. A la fin du test, l'odeur de chiotte a battu en retraite devant celle de la dope. Soudain, Ismet plonge trois doigts dans le pli et sniffe un bon coup. Mady fulmine.

– Tu te dopes ? Ben bravo ! On est bien barrés !

– Non non. Mais t'es dingue. Brûler, tu vas faire pincer.

– Eh ben, tu feras semblant de me peloter ! De quoi t'as peur ? Le temps d'appeler les cognes, on sera loin. Et puis merde ! T'aimes pas mon hôtel, t'en choisis un qui est fermé, tu m'amènes ici, c'est toi qui dirige tout, et tu sniffes !

– Je connais le patron, crains pas. Mais ton mec, ton chauffeur, il rappelle un flic que j'ai connu. Alors je confiance plus pareil.

Il flippe encore Ismet. Entre l'aviseur qui cause aux flics et Bobby qui ressemble à un flic, Mady est servie. Ne pas laisser à Ismet le temps de phosphorer et lui parler fric, plutôt.

– Ismet, ta dope, elle est pure à 70 %. Ça vaut pas 500 000. Pour un kilo, je t'en file 350. Je les ai, va la chercher. On fait l'échange ici.

Cette proposition achève le Kurde qui n'émet plus un son. Mady le pousse dehors et ils rejoignent leurs deux comparses. Bobby a dû se siffler une bouteille de juliénas à lui tout seul. Il est rouge brique, mais à travers ses paupières mi-closes, l'œil reste vif. Il est loin d'avoir atteint ses limites. En vidant une dernière bouteille aux frais du ministre du Budget, grand patron des douaniers, Mady et Ismet établissent les conditions de l'échange, que le Kurde ne veut pas effectuer avant le lendemain. Il a décidé que Mady irait attendre Halit à minuit, dans une forêt. Il comptera l'argent et si la somme y est, il lui remettra la dope. Et il précise :

– Lui t'aidera à fixer paquet contre réservoir de ta voiture.

Mady le regarde malicieusement, son visage se fend en un énorme sourire, et elle dit :

– Ou le pinard te réussit pas, mon gros, ou tu me prends vraiment pour une conne ! Parce que tu t'imagines que je vais aller seule, la nuit, dans un bois d'une région que je connais pas, avec une mallette pleine de fric, à la rencontre d'un mec que j'ai jamais vu ? Tu veux me braquer ou quoi ?

– Mais...

– Ecrase ! Toi, tu seras où, pendant ce temps ? Ton copain, qui me dit qu'il est sûr ? Suppose qu'il t'enfle en te racontant que je t'ai roulé ? Après, tu me flingues ! Si c'est comme ça que tu bosses, tu me déçois... Tu m'inquiètes, même.

Soudain, Ismet frappe la table du poing.

– Allez, on les laisse. Viens ! Je t'emmène à Istanbul.

Panique à bord. Pendant une fraction de seconde, Bobby et Mady s'interrogent du regard : où est le loup ? Impossible de communiquer. Pour Mady, pas question de refuser, sinon tout foire. Ces ruptures, soudaines et fréquentes dans les négociations avec les truands qu'on infiltre, produisent le même effet qu'au moment d'un accident de voiture, quand le passé défile à la vitesse de la lumière. Là, c'est le boulot déjà fait, les règles du métier qu'on aurait oubliées, les recommandations du Vieux, les conséquences d'un refus qui traversent l'esprit en une seconde. Tout commande à Mady de démonter, comme dit Tengo. Mais elle s'entend répondre :

– Istanbul ? C'est quoi ?

– Un endroit qui ressemble à Istanbul. On va danser.

Vrai ou faux ? Ismet est oriental... Un truand suisse dirait, avec l'accent traînant : « Chère madame, veuillez me suivre, s'il vous plaît. Je vous emmène dans un terrain vague pour vous trucider. L'endroit est très reposant, vous verrez. Croyez-moi, vous ne regretterez pas le déplacement. » Refuser l'invite d'Ismet ? Autant plier bagage tout de suite. Mais l'accepter, c'est courir un risque que la hiérarchie jugera déraisonnable. Bobby a pigé que sa coéquipière a opté pour la déraison. Il pianote sur la nappe de la main gauche. Dans leur code, cela signifie : « Bébé, on décroche. C'est un ordre ! » Mady refuse d'enregistrer le message et continue son numéro de patronne.

– Tu sors avec Halit si tu veux ou tu rentres à l'hôtel. Moi, je vais danser.

Bobby se tait. Sortie groupée. Dehors, Mady se tord le pied. Elle enlève sa chaussure, examine le talon, et se rechausse en disant :

– J'ai cru qu'il avait lâché.

Stratagème. Les locaux, à l'affût derrière les vitres spéciales de la camionnette de planque garée à proximité, ont eu huit ou dix secondes pour tirer en rafale les portraits des deux Kurdes.

Ismet a changé de bagnole depuis la première fois. La nouvelle est aussi crade que la première. Mais au moins, elle n'a pas ces affreuses peaux de mouton bidonvilles de vermine. Coup de pot : Halit est venu avec sa tire. On va pouvoir l'identifier. Bobby s'excuse en charabia.

– Halit, toi m'excuser, moi crevé. Dodo.

Le Kurde, trop content de rentrer se coucher aussi, marmonne quelques mots, monte dans sa voiture et démarre. Aussitôt pris en filature par les locaux. Mady et Ismet partent en direction de la campagne. Bobby parcourt trois cents mètres, s'arrête hors de vue de la pizzeria, dont le patron est un copain d'Ismet. Il sort la radio portative planquée dans le coffre et lance ses ordres : « De Bobby à tous. Surtout pas de filoche de Mady ! Pas de filoche de Mady ! Tant qu'il n'y a pas d'échange, elle ne risque rien. L'autre, Halit, vous le lâchez pas. »

Puis Bobby redevient Robert Charvey, lieutenant-colonel des douanes, et il demande à la PJ d'identifier le numéro minéralogique d'Halit. Le nom et l'adresse du trafiquant sont aussitôt transmis à l'équipe qui le filoche. Laquelle équipe confirme quelques minutes plus tard qu'il vient de garer sa vieille Ford Granada à l'adresse indiquée.

Une heure plus tard, les deux douaniers en planque devant la piaule d'Halit donnent l'alerte. Le Kurde repart en virée. Il est minuit passé et Bobby décide de ne pas le faire suivre.

En emmenant Mady à son Istanbul, un dancing du bord du Rhin, Ismet a fait plusieurs détours, s'est arrêté trois fois et a rebroussé chemin à deux reprises pour s'assurer qu'il n'était pas suivi. Il a montré une telle prudence et un tel métier dans la casse d'une filoche que Mady s'est demandée si le Kurde n'avait pas été flic en Turquie avant d'être truand en France.

La boîte, une fournaise enfumée, renifle le shit à plein nez. Des couples se tortillent dans le brouillard. Ismet entraîne aussitôt Mady sur la piste. Il n'a rien d'un danseur mondain. Le sommet de son art, c'est le slow. Et encore ! Il se limite aux figures imposées. Dès que les rythmes s'emballent, que ça jerke, que ça twiste ou que ça rocke,

Ismet reflue avec Mady vers une table. Il profite de ce répit pour fumer un joint. Quand les berceuses reprennent, il ramène Mady sur la piste, pose ses grosses pattes velues sur ses épaules et les laisse lentement descendre vers ses reins en se dandinant mollement. Mady a envie de hurler au nez de cette ordure qu'elle est fonctionnaire, qu'elle est là pour le pincer et pas pour se faire pincer. Tous les capteurs en alerte, la douanière mesure la tension qui monte dans les veines d'Ismet. La zone dangereuse est atteinte.

– On part à côté de nos pompes, là, Ismet. On va faire notre business, hein ? Regarde-moi... Bon, pour la première fois, je prends le kilo à 420 000 F. On fait un effort tous les deux. Après, j'achète par cinq kilos, mais moins cher. Ça te va ?

– J'ai envie d'aller au bordel avec toi. J'veux pas parler affaire. Demain, je t'emmène où est la dope. Tu viens avec le fric. Y aura que toi et moi. Et c'est 450 000.

Mady, trempée de sueur, synthétise à toute vitesse. Puisqu'elle a réussi à impliquer le Kurde dans la livraison, elle va s'écraser sur le prix, dont elle n'a rigoureusement rien à foutre, évidemment. Seulement, pas question de se laisser embarquer en forêt ou dans une planque où il sera impossible de mettre en place le dispositif d'interpellation. Pas question non plus d'aller chez lui. Elle n'est pas de taille à lutter contre l'envie qu'il a de la palucher. Sans compter qu'il pourrait céder aussi à la tentation de lui tirer son fric ! La tête du Vieux... Et, hypothèse pire encore : si Ismet était correct en affaires sur toute la ligne, c'est elle qui se retrouverait dehors avec la dope ! Comment faire un flag sur le caïd si c'est la douanière infiltrée qui détient la marchandise ? Bonjour l'opacité de la procédure chère aux magistrats.

– OK. 450 000. Tu me ramènes à l'hôtel ? Je suis crevée. Viens me chercher vers onze heures, demain. Mais je ne viens pas seule avec le pognon. Trouve un endroit où il y a du monde. Un parking, par exemple. Je viens avec mon chauffeur. Toi, t'amènes Halit. Eux ils pèsent, et nous on compte les billets.

– Pourquoi toi pas venir chez moi ? T'as peur ? Je te plais pas ?

– Ismet, je t'ai dit que si ça marche bien ce coup-ci, on en aura beaucoup d'autres. On va se connaître. Faut le temps...

– Tu pourras me donner des filles ? Juste pour les marier pour les papiers ? Et des fausses fiches de paye ? Là, je te fera le kilo à 350 000. Et même moins. J'ai des copains qui ont besoin les papiers.

Ne pas tout promettre pour rester crédible...

– C'est difficile, ça. Mais je peux en partie. On rentre ?

Bobby arpente sa piaule. Il est aussi blanc que les trois cendriers de l'Altéa qu'il a disposés le long de son parcours de fauve en cage. Les cendriers dégueulent de mégots de Gitanes papier maïs. De temps en temps, il va dans la salle de bains passer des messages dans sa radio portable, en faisant couler l'eau pour couvrir le son de sa voix.

Vers 3 heures du matin, Mady pianote sur la porte. Bobby ouvre. Plus fripé que jamais, il a les yeux rouges.

– Mais t'as vu l'heure ?

– Oh ! T'es pas mon mec, quand même ?

– Merde ! Tu pars avec un truand, on sait pas où... J'me faisais du mouron, moi !

– Ah, parce que tu crois que moi je prenais mon pied ? Bon, compte tenu de l'heure tardive, on cause sérieusement ?

Les deux agents infiltrés s'asseyent chacun sur un lit et, pour la énième fois depuis qu'ils font équipe, passent en revue toutes les surprises que peut réserver un truand. Une crainte prédomine : qu'Ismet revienne une fois de plus à la case départ et impose un échange Halit-Mady, sans s'impliquer lui-même. Dans ce cas, trouver un prétexte pour décrocher, car Halit se laissera coffrer et préférera se faire arracher les ongles plutôt que de balancer Ismet au juge. Une fois de plus le caïd passera au travers. Il n'aura perdu que 80 000 F dans l'histoire, le prix d'achat du kilo de dope en Turquie. Il se refera sans problème le coup d'après. Une fois coupée et conditionnée en plis, l'héro rapporte 1 200 000 F au kilo. Un ratage, pour Ismet, c'est de la rigolade.

– Le plus con, c'est que la périphe n'a pas permis de faire l'inventaire de ses biens. On va pas pouvoir lui piquer tout ce qu'il s'est payé en vendant cette pourriture. Ça, tu vois mon bébé, ça m'emmerde !

– Faudrait chercher en Bochie ou en Turquie. Tu parles que lui aussi il a dû s'offrir un complexe hôtelier à Sidé, comme Mehmet, ou un casino en Bavière, comme Nazim. Tu te souviens de Nazim ?

– Ouais. Ils sortent de taule bientôt, ces deux-là, non ? Oh merde ! C'est quatre plombes et demie ! J'ai oublié de lever le dispositif...

Bobby fonce dans la salle de bains, ouvre un robinet et libère les collègues. Hurlement dans le poste en retour : il a aussi ordonné de reprendre la surveillance dès 8 heures, le rendez-vous avec le truand ayant été fixé à 11. Le temps de rentrer chez eux, puis de revenir en planque, les douaniers de base ne dormiront même pas deux heures.

– D'ici qu'on ait la CGT sur le dos, y a pas des kilomètres... ironise Bobby. On prend le petit dèj ensemble, mon bébé ?

A 8 heures du matin, onze voitures et deux motos se mettent en place. A leur bord, vingt-trois douaniers et deux flics de la PJ en assistance judiciaire. Deux autres bagnoles, une de la DRD, la Direction des recherches douanières, et une de la PJ de Colmar se tiennent en réserve. Mais rien ne bouge, ni chez Ismet, ni chez Halit, pendant toute la matinée. A 11 heures, Ismet téléphone. Il ne veut pas venir. Catastrophe. A-t-il flairé le piège ? Les flics de la PJ chargés de relayer deux douaniers sur la brèche depuis vingt-quatre heures et pas encore dans le coup se sont-ils fait repérer ?

– C'est toi et Halit sur le parking Cora, dit Ismet. Tu mettras le fric à la consigne et t'iras avec lui à la planque. Tu pèseras et y lâchera pas toi tant que t'auras pas donné le fric. Tu repartiras seule avec ton truc.

– Bon. D'accord.

Mady raccroche et regarde Bobby.

– On démonte, hein ?

– J'allais le dire. Je sens pas le flag. Le parking est trop près de chez Halit. Si on le serre quand il sort de chez lui avec un sac et que dedans y a trois bananes et un paquet de nouilles, on n'aura pas l'air con ! Et si c'est de l'héro, de toute façon, on ne pourra pas faire remonter la procédure jusqu'à Ismet. Il continuera de fourguer ses dix kilos par mois et on pourra plus s'approcher de lui pendant des années. On se tire.

– Le Vieux va nous tuer...

– Si les collègues ne nous flinguent pas avant !

– Remarque, dans un cas comme dans l'autre, ils pourront plaider le crime passionnel...

Quelques minutes plus tard, Halit demande Mady à la réception. Elle descend et, dédaigneuse, lui dit sèchement qu'elle ne traite pas avec lui, qu'elle s'est déjà déplacée deux fois, qu'elle a assez perdu de temps et d'argent avec ce branque d'Ismet et qu'elle retourne à Paris où les hommes d'affaires sont plus sérieux. Visiblement, le yéti a tout compris.

Pendant ce temps, Bobby libère les vingt-cinq fonctionnaires du dispositif. Il y met les formes, en fin connaisseur des usages administratifs. « Bon, ben... on plie, les gars. Ça a foiré pour ce coup-ci. Le mec est un coriace. Le jour où on le casserolera, vous pourrez être fiers, ça sera pas un suicide de sa part. Alors, pas de filoche. Merci à tous. Terminé. »

A Paris, le Vieux entre dans une colère si noire qu'il en tousse. Une toux inquiétante de fumeur. Une quinte de trop, et c'est l'infarctus. Les paroles brutales qu'il prononce devant une dame dépassant sûrement ses pensées, Mady ne se laisse pas démonter. Elle croit encore à la possibilité de coxer Ismet.

– Je me demande bien comment, ricane le Vieux.

– Parce que les filles à marier et les faux papiers l'intéressent certainement plus que de vendre un kilo de dope.

– Vous êtes dingue ! Je travaille avec des dingues !

Mady, la bouche en cœur et la tête inclinée sur le côté, réplique d'une voix de gorge :

– Patron... Le général des pompiers, c'est toujours un pompier...

Joseph Tengo s'étrangle, suffoque, montre la porte et aboie :

– Vincenty ! Vincenty, foutez-moi le camp !

Le lendemain, Vincenty n'était plus dingue et le Vieux n'était plus le général des dingues : Ismet avait rappelé. Il demandait à Mady de revenir, promettait de livrer lui-même et de faire l'échange sur un parking.

L'infiltrée avait dû ruser une fois de plus, et en temps réel. Car l'Opel de location avait été rendue, et sûrement relouée. Et Bobby était parti sur un autre coup, en Suisse. Elle avait raconté que sa voiture était en révision, qu'elle viendrait en train et que son chauffeur, qui réglait « une petite affaire » en Suisse, la récupérerait à l'hôtel. Ismet avait gobé l'histoire. Alors Mady avait conclu :

– Ce coup-ci, fais gaffe si tu me fais venir pour rien, hein ! Je te fais casser les jambes ! Compris ?

– Et toi, si t'es avec un flic, je te tuera !

Fini, le flirt...

Mady raccroche. Branle-bas de combat dans les locaux de la cellule clandestine. D'urgence contacter Bobby, infiltré dans un réseau de contrebande de cigarettes à Lausanne, et le faire rappliquer à Strasbourg avec sa bagnole immatriculée en Suisse. D'urgence aussi rameuter les collègues alsaciens et les remotiver après le bide qu'on leur a fait vivre. Et tout aussi rapidement demander à la PJ de bien vouloir assister une fois de plus les douaniers dans leur folle entreprise.

Le soir même, Bobby retrouve Mady à l'Altéa de Strasbourg. Noël Kuony les rejoint peu après. Nono est un simple agent de constatation. Un sous-off. Mais sur le terrain, il commande toutes les opérations d'interpellation, en lieu et place du capitaine Nongar. Le peu d'étoffe de héros dont disposait Dominique Nongar au début de sa carrière s'est usé au fil du temps. Et c'est au combat, qu'il fuyait, que cet officier a gagné son surnom : Petit-Prince-Poltron. Ou Trois-P. Devenu Trois-Pets car lors des arrestations, pendant les échanges de gnons ou de coups de flingue, la peur lui tourmente les tripes et Nongar apaise ses intestins en faisant des pets à l'écart.

Le directeur régional, Jean Taruc, vient de rentrer de vacances. Il coordonnera les opérations. La classe, ce mec. Un meneur d'hommes. Et pas carriériste pour deux sous. Dans l'opposition sous Giscard, il est passé très vite dans l'opposition sous Mitterrand. Un réfractaire-né. Seule ombre au tableau : le juge d'instruction qui sera chargé de l'affaire n'est pas encore désigné. Le procureur, Jean-Mathieu Coudrot, surnommé « Pourquoi-tu-tousses » parce qu'il s'étrangle et pique des colères à la vue d'une virgule mal placée, préfère attendre que l'affaire se précise pour choisir un magistrat instructeur.

Pour Mady, Bobby et Noël Kuony qui dînent d'un plateau repas dans la chambre de Mady, tout baigne.

– Si on s'éponge le front, dit Mady, c'est que la dope est là. Et dès qu'on actionne les feux stop, vous serrez Ismet. La dope sera sur lui ou dans sa guinde. Si vous devez intervenir avant qu'on remonte en voiture, Bobby enlèvera sa veste. D'accord ?

– OK, bébé. Ce qui m'emmerde, c'est l'assistance PJ. Ils nous ont refilé Riri. Riri comme ?

– Comme Henri et comme ripou, chantent en chœur les trois douaniers.

Côté flics, les douaniers ne sont pas aidés. Le patron de Riri, le contrôleur général Tiembas, qui dirige le SRPJ, est un membre éminent de la confrérie des sales cons. Il saute une Yougoslave tenancière de bar, et le plus gros de son boulot consiste à surveiller la zone sanitaire qu'il a fait établir autour du troquet, réservé au gratin strasbourgeois. Le Trésor public vire ainsi chaque mois 25 000 balles sur le CCP de Tiembas pour que ce noble chevalier épargne les tracasseries administratives à la dame de son cœur. Car le bar est, à certaines heures, un peu « montant ».

Dernières vérifications avant d'aller au pieu : s'assurer qu'il y a des batteries neuves dans les radios, que les réservoirs des bagnoles sont pleins et que les immatriculations des voitures banalisées sont réellement banales. Ce n'est pas superflu. Il y a deux mois, une équipe de Nancy a filoché un Zaïrois avec une voiture qui avait des plaques des Domaines !

11 heures, le lendemain. Ismet n'a pas téléphoné pour fixer le rendez-vous. C'est la cata. Il se défile une fois de plus. Mady et Bobby tournent comme des fauves en cage. Soudain, le portable grésille. Kuony, en planque devant l'hôtel, annonce l'arrivée d'Ismet.

– Il vient de descendre de l'autobus.

– L'empaffé ! s'exclame Mady. Il est seul ?

– Affirmatif.

Bobby écrase rageusement sa Gitane maïs.

– A pinces ! Il est trop malin, ce mec ! On le tapera jamais chargé.

– Au moins, avec toutes ces précautions, il confirme qu'il est le patron, remarque Mady.

– Bon. Je file par derrière dit Bobby, et je fais tourner le moteur de la BMW pendant un quart d'heure, pour qu'il soit bien chaud, puisque je suis censé arriver de Lausanne. Rusé comme il est, ton Ismet, il remarquerait tout de suite si je mets le starter pour démarrer.

– Tu sais que tu aurais fait un bon flic ?

– Des injures gratuites, maintenant ?

Bobby sort de l'Altéa par les cuisines. Taruc a eu la bonne idée de mettre au parfum le directeur de l'hôtel. Il était temps. Le remue-ménage de cette curieuse équipe qui débarquait pour la troisième fois l'avait intrigué et il se proposait d'alerter le commissariat.

Mady rejoint Ismet au bar. Le Kurde a envie de conclure, c'est clair. Un regard lourd de convoitise sur la mallette de Mady. Le fric à sa portée. Il est tendu, ses yeux mobiles scrutent les consommateurs. Quelques spécimens de Méridionaux du troisième âge venus en autocar lamper du blanc d'Alsace, des Boches mâles en voyage commémoratif, gonflés par les patates, la bière et les souvenirs, un couple distingué avec deux moutards qui ne le sont pas encore... Rien d'alarmant pour le trafiquant, qui se lève dès que Bobby arrive « de Suisse » :

– On va chercher ta marchandise, dit-il à Mady.

Tous les trois montent dans la BMW. Mady pose sa mallette sous ses pieds. Ismet guide Bobby.

– On va au parking Cora. Prends à droite.

Mady a du mal à y croire. La veille, il fallait décider de placer le plus gros du dispositif quelque part, et ils avaient choisi ce parking de supermarché parce qu'il est le plus proche de la crèche de l'homme de main d'Ismet. Mais c'est trop beau. Il doit y avoir une arnaque. Il y en a forcément une. Bobby se fourre un doigt dans l'oreille. Dans le code des deux douaniers, ça signifie : « Tout ça te paraît nickel, bébé ? » Réponse par un toussotement : « Non, mon pépère ». Trois, ça aurait été « oui ». Ismet est trop fourbe, trop expérimenté pour que la transaction se passe aussi simplement que chez le crémier du coin : tu me vends, je paye, au revoir monsieur.

Arrivé sur le parking, Ismet dit à Bobby :

– Tu te gares là.

A dix mètres d'une équipe de collègues ! Aux premières loges pour capter le signal d'interpellation.

Le trio entre dans la cafétéria. Trois cafés. Ismet va directement téléphoner à Halit.

– Tu crois que le yéti va rappliquer chargé ? s'inquiète Mady en allumant fébrilement une ultra-light.

– On verra bien, bébé... Toi, tu fumes trop.

– Et toi, qu'est-ce que tu fais ?

– C'est du papier maïs, c'est écolo. Le voilà.

Ismet annonce qu'Halit vient les rejoindre. Impossible de balancer l'info au dispositif. Mais deux équipes mixtes douane-PJ planquent devant chez Halit. Ils vont le filocher et alerteront les autres.

Halit gare sa vieille Ford à proximité de la BMW « suisse » des acheteurs. C'est la seule voiture étrangère du parking. Il ne peut pas se tromper. Il rejoint le trio et échange quelques mots en turc avec Ismet.

– Le kilo est enterré dans la forêt, à deux kilomètres. Ton chauffeur et Halit vont chercher. Nous, on attend ici avec l'argent. On fera l'échange de voiture à voiture.

Correct. Mais froid dans le dos. Si Ismet veut piquer la mallette après le départ de Bobby, que fera Mady ? Le Vieux sera sûrement pas content de voir s'envoler les 450 plaques de sa tirelire. Car il n'est pas question de crier « Au voleur ! » pour tout faire foirer. Alors, dépenser en silence de l'adrénaline premier choix, c'est tout ce qu'il reste à faire.

Bobby et Halit prennent la Ford. Une BMW suisse en forêt, ça se remarque trop. Au bout d'une allée, Halit descend et sort un couteau à cran d'arrêt. Bobby reste à distance, tous les muscles bandés. Il n'a pas d'arme... Le yéti fait ses cent kilos et le douanier se sent tout d'un coup léger. Mais le yéti se contente d'un petit sourire ironique et creuse au pied d'un arbuste. Il dégage un sac en plastique entouré d'adhésif marron.

– Moi contrôler la qualité, dit Bobby.

Le Kurde s'indigne, charabiate et s'agite.

Bobby serre les poings :

– Tu fermes ton cran d'arrêt, tu me le donnes, et je contrôle ! Compris ?

L'autre s'exécute. Bobby rouvre le couteau et pratique une petite fente dans le sac. De la poudre gris-brun. Il goûte, comme au cinéma... Ça a tout l'air d'être de l'héro. Il allume son briquet sous la pointe de la lame : pas de doute, c'en est, et de la bonne. A vue de nez, il y en a bien un kilo. Halit range le paquet dans le coffre et tend la main pour récupérer son couteau.

– Tout à l'heure. A la cafète.

Au retour, Halit se gare près de la sortie du parking. Loin de la BMW. Mauvais signe pour une transaction entre honnêtes gens. Mais idéal pour une interpellation. Bobby sort de la voiture. Il passe son mouchoir sur son front. C'est le signal. « La marchandise est arrivée », annonce Kuony dans la radio.

Taruc, à l'écoute dans son bureau de Strasbourg, informe le Vieux par téléphone que l'opération entre dans sa phase finale.

Les deux douaniers et les deux trafiquants sont à nouveau attablés dans la cafétéria. Régime Kronenbourg pour tout le monde. Bobby rend compte à sa patronne que le kilo y est et que la qualité est bonne. Mady se lève.

– Parfait. Je vais préparer juste le compte de billets dans la BMW et je reviens avec ma balance. Vous, vous allez m'attendre à votre bagnole. Toi, amène-toi ! conclut-elle en se tournant vers Bobby.

Mady s'assoit à l'arrière de la BMW. Bobby ôte sa veste avant de s'installer au volant, et il actionne les feux stop dès qu'il a mis le contact. Quatre des douaniers en planque sortent de leurs voitures banalisées et s'approchent des deux Kurdes. Bobby démarre aussitôt en faisant fumer les pneus.

Kuony, flanqué de deux douaniers et de deux flics de la PJ, la main sur la crosse de leurs armes, entourent les trafiquants.

– Bonjour messieurs. Contrôle douane-police, dit nonchalamment Kuony. Vos papiers s'il vous plaît. Veuillez ouvrir le coffre.

Ismet regimbe. Kuony change aussitôt de couleur. Il dégaine son police-python et colle le canon sur la tempe du Kurde. Ses quatre collègues défouraillent aussi mais, comme Kuony, gardent le doigt le long du canon.

– Calmos ! Mains à plat sur le toit ! Jambes écartées, les bronzés !

Les fonctionnaires doivent la jouer « chasse au faciès », pour ne pas donner l'impression de savoir qu'ils vont trouver de l'héroïne. Alors ils vérifient les papiers, tournent autour de la voiture.

– Pas terrible les pneus, chef... dit Llorca.

– Bah, nos collègues de la police vont se faire un plaisir de mettre un PV à monsieur. Ouvrez le coffre.

Les douaniers farfouillent puis :

– Qu'est-ce que c'est que ça ? demande Llorca en sortant deux paquets en plastique enrobés de ruban adhésif.

– De la semoule, dit Ismet.

– Ah ! fait Kuony en examinant un paquet. Allez, on pince ! C'est de l'héro !

Les deux trafiquants sont menottés dans le dos et embarqués dans les bureaux de la douane. Le directeur régional, Taruc, informe le Parquet que les deux Kurdes sont en « retenue douanière ». L'équivalent de la garde à vue policière, question confort et méthode d'interrogatoire, mais avec une différence de taille. Dans le cadre d'une procédure douanière engagée à la suite d'un flagrant délit, la douane se contente d'aviser le procureur qu'elle boucle des délinquants. Un pouvoir que bien des magistrats et des flics trouvent exorbitants. Mais la nuance tient aussi au flag lui-même. Il ne s'agit pas de garder un citoyen pour rechercher la preuve de l'infraction qu'il aurait pu commettre, on l'a déjà. Dans le cas d'Ismet et d'Halit, c'est la drogue trouvée dans le coffre de la voiture. Les fonctionnaires des douanes peuvent donc qualifier l'infraction sans se fatiguer les méninges, comme il faudrait le faire avec le code pénal. Pour les deux Kurdes, le motif sera : « détention et transport sans titre de marchandise prohibée ».

Mais pour les douaniers, fini le bon temps. Ils entrent maintenant « dans le rébarbatif et l'ardu » : la rédaction des procès-verbaux. Et là, ils sont tous volontaires pour céder la place.

– Qui s'occupe du PV de saisie ? demande Taruc.

Silence.

– Je peux répéter la question en alsacien...

Toujours le silence.

– Bon. Llorca, tu t'en charges.

Quand le grand Llorca fait la gueule, ça se voit plus que chez un gabarit normal, forcément. Mais il s'attaque au PV de saisie. Kuony, lui, s'attelle au PV de constat, ce que les flics appellent PV d'audition.

Taruc envoie trois équipes mixtes douane-PJ perquisitionner les domiciles d'Ismet et Halit et les locaux de la société d'Ismet. Au retour, les douaniers se farciront les PV de visite domiciliaire et éventuellement un, deux ou trois PV de saisie supplémentaires si de la dope ou toute autre camelote de contrebande est découverte pendant les perquises. On « retiendra » aussi de l'argent si on en trouve, et les relevés bancaires, livrets de caisse d'épargne et titres divers, bref, tout ce qui a de la valeur et constituera la « sûreté des pénalités ». Car il est extrêmement rare, en matière douanière, que l'Etat paye les frais de procès et d'incarcération des délinquants. A y regarder de près, l'Etat ferait même un peu de bénèf, comme un vulgaire hôtelier.

Tout au long de la retenue douanière, retenue qui, en matière de stupéfiants, peut durer quatre jours (mais avec l'accord du juge au-delà de vingt-quatre heures), il convient de respecter les phases de repos et de restauration des délinquants. On n'est pas des sauvages. Et les petits roupillons et les pauses casse-croûte des trafiquants seront d'ailleurs consignés sur les PV.

Cet énorme boulot de rédaction commence après six, dix, voire vingt-quatre heures de planque. Les douaniers s'y mettent avec les petits yeux. Il y a des dizaines de pages à noircir dans une atmosphère enfumée qui sent la bière, la rillette et la sueur. Il faut rester concis et précis dans la pagaille ambiante, l'énervement, les engueulades. Mais comme dans les fourmilières les plus anarchiques en apparence, tout finit toujours par se faire. Et bien.

Les infiltrés, Mady et Bobby, échappent à la corvée. Du moins en prise directe. Ils sont retournés à l'hôtel récupérer un portatif-radio. Mady a payé en espèces, pour ne pas laisser de traces de leur passage en cas de pépin au cours de la procédure. Et ils se sont arrêtés sur le parking à la sortie de l'autoroute pour entrer en contact avec le PC-Transmission de la direction régionale des douanes. Curieux de connaître le déroulement de l'interpellation, mais soucieux, surtout, de l'opacité du début de la rédaction de la procédure, où pas un mot ne doit être mis de travers, qui pourrait laisser apparaître la provocation douanière. Que l'avocat des truands renifle la provoc, et ces deux récidivistes seraient relâchés avec les excuses de la République. Malgré une quinzaine de morts par overdose dans la région. Car la méthode a beau être couverte par la jurisprudence de la Cour de cassation, les juges du siège, en général, n'apprécient pas. Par principe.

– Combien il y en avait ? demande Mady.

– 1 070 grammes, répond Kuony. Mais il y avait aussi un kilo de semoule à côté ! Même emballage ! Il voulait vous niquer, le Kurde ! J'ai calculé : au prix de la semoule, pour tes 450 000 F, c'est pas un kilo qu'il aurait dû te refiler, mais 102 tonnes et 857 kilos. Tu veux les grammes ? Attends... le patron veut te parler.

Changement de ton.

– Vincenty ? Faut faire une jonction d'urgence pour bétonner la procédure, annonce Taruc. Ton Ismet commence à raconter que sa cliente a exercé des pressions intolérables sur lui, qu'il n'aurait jamais replongé dans la dope si elle ne l'avait pas forcé, que depuis sa dernière arrestation et sa condamnation, il y a cinq ans, il s'était tenu peinard.

– Je vois. Le cinéma habituel.

– Non. Il innove. Il affirme que cette Marlène, c'est Satan métamorphosé en femme, que cette chienne lubrique l'a ensorcelé, que son chauffeur est un flic et qu'il est victime d'une machination policière. La drogue, c'est tout juste s'il se rappelait ce que c'est. Une seconde...

Murmures et Taruc reprend :

– C'est le bouquet ! Il hurle parce qu'on lui a volé le numéro de téléphone à Paris où il appelait cette sauterelle brune ! Comme si on était capables de faire une chose pareille... Bon. On fait jonction au Novotel d'Illkirch. Dans une heure, ça vous va ?

– On y sera.

15 h 30. Mady et Bobby en appellent à l'esprit de charité du personnel pour se faire servir un petit en-cas qu'ils dévorent en attendant l'arrivée des locaux. Ensemble, ils corrigent les détails du PV qui pourraient mettre sur leur piste. Ils n'iraient pas au bagne évidemment, mais ils seraient grillés comme agents undercover. Et l'aviseur risquerait, lui, de se faire trouer la peau. Autant éviter les complications.

La PJ va faire semblant de rechercher la sauterelle brune décrite par Ismet et s'agiter un peu dans les milieux toxicos, histoire de le faire savoir. Même si le compte rendu de vaine recherche est déjà tapé. Un jour, à Marseille, après une livraison contrôlée, les douaniers infiltrés se sont enfuis juste au moment de l'interpellation. Ils sont partis en trombe... dans un cul de sac ! Il a bien fallu les arrêter. Mais il a aussi fallu monter une évasion pendant leur transfert entre les bureaux de la douane et le palais de justice. Mais ici, après quelques coups de gomme, l'opacité est garantie. Tout baigne.

Ismet et Halit sont déférés le soir même au Parquet et présentés au juge d'instruction qui vient d'être désigné, mademoiselle Biller. Et là, ça se gâte. La demoiselle n'irradie pas la joie de vivre. Si elle n'a pas encore trente ans pour l'état civil, son regard éteint trahit quarante-cinq ans au moins de déboires sentimentaux. Quand Taruc lui annonce que cette belle prise résulte d'un montage de la douane pour faire tomber les deux trafiquants, mademoiselle Biller pique une crise d'hystérie. Le procureur Coudrot ne lui en avait pas parlé ! C'est une honte ! Et qui est cette femme qui provoque ces pauvres étrangers sans ressources ? Un fonctionnaire des douanes ? Qu'on la lui amène !

Ismet expédie chaque mois en Turquie plusieurs millions de francs, comme le révèlent les talons de mandats internationaux saisis chez lui. Et alors ? s'étrangle la juge. Ça ne prouve pas qu'il trafique ! Il a expliqué qu'il gagnait aux cartes et la preuve qu'il est sincère, c'est qu'il a reconnu qu'il omettait de déclarer ses gains au fisc. Et comment un étranger rejeté par la communauté française pourrait-il connaître tous nos règlements ? Mademoiselle Biller se lève, gesticule, se rassoit, se gratte frénétiquement le dos, ou les hanches, ou les cheveux qu'elle a gras. Les veines de son cou enserré dans le col de son chemisier boutonné jusqu'à la glotte sont prêtes à éclater. Elle remonte sans cesse ses lunettes qui glissent sur son nez huilé par la sueur.

– L'honneur de la justice est bafoué ! hurle-t-elle. Ça ne se passera pas comme ça ! Je vais inculper les agents des douanes d'association de malfaiteurs. Ils s'expliqueront devant le siège !

La Biller veut renvoyer les douaniers devant le tribunal correctionnel. Taruc fait observer qu'ils seront grillés.

– Tant pis ! Donnez-moi leurs noms !

– Je dois en référer à ma hiérarchie. Mais, mademoiselle le juge, puis-je vous rappeler que nous avons enregistré huit décès par overdose dans la juridiction du tribunal depuis le début de l'année ?

Biller balaye l'air d'un moulinet de bras. Son chemisier blanc trempé de sueur vire au jaune sous les aisselles.

– Moi, je ne connais que le code de procédure pénale ! Je ne sais pas ce que c'est qu'un aviseur. Je ne sais pas ce qu'est un douanier infiltré. Et je ne veux pas le savoir ! Et je vais inculper également le procureur Coudrot pour avoir autorisé la provocation qui a perdu ces deux malheureux !

Dans le tribunal de grande instance, le téléphone arabe a répandu la bonne nouvelle : la petite Biller a encore piqué une crise. Il y a du spectacle et ses collègues se promènent innocemment dans la galerie où elle a son bureau. Mais, dès que sa volonté d'inculper le proc est connue, la tempête gronde et les poils d'hermine se hérissent : elle en est bien capable. « Qu'elle se ridiculise, ça la regarde, dit un président de chambre sur un ton excédé. Mais là, elle va nous faire tous passer pour des cons ! » Jugement sans appel.

Informé toutes les dix minutes par un Taruc au bord de l'infarctus, le Vieux veut rappliquer par le premier avion : « Je vais lui claquer le beignet à cette petite andouille ! Vous savez avec quelle note elle est sortie de l'école de la magistrature ? Non ? Sept ! Sept sur vingt ! C'est ça, la moyenne intellectuelle des gens qui nous jugent ! »

L'affaire a fini par se tasser. Au bout de quatre mois. Car la petite juge ne voulait pas se déjuger. Elle s'acharnait, malgré plusieurs comptes rendus de vaine recherche transmis par la PJ. Et par la gendarmerie, qu'elle avait aussi lancée aux trousses de l'énigmatique Mady et de son chauffeur. Griller deux agents infiltrés en transmettant leurs noms – les vrais, qui plus est – à cette hystérique ? Le Vieux, tanné à la Légion, avait dit : « Qu'elle aille se faire foutre ! » Le directeur général, poli et lustré par l'ENA, avait approuvé : « Il n'en est pas question. Nous avons pour nous la jurisprudence de la Cour de cassation. Mademoiselle Biller n'a qu'à apprendre à lire. » Et le ministre, consulté lui aussi, avait tiré sur ses bretelles en interrogeant la cantonade : « Qui c'est, cette gonzesse ? Elle se shoote ou elle a un chauffage central qui fonctionne au schnaps ? » Quatre mois de sophisme et d'hypocrisie, ça avait pris. Mais grâce à la compréhension manifestée à leur égard par mademoiselle Biller et à son instruction à décharge, les deux trafiquants n'ont écopé que d'une petite condamnation de principe : quatre mois de prison.

# Opération infirme

Le recrutement par Joseph Tengo de Christine – alias Marlène, dite Mady – s'était fait le plus simplement du monde, deux ans plus tôt. C'était dans l'ascenseur, en revenant d'un de ces déjeuners style « ration de campagne » dont le Vieux raffole, la mal-bouffe lui rappelant le bon temps de la Légion.

Au rez-de-chaussée, Gardono, un des adjoints du directeur de la Direction nationale des recherches et enquêtes douanières (DNRED), avait lancé à Tengo en appuyant sur le bouton du septième :

– Alors, Christine, on l'équipe ?

Le Vieux avait observé en biais la jeune femme, et lâché :

– Moi, il faut que les gens me demandent. Je ne force personne. Ils connaissent les risques.

Les travaux d'approche en vue du recrutement de Christine avaient commencé ouvertement depuis plusieurs semaines déjà, après un certain nombre de semaines d'observation plus sournoises. Le Vieux savait donc qu'elle était partante pour la grande aventure et ses manières agaçaient la jeune femme :

– Bon, ça va ! Gardono et moi, on a longuement discuté, vous le savez. Je suis candidate. Ça vous va, comme ça ? Le protocole est respecté ?

Tengo avait ébauché un sourire ironique et sa pupille s'était éclairée. Christine devint ainsi la seule femme de la cellule clandestine. Car il n'a pas découvert l'autre oiselle rare qui aurait assez de cran et de détachement pour infiltrer, souvent en solo, les réseaux de trafiquants. Il y avait bien Annie Camille, subtilement surnommée la Came, mais cette universitaire de trente-cinq ans, un peu pétocharde sur les bords, travaillait surtout dans le beau monde des fraudeurs sur les technologies avancées. Elle concubinait pour cela – et bien sûr pour le reste... – avec un ingénieur haut de gamme des Télécoms.

L'ascenseur un peu poussif avait atteint le cinquième quand Tengo avait marmonné à l'adresse de Christine-Mady :

– D'accord. Je m'occupe des formalités. Vous ferez ce boulot.

Clin d'œil de Gardono. En sortant de l'ascenseur, au septième, Christine, qui n'était encore que capitaine, rejoignait la cellule clandestine et devenait « agent sous-couvert » avec une dizaine d'autres super-douaniers.

En moins de huit jours, elle recevait un lot complet de vrais-faux papiers (carte d'identité, passeport, permis de conduire, carte de Sécu) au nom de Marlène Vincenty, commerçante en fringues au Forum des Halles, à Paris. Et les vrais disparaissaient dans le coffre du service.

Son recrutement avait été précédé de plusieurs réunions d'information sur les nouvelles méthodes de lutte contre le trafic des stupéfiants. Méthodes inspirées de celles mises au point par les douaniers américains et les flics de la DEA, la Drug Enforcement Agency. Les participants à ces séances avaient été sélectionnés par Tengo parmi les agents ayant montré de solides dispositions d'enquêteur ou réalisé de beaux flags dans leur activité quotidienne.

Il avait éliminé d'office les pantouflards invétérés, les soiffards, les handicapés moraux, les retardés mentaux, les frimeurs, les dépressifs, les instables, les envieux, les dragueurs fous, les cocus mécontents – les cocus indifférents ou béats avaient bénéficié d'une session de rattrapage. A l'issue de ce premier tri, il n'était guère resté en lice qu'une quarantaine de candidats. Ils avaient été réunis par petits groupes de quatre ou six, pas plus pour des réunions initiatiques. Le Vieux prononçait un discours d'ouverture immuable :

– Il vous est interdit de parler à l'extérieur de ce qui va se dire ici.

Et il prononçait également le discours de clôture :

– Il vous est interdit de parler à l'extérieur de ce qui s'est dit ici.

Promis-juré...

Christine-Mady en avait tout de même un peu causé avec son père, retraité sans état d'âme du service Action de la DGSE (la Direction générale de la sécurité extérieure), le service français d'espionnage, quoi ! Comme la CIA ou le KGB. « Papa » n'avait rien trouvé à redire sur les méthodes préconisées par Tengo. D'abord, parce qu'il était colonel, comme lui. Ensuite, parce que si les Américains les avaient inspirées, ces méthodes avaient été adaptées au goût français par ses potes de la Piscine. Et enfin, c'était ces mêmes gens, ses anciens collègues, qui allaient se charger de former les agents sous-couvert des douanes. Cette triple garantie suffisait à rassurer le père de Mady.

Papa avait émis un sifflement admiratif en auscultant les vrais-faux papiers de sa fille :

– Beau boulot ! Ah ! toi, tu t'appelles Vincenty. Moi, c'était Lelarge. On va finir par avoir une manif dans le caveau de famille ! Qu'est-ce qu'il est censé faire dans la vie, le père de cette Marlène ?

– Ben...

– Ah ! Je vois... s'esclaffa Papa. Comme le mien quand j'étais Lelarge : mort.

– Un accident de voiture, sur le périphe, à Paris.

– Le mien aussi ! Sauf que pour le mien ça s'était passé sur les boulevards extérieurs. Le périphe n'existait pas quand j'ai été recruté. Y se foulent pas beaucoup, nos docteurs ès barbouzerie.

Puis, papa avait recommandé la prudence à sa fille.

– Ne prends quand même pas trop de risques...

– Qu'est-ce que tu as fait, toi, pendant trente-cinq ans ?

– Moi, contrairement à toi, j'avais un physique conforme à l'emploi. Et j'étais toujours armé en mission. Dans le genre porte-avions.

En plus, dans mon service, on pouvait manifester de la rancune envers ceux qui manquaient de respect à la France, et on n'en faisait pas tout un plat.

Hormis cette conversation avec son père, membre de la confrérie des clandestins honoraires, l'Association des services spéciaux de la défense nationale, Mady respecta la consigne de silence. Ses collègues aussi. Par sens du devoir exclusivement, puisque l'Etat moderne n'a pas, en matière de secret, la rigueur des pharaons. Lesquels coupaient la langue des bâtisseurs de leur chambre mortuaire, quand ils ne les trucidaient pas, afin d'éviter les bavardages et le viol de leur sarcophage. Quand on veut dormir tranquille...

Les agents sous-couvert des douanes reçurent une soixantaine de fascicules leur enseignant l'art de la clandestinité, la manière d'infiltrer et la façon de s'exfiltrer. Et ils opéraient depuis deux ans déjà quand, au mois de septembre 1989, un adjoint de Tengo pondit un chef-d'œuvre d'hypocrisie intitulé : « Douanes US : les opérations undercover ». Il venait d'assister à un séminaire de quarante-huit heures aux Etats-Unis et il suggérait, en trois feuillets, de créer un service identique en France...

Dans ce rapport, l'adjoint de Tengo indiquait : « La législation et la jurisprudence de la Cour suprême des Etats-Unis ont rendu possible l'exécution de ces opérations undercover et validé les moyens de preuve divers qui en découlent : films, photos, enregistrements, etc. » Sous-entendu : chez nous, en France, tintin ! Sous-sous-entendu : on est bien placés pour le savoir, il y a déjà deux ans qu'on pratique ce sport et qu'on triture les procédures pour les faire cadrer avec le droit français, histoire d'envoyer de temps en temps quelques truands au trou.

Le plat de résistance de ce rapport précisait : « Dès la réalisation de chaque opération, une attention particulière est attachée aux agents qui subissent un débriefing, et sont ensuite pris en charge rapidement par des médecins psychologues pour essayer de réaliser avec le minimum d'inconvénients leur "reconversion" et leur retour vers une vie normale. » Traduction : ce boulot est difficile et risqué, et certains agents pètent parfois les plombs. Il est vrai que les douaniers américains, les fameux Incorruptibles d'Eliott Ness, lésinent rarement sur les moyens. Quand ils infiltrent un gang, c'est pour plusieurs semaines ou plusieurs mois. Les quelque cent cinquante agents qui font ce job outre-Atlantique rompent tout contact avec leur famille pendant la mission et s'immergent totalement dans le monde du crime. Ils adhèrent au gang pour le frapper de l'intérieur. Les infiltrations de longue durée qui se terminent en hécatombe pour les truands, Tengo en rêve parfois à haute voix : « Un jour, nous constituerons une équipe d'agents undercover sans aucun lien officiel avec l'administration, sans statut de fonctionnaire pendant toute la durée de leur activité clandestine. Ils seront contractuels et leur contrat secret restera planqué au ministère, dans le coffre du ministre. Ils seront véritablement des clandestins. »

La mise en couveuse psychologique des agents à leur retour dans le monde des honnêtes gens est nécessaire. Certains ont besoin qu'on leur remette la tête à l'endroit, car ils finissent par trouver sympas les truands qu'ils fréquentent. « On peut considérer que 50 % des agents qui ont été utilisés à ce jour présentent des troubles divers de la personnalité et sont dans un état qui justifie des thérapeutiques variables selon les cas », note le théoricien du service dans son rapport. Le moyen de réduire ce taux de « déchet », pour reprendre la formule américaine, réside dans une sélection plus rigoureuse des agents et dans une intensification de la formation à tous les niveaux.

Mady est dans le bain des infiltrés depuis deux ans, elle a déjà quelques belles affaires à son actif quand elle doit s'atteler à une infiltration incroyable : l'opération infirme. Drôle d'histoire sur toute la ligne, cette « opération infirme ». Le trafiquant en question, Touffic, âgé de trente ans, est devenu tétraplégique à la suite d'une chute de vélo, dans son enfance, en Algérie. La Sécu lui verse une pension mensuelle de 8 000 francs, il bénéficie d'une aide ménagère gratuite et il perçoit l'allocation logement pour son F4 dans la ZUP de Mulhouse.

Plusieurs sources ont dénoncé son trafic de shit mais les douaniers ont pris le temps de la réflexion avant d'enclencher l'opération. Avec un client maghrébin, infirme de surcroît, ils marchent sur des œufs...

Mais le Vieux leur donne le feu vert car Touffic, assisté d'une quinzaine de neveux âgés de quinze à vingt ans, tient la ZUP sous sa férule. Ce sont de vrais neveux. Venant à tour de rôle d'Algérie, ils séjournent par trois à Mulhouse pendant un trimestre et retournent au pays, relayés par d'autres. Touffic est également suspecté d'animer un réseau de casseurs et d'écouler divers matériels volés : électroménager, hi-fi, outillage, auto-radios, pièces détachées de véhicules. Pas chien, il se fait parfois payer le shit en nature par ses clients, ce qui alimente son commerce de quincaille. Cette répréhensible activité entretient une délinquance urbaine grave que la PJ de Mulhouse confirme. Les flics reconnaissent qu'ils s'y sont cassé les dents, mais ils ont une excuse : c'est pas facile de planquer dans la ZUP, qui fournit le plus gros des quelque mille gardés à vue annuels de la circonscription.

Rusé comme un renard, Touffic ne sera pas facile à prendre en flag. Arrêter un de ses neveux revendeurs ? Le shit saisi avoisinera les clopinettes, le môme ne chiquera pas contre son oncle et les juges seront, comme d'habitude, indulgents. De toute façon, des neveux, Touffic en a en réserve. Mady décide donc d'infiltrer et de passer une grosse commande, seul moyen de le faire sortir de sa tanière pour l'encaissement.

Comment l'aborder ? Les renseignements sont encore trop minces pour élaborer un plan. Il va falloir planquer dans la ZUP, malgré les difficultés annoncées par la PJ, et filer tous les membres de la tribu. Des bagnoles banalisées et des équipes à pied assureront les filoches en ville. Le camion de planque, transformé en tas de boue de plombier-couvreur, stationnera à proximité de l'appartement de Touffic. Tenir trois jours en planque dans la cité, pour faire bisquer les poulets de la PJ, ce serait déjà une satisfaction.

Pour les filoches dans la ZUP, Lionel Baldoni, le motard de l'équipe, s'impose. Il a la tête de l'emploi : il ressemble à un Turc.

D'ailleurs, les flics l'ont interpellé à quatre reprises, ici ou là, alors qu'il zonait en repérage ! Contrôlé pour délit de sale gueule...

– Qu'est-ce que je fais, si les jeunes sortent leur tonton en fauteuil roulant ?

– Tu suis à pied !

– Ouais... Et pendant ce temps-là, on me désosse la Kawa ! Bien content si je retrouve le cadre en revenant.

– Dramatise pas... dit Mady.

Il souffle un vent de mutinerie à bord.

– Moi, hein... La Kawa, rien à branler ! C'est Charasse qui paye. Mais ces mômes, ils connaissent les caves de la ZUP mieux que les rats. Seulement ils sont plus nombreux. Comment je filoche, moi ? Je vais me faire renifler !

– Le couplet *« impossible a priori »*, je l'attendais. Vous êtes lassants, les mecs ! Avant de vous plaindre comme des gonzesses, pensez aux copains qui prennent des risques en vivant avec les trafiquants ! Ceux-là, si on les renifle, comme tu dis, c'est peut-être pas un bras d'honneur qu'on leur fera ! Vous êtes dans notre camp, oui ? Alors on vous demande de surveiller ces types : essayez, merde ! Respectez votre contrat. Ou barrez-vous au tri postal ! A la poste, y a pas d'échec possible et la turne est chauffée.

Et Mady, qui, dans ces cas-là, a la dent dure, ajoute :

– Si toutefois vous en avez les capacités.

Les gabelous font la gueule. Touché-coulé.

Comme d'habitude, le renflouement des épaves a lieu au restau du coin, et à la fin d'une grosse bouffe bien arrosée offerte par Mady, les agents de terrain redeviennent dociles et dévoués comme des chiens de berger. A table, seul Dominique Nongar semble ailleurs. C'est qu'il a un problème ardu à résoudre. Il phosphore en contemplant ses jolies mains, en admirant le plafond ou en arrangeant ses boucles grisonnantes. Mady, qui lit en lui comme dans un livre, sait qu'il hésite entre deux prétextes pour se défiler et couper aux longues séances de planque qui se profilent à l'horizon. A-t-il un enfant grippé ou est-il déjà inscrit pour un stage informatique ? Mady parie pour le stage : le coup du fiston grippé, qui venait après le coup de la fille enscarlatinée, lequel coup succédait à la crise subite d'arthrose de sa femme, il l'a fait le mois dernier. Nongar se racle la gorge en s'écrasant le larynx du menton, redresse la tête et dit en regardant la serveuse qui passe :

– Dis, Mady... J'y repense... Après-demain...

Nongar a effectivement opté pour le stage de perfectionnement en informatique.

Succession de semaines difficiles. Un jour, Claude Frenet rentre de filoche à bout de nerfs.

– C'est plus possible ! Les neveux ont encore trimbalé l'infirme dans son fauteuil !

– Et alors ? Tu voudrais pas qu'ils le traînent sur le cul, quand même ?

– Déconne pas ! T'as déjà essayé de filocher un fauteuil roulant à moteur, toi ?

« Ben non... », avait pensé Mady sans interrompre la jérémiade de Frenet.

– Tant qu'ils poussent, Sanchez et moi on peut suivre en se planquant entre les voitures. Mais à un moment, Touffic a mis le moteur et sa charrette est partie comme une fusée ! On pouvait pas courir derrière, les neveux nous auraient repérés. On l'a paumé dans le centre commercial.

– Vous êtes nuls ! lâche Mady.

– T'es bien, toi ! écume Frenet. Un mec qui circule assis, tu le vois pas, dans la foule !

– C'est vrai, excuse-moi. Vous avez fait ce que vous avez pu. C'est bien comme ça.

– Ouais ! Mais on se sent devenir cons, avec ce mec. On sait jamais comment il va se déplacer. Avant-hier, ils ont posé le tonton à l'avant de leur 405 GTI, ils ont plié le fauteuil dans le coffre, et ils ont dégagé à fond la caisse ! Le temps de cavaler jusqu'à la BMW, ils avaient disparu. Résultat : on n'a toujours pas localisé le garage de la 405.

– T'as celui du fauteuil roulant, c'est déjà ça... plaisante Llorca.

– Marre-toi ! Les filoches, toi, tu te les farcis pas, t'es trop grand. Ras le bol ! C'est des chacals, ces mecs. On devrait tirer dessus sans sommation. Ils nous enculent, ces merdeux, et faut rien dire !

– Tu t'entends pas ? Allez, prends un formulaire de compte rendu et résume ta filoche, propose Mady. Mais ne te crois pas obligé de préciser que tu baisses ton froc. Ni que tu proposes de tirer dans le tas. Enfin... à toi de décider.

Puis Mady feuillette l'album des photos prises de la camionnette en stationnement depuis huit jours devant l'immeuble de Touffic. Sanchez en sort tous les matins à neuf heures, travesti en plombier. Une caisse à outils dans une main, des morceaux de tuyaux de cuivre dans l'autre, il entre chez un commerçant, où il est censé refaire la salle de bains. En réalité, planqué dans l'arrière-boutique, il surveille par le vasistas les allées et venues dans le hall de l'immeuble. Le boutiquier, dont le biceps gauche s'orne d'un « Ni Dieu ni maître » tatoué en bleu et en rouge, a longuement réfléchi avant de collaborer... spontanément. Le temps pour la douane d'exhumer du fichier de la PJ une ancienne condamnation, en rapport avec son tatouage, qui lui interdit à vie d'effectuer des actes de commerce. Mady a mis le marché en main au Ravachol de la ZUP : ou mettre l'entreprise en gérance, ou composer temporairement avec ses convictions en hébergeant « la flicaille ».

Pendant ce temps, Frenet et Kuony, installés dans le camion, photographient tout ce qui entre et sort du bâtiment, ou qui parle avec les neveux. En moins de huit jours, presque toute la population de la ZUP s'est retrouvée dans l'album photos.

Mady se demande soudain si l'entrepôt des marchandises volées n'abriterait pas aussi le stock de shit.

– Mon petit Llorca chéri, j'ai besoin de toi ! Faudrait que tu visites une cave cette nuit.

– Hors légalité, je présume ?

– A ton avis ?

– OK. Je prends Frenet ? Les serrures, il a pas besoin d'y toucher. Il leur parle et elles s'ouvrent toutes seules. Et on a parfois l'impression qu'elles lui sourient. Sans déconner !

– D'accord. Cherche le numéro de la cave dans le bail de Touffic. S'il n'y figure pas, demande aux HLM. On se retrouve à l'entrée de la ZUP à deux plombes, cette nuit ?

Insomniaque de naissance, Mady a toujours eu un goût marqué pour les opérations nocturnes. Et comme elle ne peut pas passer toutes ses nuits à bouquiner ou à écouter des opéras au casque, elle bosse sur des dossiers. Elle pourrait bien préparer une ou deux licences de plus, mais à son âge...

Une dizaine de minutes après l'heure convenue pour la descente en sous-sol, grésillements dans la radio portable de Mady, qui attend hors de la ZUP dans sa voiture. Llorca rend compte en direct.

– Frenet est un séducteur de serrure redoutable. Elle s'est donnée à lui en moins d'une minute. La cave, c'est mieux que chez Darty ! Y a des chaînes hi-fi, des magnétoscopes, tiens donc ! des carabines de chasse ! Oh merde ! deux P33 avec des cartouches ! Qu'est-ce qu'on fait ?

Mady hésite avant de dire :

– On n'est pas censés être là, donc on laisse. Ensuite ?

– Des perceuses électriques, et là... un instant... des téléviseurs portables. Y a de la camelote jusqu'au plafond !

– Pas de shit ?

– Non. Je crois pas. Je n'en vois pas, et je n'en sens pas.

– OK. Vous rappliquez. Si on fait un bide sur la dope, on pourra toujours le faire serrer par les flics pour recel. On aura l'air un peu moins con. Et on jouera la collaboration franche et désintéressée en repassant ce mec à la PJ. Il y a ce qu'il faut dans le code pénal pour l'habiller en droit commun.

Mady envisage une infiltration en deux phases : un premier acheteur, aux capacités financières modestes, prendra contact avec Touffic, et lui présentera deux autres clients de grande pointure. Ce montage lui paraît nécessaire pour prouver l'importance du trafic, l'intention frauduleuse, et l'assise des revenus, comme l'indique l'article 415 du code des douanes. Celui qu'il faut arrêter, c'est Touffic. Ses neveux sont sans intérêt. Ils sont comme des clones, reproductibles et interchangeables à l'infini. Ne pas se tromper de cible. Honneur oblige.

Première phase : l'indic présentera aux neveux un jeunot affranchi, qui les déstabilisera en les éblouissant. Dans le rôle du jeunot : Jean-René Belroux, dit Chicorée. Fils de gendarme (« Nul n'est parfait...», soupire-t-il en manière d'excuse), ancien moniteur d'auto-école, il vient d'avoir quarante ans. Mais il a dû trafiquer son compteur car il n'en paraît que vingt-huit. Sa couverture : gérant d'un bar boîte à putes de la place Clichy. Une idée de Tengo. Comique de la situation : il est gentiment rackettée dans cette vraie-fausse activité par un vrai flic du quartier ! Pour ne pas risquer de brûler sa couverture, Tengo lui a ordonné de payer. Moralité : le ministre du Budget améliore l'ordinaire d'un ripou de la préfecture de police qui, non content de se faire rincer à l'œil au zinc, tape chaque mois Belroux de cent sacs.

Quand l'enquête périphérique est suffisamment étoffée, l'indic qui a balancé Touffic pour trente mille francs (payables après, bien sûr), présente Chicorée, beau mec rouleur de mécaniques, à l'un des neveux, au cours d'une promenade de l'oncle. Il tient un bar à Pigalle, dit-il, et il est intéressé par de la bonne came pour faire planer ses gros cons de clients. Belroux éblouit le môme par sa prestance et son verbe clinquant, son aisance automobile et bijoutière. Faut dire que Chicorée n'a pas mégoté sur les accessoires pour jouer un jeune truand en irrésistible ascension. Recroquevillé dans son fauteuil, silencieux, comme absent, Touffic observe. Belroux joue juste. Incidemment, il parle de ses patrons, « des gens très bien qui préfèrent rester en retrait ». Touffic, aussi animé qu'un légume, enregistre.

Le neveu garde le contact avec Belroux qui, suprême flatterie, lui donne le numéro de la ligne directe où il peut l'appeler dans son bar. Numéro qui, bien entendu, bascule en temps réel dans son bureau. Au troisième appel en trois jours, Belroux lâche le morceau au neveu subjugué par sa réussite.

– On va pas perdre notre temps avec des petites conneries, hein ! Ce qui intéresse mes patrons, c'est de faire du fric en grand. Ils veulent cinquante kilos de shit de bonne qualité. Mais là, c'est plus moi qui traite, ni toi, j'imagine. Mes patrons veulent voir ton patron.

– Je vais demander...

– Sans compter que, comme fourgues sur Paris, ils sont superbranchés. Ils pourraient vous mettre en relation. Ça vous éviterait de vous faire gauler avec vos exportations à la noix vers l'Algérie.

Ferré : le neveu rappelle Belroux le lendemain matin pour annoncer que son oncle veut rencontrer ses patrons.

Deuxième phase : entrée en scène du couple de trafiquants. Mady, fragile mais féroce, concubine d'un Espagnol ombrageux et taciturne, Sancho, plutôt branché sur la cocaïne, lui. Pour sa consommation personnelle comme pour le commerce. Le shit, s'il en achète, c'est « pour occuper les loisirs de la sardine qui lui sert de gonzesse. Pendant qu'elle vend ça, elle ne se ruine pas dans les magasins ». Il ne se mêlera pas de leurs discussions. Il l'accompagnera, mais juste parce qu'il ne veut pas laisser sa femme conduire sa Mercedes 230 CE, avec ABS, ASD et tutti quanti.

Problèmes qui donnent des sueurs plutôt froides aux douaniers : comment braquer l'infirme dans son fauteuil roulant s'il s'implique personnellement dans la livraison, et comment calmer les neveux un peu primaires s'ils jouent du traditionnel rasoir au moment de l'interpellation ? Et la population immigrée de la ZUP, qui n'a plus vu un képi depuis des lustres, comment va-t-elle réagir en voyant apparaître ceux des douaniers locaux ? Inch Allah !

Rapide en affaires, le Touffic ! Surtout, pas contrariant. Prix, qualité, quantité. Il est tout de suite d'accord. Il ne discute pas. Il procédera à la livraison en deux étapes. Vingt-cinq kilos à Mulhouse même, au centre commercial de la ZUP, et vingt-cinq kilos quelques heures plus tard, derrière le cimetière de Valentigney, une bourgade située après Montbéliard.

– Un ami de mon neveu fera la deuxième livraison et apportera aussi un échantillon de cocaïne, dit Touffic. Le paiement, en deux fois. La moitié à moi, sur le parking du centre commercial, l'autre moitié, au livreur. Il aura une camionnette 4L immatriculée 38.

– Je sens qu'on va faire de bonnes affaires, lui dit Mady. On va fourguer des tonnes de shit et de matos piqué à ces salauds de bourges. Tu peux fournir ? Y a pas de problème ?

– T'inquiète pas ! Les résidences secondaires du département, on les fait toutes. Sauf celles qui ont des systèmes d'alarme. Celles-là, c'est comme les appartements en étage, on les laisse aux Yougos. Eux, ils savent comment shunter les hurleurs. Et faut les voir escalader les façades. Des vrais ouistitis.

– Bon. Tu nous téléphones la date de livraison, alors ?

L'infirme opine du menton et sa bouche amère se fend d'un bref sourire commercial aussitôt remplacé par son rictus désabusé. Son regard est resté triste et lointain pendant toute leur conversation et Mady sent la pitié la gagner. Mais c'est tout de même un trafiquant qui peut livrer cinquante kilos de shit d'un seul coup, et même de la cocaïne sur un simple claquement de doigts. Et il y a aussi des armes dans sa cave qui dégueule de marchandises volées.

Mady et son pseudo-concubin remontent dans leur coupé Mercedes. Hilares. Le sac n'est pas encore tout à fait noué, mais pas de doute : l'affaire est dedans !

– Je voudrais pas porter la poisse, mais c'est une opération qui carbure, hein !

– Tu touches un volant en bois, ça ne peut que porter bonheur. Si on allait se faire une croque à la tour de l'Europe ?

– Au restau qui tourne, tout en haut ?

– Ouais !

– Si tu veux...

– T'as pas l'air emballé ?

– Ben... si... Mais moi, tu sais, je suis né dans une famille de bergers du Vallespir. J'ai l'habitude de brouter au ras des pâquerettes.

– C'est super, tu verras. Pendant que tu te gares, je réserve deux piaules au Mercure de Sausheim.

Mady a surtout envie de téléphoner à son père, dans sa retraite forestière constellée de systèmes d'alarme.

– Salut, P'pa. Dis, je viens d'apprendre que les circuits des hurleurs se shuntent facilement. Tu savais, toi ?

– Bien sûr ! rétorque Papa vexé. Sinon, j'aurais pas trois fauves pour défendre ma logistique. T'es en opération ?

– Oui. Bisous, P'pa.

En raccrochant, Mady se demande lequel, de son père et de Gengis Khan, est le plus facho. Son équipier l'attend devant l'ascenseur.

– Putain con ! ça pèle, dit Sancho avec son accent catalan. On se croirait jamais en mai.

– Eh ! le vent vient de Suisse. Et le vent d'est, on sait pas vraiment où il prend son élan. Dans le désert de Gobi, peut-être.

– C'est pour ça qu'on a l'impression que leur tramontane elle sort du congélo ! Mais putain, pourquoi elle s'arrête pas à la frontière, comme le nuage de Tchernobyl ? tempête Sancho.

Quand il est en colère, le Catalan, il roule les « r » en faisant un bruit d'avalanche de pierres. Il vaut mieux ne pas se trouver sur la trajectoire d'une engueulade. L'accent de François Sanchez résiste à tous les couteaux. Contrôleur divisionnaire, c'est-à-dire lieutenant, il a d'abord été moniteur de tir. Agé de quarante-cinq ans, il en a déjà passé vingt-quatre avec Blanquita, une Catalane aux formes généreuses, jalouse comme une tigresse. Il faut dire que Sancho est bel homme, comme on dit au pays, et qu'il laisse rarement sur sa faim une quémandeuse de tendresse. Et la Blanquita, qui le sait, a le mauvais goût d'en souffrir. Comme Sancho parle couramment espagnol et catalan, le Vieux en a fait un VRP de société de transport barcelonaise.

Au trente et unième étage, les deux douaniers choisissent une table près de la vitre. Sancho dans le sens de la marche, Mady en face de lui. Le mouvement giratoire de la tour permet de découvrir tout Mulhouse en une rotation de soixante-douze minutes. Mady commande un émincé de veau à la zurichoise, une mousse de saumon Théodore et un chaud-glacé aux fraises. Puis elle contemple le panorama en sirotant en silence un kir au blanc d'Alsace. Au bout d'un moment, Sancho s'inquiète.

– Ça va pas ? T'es toute blanche...

– J'ai un peu la nausée. Excuse-moi, dit-elle.

Direction les toilettes, dont, en vraie pro, Mady a repéré le fléchage en entrant. Horreur ! Les toilettes ont disparu ! Le restau tourne comme un manège autour d'un axe fixe où est logé l'ascenseur. En sortant, dix minutes plus tôt, Mady avait repéré à sa droite la porte de l'escalier qui conduit aux toilettes, situées deux étages plus bas. Cette porte, elle l'avait localisée sud-sud-ouest par rapport à leur table. Mais le restau a tourné et la porte qui est maintenant située sud-sud-ouest donne sur les cuisines. Un cuistot, qui passe probablement autant de temps à piloter les égarés vers les chiottes qu'à gâter les sauces, l'oriente vers la bonne issue.

– C'est deux étages plus bas, madame.

Toilettes atroces. Pas de fenêtre. Pas d'air. Un véritable abattoir à claustrophobe. « Ça pue autant que les poubelles des restaus chinois de la ZUP de Dornach », gémit Mady en s'aspergeant le visage et les bras d'eau froide. Des compresses de Kleenex sur les chevilles et une onction d'eau de toilette sous les aisselles la revigorent un peu. Son estomac se dénoue lentement. Elle entreprend alors un ravalement complet : poudre, Rimmel, fard à joues, brillant à lèvres. « En opération, les mecs n'ont pas ces problèmes, eux. Plus ils ont une sale gueule, dans le boulot, plus ils passent pour des caïds sanguinaires. Et quand ils ont dix grammes de coquard sous chaque œil, le royaume des héros leur appartient. On leur refile même la Légion d'honneur. Nous, les bonnes femmes, on nous met au placard. Merde ! Vive le MLF ! » Quand elle rejoint Sancho, il a sifflé son troisième kir. Il se façonne des coquards qui lui vaudront sûrement un ruban.

Les jours suivants, les équipes de terrain, composées avec les agents les plus doués recrutés dans les brigades locales, peaufinent les observations et obtiennent enfin l'adresse du box de la 405 GTI. Mady met au point un double dispositif d'interpellation, et informe les parquets de Mulhouse et de Montbéliard, dont dépend Valentigney, que des opérations de livraison contrôlées vont être menées par des équipes mixtes douane-PJ dans les secteurs de leur compétence, et que les magistrats auront donc deux douaniers infiltrés et un indic à protéger. Il était temps : Touffic a fixé la livraison au lendemain.

Quelques instants avant l'heure du rendez-vous, les trois neveux descendent Touffic dans son fauteuil roulant et le poussent vers le parking. Mady a décidé de le faire contrôler « inopinément » entre son immeuble et le supermarché. Risque calculé ou pari insensé ? On ne glisserait pas une feuille de papier à cigarette entre les deux appréciations. *A priori,* Touffic circule « chargé », puisqu'il vient encaisser le montant de la vente. Mais si le contrôle est négatif au regard du fameux article 60 du code des douanes, pas question de visite domiciliaire derrière, bien que sa cave regorge de marchandises volées. Pas question non plus de faire valoir en justice l'échantillon de shit remis à Mady et à Sancho. Faire valoir une si minable quantité serait du travail de gendarme. On ne va pas risquer une explosion procédurale pour si peu. Solution : lui coller l'échantillon sous la couverture au moment du contrôle et faire semblant de le découvrir. C'est tentant, un beau flag. Enfin, beau, faut le dire vite. En tout cas, ça s'est déjà fait...

Au moment où les neveux replient le fauteuil après avoir déposé Touffic à l'avant d'une Ford flambant neuve dont les douaniers ignoraient l'existence, Llorca et Baldoni interpellent en douceur.

– Bonjour messieurs. Contrôle des douanes. Avez-vous des marchandises à déclarer ?

Touffic, oiseau de proie crevard, se rabougrit et crispe ses doigts décharnés sur sa couverture.

– Non...

– Bien. Permettez-nous de procéder à un contrôle sommaire du véhicule en vertu des dispositions de l'article 60 du code des douanes.

Les autres équipiers, planqués dans des voitures garées à proximité, croisent les doigts pour que le contrôle soit positif. Et surtout pour que les neveux ne s'énervent pas.

Rien dans le coffre. Avec des gestes délicats de sage-femme, Llorca découvre le jackpot empilé sur les cuisses de Touffic, sous la couverture qui couvre ses jambes atrophiées et inutiles. Vingt savonnettes de shit de 250 grammes chacune. Bien vertes et bien odorantes. Cinq kilos !

– Lionel, on pince ! hurle Llorca en brandissant ses menottes. Mais bordel ! Où sont les autres ?

Mady observe la scène de loin. Les collègues en planque tardent à rappliquer et les neveux se rebiffent. Lionel sort son flingue et les braque. Le con ! Il a pris son 357 magnum ! Pas réglementaire. Des coups à foirer la procédure avec un juge un peu trop pinailleur, ou avec une hiérarchie frileuse si ça canarde. Les deux douaniers et les deux flics de la PJ arrivent enfin. C'est pas possible ! Les cons ! Un seul a pensé à prendre ses menottes... Deux paires de pinces pour quatre malfrats ! Mady enrage. Tout le monde était trop confiant avec cet infirme qui ne risque pas de se carapater. Des petits détails qui peuvent faire capoter l'opération la plus banale. Finalement, tout baigne. Llorca s'installe au volant de la Ford toute neuve, qui sera saisie, et démarre, Touffic immobile à son côté. Les neveux glapissants, dont deux sont menottés ensemble, prennent place dans la 305 de l'antenne des douanes de Belfort et dans la Talbot de la PJ. Direction la division des douanes de Mulhouse. La procédure s'annonce longue et laborieuse. L'inventaire de la camelote récupérée dans la cave mobilisera trois fonctionnaires pendant des heures.

Mais Mady et sa deuxième équipe ont un autre chat à fouetter. Ils prennent l'autoroute en direction de Montbéliard, pour assurer la deuxième livraison, prévue par Touffic au cimetière de Valentigney.

Sancho et Mady ont changé leur super Mercedes contre la R5 turbo toute neuve de la direction nationale, pour que Touffic ne soit pas tenté de faire un rapprochement entre ses clients parisiens et les deux douaniers qui vont cravater son livreur dauphinois. Baldoni et le gros Riri, le ripou de la PJ, suivent en BMW.

Et pendant qu'ils avalent des kilomètres, le responsable régional des douanes, Guy Canderel, fait une entrée en fanfare dans la ZUP de Mulhouse à bord de la voiture marquée « police » conduite par le jeune commissaire de l'antenne PJ. Kuony, qui suit derrière, informe Mady par radio que le gyrophare brille de tous ses feux et que le deux-tons est au maximum de sa puissance. « C'est des cons, soupire Mady. Heureusement qu'ils vont récupérer de la marchandise qui ne risque pas de disparaître en dix secondes dans les chiottes. S'ils cherchaient de la coke ou de l'héro, un coup de chasse d'eau et la poudre partait dans la tuyauterie avant qu'ils aient bougé leur cul de la bagnole ! »

Canderel, grand, barbu, benêt, souffrant d'un bégaiement pathologique, arbore en toute circonstance sa cravate des douanes ornée de la grenade et du cor de chasse. Il commence la visite domiciliaire par la cave de Touffic. Le commissaire débutant, beau comme une gravure de mode avec son nœud papillon, encore dans son emballage de l'Ecole nationale de police de Saint-Cyr-au-Mont-d'Or, le suit comme son ombre. Mais il ne joue pas le rôle de l'ombre longtemps, car il n'y a pas d'électricité dans la cave. Ni le flic ni le douanier n'ont pensé à prendre une lampe torche. C'est donc à la lueur vacillante du briquet de Canderel que les deux vedettes commencent leur perquise en sous-sol. Canderel se brûle les doigts, éteint son briquet, jure parce qu'il a marché sur une partie du butin. Le commissaire peste parce qu'il dégueulasse son costume neuf. Kuony, qui les entend du haut de l'escalier, retient ses équipiers :

– On va pas les déranger, ils sont en train d'apprendre le métier...

Dix kilos de shit sont découverts dans le coffre de la GTI garée dans le box où une autre équipe, conduite par Nongar, s'est rendue.

Huit autres kilos voisinent, sur la loggia, avec un sac d'oignons. Les poubelles de la cuisine et de la salle de bains sont retournées, les grilles d'aération démontées, les tubes de dentifrice et de pommade éventrés. Rien d'autre dans cette turne crado. Une fine pellicule grise et grasse recouvre la céramique rose. Côté cuisine, ça empeste la boustifaille en voie de décomposition, et côté bains ça pue le linge en macération dans une cuvette. L'aide-ménagère ne se tue pas au travail. La Sécu ne risque pas d'avoir sa mort sur la conscience.

– Ben dis donc... Il fait de la culture microbienne intensive, le mec, lâche l'inspecteur de la PJ qui assiste à la perquise.

Bilan de la saisie : vingt-cinq kilos de shit, pas loin d'une tonne de marchandises diverses et deux voitures, dont, fait rare, une neuve. Habituellement, les truands, sachant que la douane saisit les véhicules qui ont servi au transport de marchandises prohibées, préfèrent livrer dans des voitures pourries.

Retour dans les locaux. Quatre délinquants interpellés, donc quatre PV d'audition. Puis quatre PV de retenue. Puis deux PV de visite domiciliaire. Plus un PV de synthèse pour les saisies. Onze en tout. De six feuillets chacun. Les machines à écrire récupérées à droite ou à gauche, certaines sont même des réformées administratives sauvées du broyage et rafistolées, crépitent dans tous les coins. On se croirait sous un tir croisé de mitrailleuses. Il y a aussi l'odeur. Celle du tabac domine ; elle se mêle parfois à celle de la bière et des sandwichs ; elle s'efface toujours devant celle des corps. Des fonctionnaires qui abattent leur douzième ou quatorzième heure d'activité, ou des détenus qui ont mouillé leur froc de trouille lors de leur interpellation. A la longue, on se croirait dans une ménagerie. Etranger à l'agitation ambiante et indifférent aux effluves, Touffic décide de porter le chapeau. Il déclare que ses neveux ignoraient tout de son trafic. Malin. Il sait que l'administration pénitentiaire n'a rien prévu pour héberger les handicapés et il sait qu'il n'ira pas en taule. En tout cas, pas longtemps.

En planque devant le cimetière, Mady et Sancho devinent la BMW noire dissimulée le long du mur, en retrait de la route. Il est 23 h 30, une petite pluie fine et serrée tombe depuis deux heures. Elle a l'air de vouloir durer. De lourds nuages masquent la lune mais le repérage préalable du secteur a été effectué de jour. Il n'a révélé qu'un chemin gravillonné qui part de la route, longe le mur d'enceinte, et va se perdre dans une forêt sombre et inhospitalière. Entre le village et le cimetière, les trois ou quatre maisons d'un lotissement ambitieux mort-né. Mady et Sancho ont mis au point les modalités d'intervention et Sancho répercute les instructions par radio :

– Lionel, tu me reçois ?

– Affirmatif. Cinq sur cinq. A toi.

– Notre gazier a pu essayer de joindre Touffic par téléphone et n'obtenant pas de réponse se rendre compte qu'il y a un os. Donc, dès qu'on voit une camionnette immatriculée 38, à cette heure et dans ce secteur, ça ne peut être que la nôtre. On serre. Bien reçu ? A toi.

– Affirmatif. On fait comme ça. Terminé.

Avec deux moniteurs de tir à ses côtés, Sancho et Riri, Mady se sent en confiance bien qu'elle ignore qui va débarquer de la 4L.

Minuit quinze. Un halo jaunâtre perce la pluie au loin. La lumière se rapproche, devient plus vive, et soudain deux phares jaunes éclairent les murs des dernières maisons du village. Sancho lance le turbo. Mady essuie jusque dans les coins la buée du pare-brise et des vitres. C'est bien une fourgonnette 4L. Le numéro... Impossible de le lire dans le brouillard de pluie illuminé par le faisceau des phares. La 4L dépasse la R5 : 38, Isère, Mady donne le top. La BMW déboule à fond du chemin où elle était planquée, dépasse la R5, puis coupe la route à la 4L. Le livreur de Touffic est pris en tenaille. Riri jaillit de l'habitacle arme au poing, son brassard « police » ajusté au-dessus du coude. Mady s'éjecte en même temps de la R5, pétard à la main. Trop grand pour son bras grêle, son brassard « douane » ne tient pas. Flingue dans la main gauche, Riri s'approche de la 4L, ouvre la portière et ordonne sèchement :

– Descends, connard !

Insensible à l'invitation courtoise de Riri, le desperado redémarre en marche arrière. La main coincée dans la poignée, Riri valdingue dans la gadoue. Lionel, qui contournait la 4L par l'arrière, n'a que le temps de bondir sur le capot de la R5 pour ne pas être percuté dans la manœuvre. Un craquement sinistre de pignons et la 4L repart en avant, dans le chemin forestier en cul de sac ! Mady remonte dans la turbo.

– Celui-là, on se le fait ! Le lâche pas !

La R5 colle au pare-chocs de la 4L. Soudain, des coups de feu !

– Ce con ! Mais y va nous flinguer !

L'inspecteur Riri cavale comme un dératé derrière les voitures et, ignorant superbement la présence de deux douaniers entre lui et le délinquant, il entreprend de vider son chargeur sur le fuyard. Sancho ralentit.

– Putain ! Ça siffle !

– Klaxonne, merde ! Réveille-le, ce connard ! Sors-le de son feuilleton !

Brusquement, la 4L pile. Une grosse chaîne barre le chemin à l'orée du bois. Riri a cessé de tirer. Le conducteur descend, passe sous l'obstacle et disparaît dans la végétation. La R5 coince la 4L. Mady descend, arme au poing. Ses talons aiguilles s'enfoncent dans les graviers, elle vacille et se tord les chevilles à chaque pas. Sancho descend à son tour, dégaine calmement, et repère la silhouette du fuyard dans la lueur des phares.

– Je l'ai. Suis-moi, dit-il à Mady.

Les deux douaniers s'élancent, flingue dans la main droite et lampe torche dans la main gauche, tenue bras tendu sur le côté pour éviter de faire une cible trop facile.

– Arrête-toi ! Douane-police ! hurle Mady.

Et elle ajoute, presque dans un sanglot :

– Merde...

Elle s'est enfoncée jusqu'aux genoux dans un talus spongieux et fétide. Riri et Lionel, qui arrivaient derrière, s'arrêtent en scrutant la nuit. Lionel repart aussitôt vers Sancho, guidé par le halo de sa torche qui semble bondir d'un taillis à l'autre. Pendant ce temps, Riri aide Mady à se sortir du merdier où elle s'enfonce peu à peu. Un grand bruit de succion accompagne l'extraction.

– C'est de la thalasso hard... Ma godasse !

Une chaussure est restée embourbée. Mady rengaine son arme et plonge le bras dans la vase à la recherche de sa chaussure.

– Ça va, je l'ai. On continue.

Soudain, un hurlement sinistre monte du fond des bois. Le fuyard s'est pris la couenne dans une clôture de barbelés. Il parvient à s'en libérer et repart. Sancho, qui le pourchasse à vue, évite l'obstacle. Le type est à trois mètres devant lui. Il va l'avoir... Il l'a. Une deuxième ligne de barbelés s'enfonce dans les chairs du gabelou et du poursuivi. Duo de beuglements humains en bordure d'un pré à vaches.

Lionel arrive, soufflant comme un bœuf. Il empoigne le livreur de Touffic par la ceinture et la tignasse et le fait un peu tourner sur les crocs du fil de fer barbelé avant de le dégager et de le menotter dans le dos. Quatre lampes torches convergent alors vers le visage du trafiquant. Il ferme les yeux. C'est un rouquin d'une vingtaine d'années, couvert de taches de rousseur parfois reliées entre elles par de minces filets rouges suintant de ses plaies. Retour vers les voitures.

Apocalypse dans les faisceaux des phares. Les vêtements détrempés de Sancho et du prisonnier sont lacérés et ensanglantés. La queue de cheval de Mady goutte comme celle d'un rat sortant d'un égout. La longue toison de Lionel ressemble à un toit de chaume normand après le passage de la tempête du siècle. Au moindre geste, Riri dégorge comme une éponge saturée. On dirait les héros d'une scène de bataille commencée par David et achevée par Bacon.

Le rouquin, menotté, hagard et penaud, les regarde taper des pieds pour décoller la boue de leurs godasses et de leurs jeans. Furieuse, Mady s'approche du prisonnier, qui la dépasse d'une tête, empoigne ses cheveux sur la nuque et l'oblige à la fixer. Le front, les joues et le cou du gamin sont striés de nombreuses balafres.

– Qu'est-ce que tu trimbales dans ta caisse, connard ? demande-t-elle, en le secouant comme un prunier.

Question qu'elle traduira ainsi dans la procédure : « Avez-vous des marchandises d'origine étrangère à déclarer, monsieur ? »

– Rien, m'dame. J'vous l'jure sur la tête de ma mère.

– Hein ? Tu nous prendrais pas pour des cons, des fois ? T'aurais fait tout ce bordel pour rien ?

– J'vous ai pris pour des gangsters...

Les baffes qui se perdent... Pas toutes. Sancho, qui épongeait une plaie qui pisse plus que les autres avec son mouchoir détrempé, ajuste une torniole au jeunot.

– Calmos ! ordonne Mady. Bon, on verra plus tard. Allez, on décolle. Lionel, tu prends le gazier bien ficelé dans la BMW. Toi, Riri, tu ramènes sa 4L mais tu les suis de près. Sancho et moi on va refaire le chemin à la lampe. J'ai vu ce p'tit con jeter un truc par la portière. Sûrement de la dope. On se retrouve à Montbéliard. Commencez à désosser sa caisse.

Exécution. Et Sancho et Mady, sans parapluie, pataugeant dans la gadoue, partent chacun d'un côté du chemin, à la recherche d'un paquet de coke qui a peut-être déjà fondu sous la pluie. Rien dans le chemin. Ils remontent dans la R5 et roulent au pas pour inspecter les fossés. Soudain, des phares devant eux. Une voiture leur barre la route. Uniformes. Lampes. Pistolets-mitrailleurs.

– Mais ils nous braquent, ces malades !

Inconsciente de son look farouche et halluciné, Mady veut sortir s'expliquer avec les flics. Sancho la retient par le bras.

– Bouge pas ! J'ai l'expérience. Pose les mains à plat sur le tableau de bord et attends. En général, c'est pas les intellos suceurs de glace qui font la nuit. Si un de ces cons a les flubes, tu prends une rafale.

Portières ouvertes, canons menaçants, regards suspicieux.

– Nous sommes douaniers, explique Mady d'une voix suave. Nous travaillons avec la PJ de Mulhouse et de Besançon. Le procureur de Montbéliard est informé.

Ricanements polis.

– Nous, on est du commissariat de Valentigney et on n'est pas au courant de vos histoires. Les voisins ont entendu des coups de feu. Sortez les mains en l'air !

– Putain de nuit... murmure Sancho en dépliant sa carcasse.

La pluie a redoublé de violence mais les flicards s'en foutent, ils ont leurs cirés. Mady et Sancho s'expliquent calmement. Mais longuement.

Appelée par radio-téléphone, la permanence PJ de Besançon confirme l'opération conjointe douane-police. Les canons s'abaissent et les chargeurs sont rabattus. La civilisation reprend ses droits.

– Ne vous inquiétez pas pour l'usage des armes, dit Mady en remontant en voiture. On fera un rapport spécial. Rassurez les voisins. Au revoir.

Deux heures du matin à la douane de Montbéliard. Des fonctionnaires aux tronches d'évadés d'Alcatraz rescapés des requins s'agitent. Mouchent. Claquent des dents. Les heures passées dans le froid et sous la pluie leur ont charançonné les vertèbres. Les plus chanceux calteront vers 9-10 heures du matin. Pour les autres, le bagne. Ils trimeront jusqu'au milieu de l'après-midi. Si tout se passe bien. En arrivant, Sancho et Mady foncent vers les lavabos. Deux robinets, mais eau froide seulement. Eponge et serpillière pour nettoyer les vêtements maculés de boue. Sancho lave les longues estafilades qui entaillent ses jambes et ses bras avec des tampons de coton humide puis les badigeonne d'alcool et de mercurochrome.

– Putain ! Y en a qui sont profondes... dit-il en grimaçant.

– On va faire venir un toubib, décide Mady. Le môme, on va le piquer contre le tétanos. Toi, t'es à jour de ton rappel ?

– C'est un secret médical, ça te regarde pas ! Le môme, t'en fais ce que tu veux ! C'est ton prisonnier. Mais moi, t'as pas le droit de me torturer. Ton toubib, s'il veut me piquer, faudra d'abord qu'il m'attrape !

– Déconne pas. Ça fait pas mal. Et si t'aimes pas les piqûres, il vaut mieux t'en faire une petite tout de suite que vingt-cinq grosses quand le tétanos sera déclaré.

Et Mady, effrayée par l'image que lui renvoie la glace, ajoute :

– Toi, au moins, t'es sauvable en deux minutes.

– T'as quoi, toi ? s'inquiète sincèrement Sancho.

– Une sale gueule. Et j'ai rencard avec mon mec ce soir. Entre la saucée qu'on vient de prendre et la nuit blanche qui nous attend, j'ai bien peur de coincer au milieu d'une galipette...

La suite de ses pensées, Mady la garde pour elle. Bien la peine de cavaler chez Balmain acheter une guêpière hyper-sexy avant de partir en mission. Cet emballage de dentelle de luxe ne masquera pas les dégâts subis par son anatomie qui se décatit à mesure que la pendule tourne. Et le pire est à venir. Elle doit piloter la rédaction de la double procédure à Mulhouse et ici, à Montbéliard. Et ce soir, à 20 heures, le Manuy qui va se pointer frais, reposé, pomponné et frétillant...

Le plus pénible : contrôler par téléphone le zozo de Canderel et lui faire lire les PV qu'il a tapés. Incapable de rédiger seul une procédure du début à la fin. Il oublie des détails, s'empêtre dans les horaires, confond le nom des lieux, quand ce n'est pas ceux des délinquants.

Mady doit aussi vérifier si le livreur de Touffic habite réellement dans l'Isère, comme l'indiquent ses papiers. C'est le cas. Elle demande donc au permanencier de la DNRED de Lyon de réveiller les collègues qui procéderont à la perquise de sa piaule dès 6 heures du matin. Pas question de perdre une minute : le délai de retenue douanière des délinquants s'impute sur la garde à vue judiciaire. Article 323. Il faut en faire le maximum le plus vite possible afin de laisser aux flics du temps pour mener à terme la procédure. C'est-à-dire mettre au trou les trafiquants, si toutefois les juges de permanence n'y voient pas d'inconvénient.

La quantité de shit promise par Touffic était bien dans la 4L fourgonnette. Mais le livreur ne chique rien. Au bord des larmes, il dit, en essuyant d'un revers de main ses yeux rouges de rouquin, qu'un copain, Franck, lui a filé rencard devant le cimetière. Le laïus habituel. Le nom de famille du copain ? Il ne sait pas, il ne l'a rencontré qu'une fois. Et ils sont devenus tout de suite copains ?

– Oui...

– Son adresse ?

– Il habite à Grenoble. A moins que ce soit à Echirolles. Je sais pas.

Touffic ? Il n'a jamais entendu ce nom-là. D'ailleurs, il ne connaît pas d'infirme. C'est son copain de Grenoble qui... Etc. Tête à claques !

Bière, café chaud, saucisses de Montbéliard froides, jambon, cornichons : 3 heures sonnent quand les douaniers attaquent leur en-cas.

– Cancan vient de téléphoner, annonce Baldoni. Il a dit qu'il allait se pieuter.

– Quelle feignasse, ce mec, lâche Mady avec mépris. Au moins, pendant qu'il dort, il ne fait pas de conneries dans les PV.

– C'est quoi qui sent ? s'inquiète soudain Sancho le nez au vent.

– Y a quelque chose qui sent, ici ? s'étonne Baldoni, inspirant à petites saccades comme un chien qui flaire une piste.

– Y a une odeur, je vous assure ! insiste Sancho.

– C'est la saucisse de Montbéliard, dit Mady.

– La saucisse sent ça, ici ?

– Ici, oui ! fait Riri, le régional de l'étape outré d'entendre dénigrer l'art culinaire local.

– Putain con ! Ça sent le pneu qui patine sur une flaque d'huile.

– Y a un peu de ça, admet Baldoni.

– Et ils en vendent beaucoup, les charcutiers ? interroge Sancho.

– Puisqu'ils s'entêtent à en fabriquer, c'est qu'ils doivent en vendre. Faire coïncider l'offre et la demande, c'est le principe de base du commerce en système capitaliste, explique Mady.

– Qu'ils en vendent, bon, c'est leur métier. Mais c'est quand même pas pour en manger que les gens achètent ça ? insiste Sancho.

– Non, bien sûr. On achète pour jeter. Mais... l'ordure ! Pendant qu'il critique, il bouffe tout ! s'exclame Riri.

La valse des folios de PV et des carbones. Les têtes blafardes sous la lumière crue des néons administratifs. La fumée âcre des cigarettes. L'odeur composite de la boustifaille, du café, de la bière et des fringues qui sèchent « sur la bête ». Les effluves de sueur dans le sillage des agités. Le végétarien ne sent pas comme le viandard, et le soiffard ne distille pas les mêmes vapeurs que l'abstinent.

A 8 heures, à la fin d'une longue nuit sans sommeil, Mady téléphone au Parquet pour rendre compte de l'opération.

– Monsieur le procureur n'arrive pas avant 9 h 30, madame. Rappelez à 10 heures, suggère la standardiste.

« Calme-toi... Si tu voulais glander entre les draps, se dit Mady, il fallait faire l'Ecole nationale de la magistrature. » Elle raccroche et se verse un café.

– Dis, Mady...

– Ouais ?

– Riri veut se barrer sans rédiger le rapport sur son exercice de tir, dit Baldoni.

– Ah ! ouais ! Et qu'est-ce qu'on va raconter à tes collègues de Valentigney ? T'as une idée, Riri ?

– Bof... Y a qu'à dire que les gens qui ont appelé Police secours ont confondu avec un film de cow-boys à la télé. Ça se fait souvent.

– Dans la police, peut-être, mais pas dans les douanes ! On en fait d'autres, mais celle-là, on préfère la laisser aux poulets !

– Fallait pas reconnaître devant ces cons de la Sûreté urbaine qu'on avait tiré !

– Comment ça, « on » ? Parce qu'on a tiré aussi ? Ecoute, Toto, tes conneries, tu te les ravales. Va te pieuter si tu veux. Je rédige un PV, on le signe à deux, et il a valeur d'acte authentique. Désolée, mais moi je ne triche pas avec ces choses-là. Je raconte les faits exacts. Maintenant, vide ton barillet et file-moi tes étuis de balle. J'ai compté trois coups de feu. On vérifie, on rend compte, un point c'est tout.

– Bonjour les emmerdes... soupire Riri en posant les trois douilles sur le bureau.

– Ouais... Et si Sancho et moi on était raides, à l'heure qu'il est, t'en aurais d'un autre calibre, des emmerdes. Ta connerie n'a tué ni blessé personne, estime-toi heureux. Alors on n'en fait pas un drame. On relate la vérité. Sinon, je me barre moi aussi et j'avise ma hiérarchie que je refuse de rendre compte d'une procédure tronquée sciemment.

A 10 heures, le procureur Tressot téléphone. Il hurle dans le combiné que la Sûreté urbaine l'a avisé que des coups de feu ont été tirés.

– Et pourquoi n'a-t-on pas prévenu le commissariat central de Valentigney, demande-t-il ?

– Le commissariat central ? s'étonne Mady. Mais d'abord parce qu'il n'y en a pas ! Cela pourrait être une raison suffisante. Et ensuite parce qu'on vous a averti vous, monsieur le procureur. Vous, coordinateur de la lutte contre les stups. Et parce que les commissaires de Mulhouse, Montbéliard et Besançon ont été avisés personnellement. On ne va tout de même pas ameuter toutes les gendarmeries et tous les postes de police des agglomérations que l'on pourrait être amenés à traverser ?

– Tout cela, c'est des histoires ! Il n'y a pas de drogue sur mon territoire ! Vous avez monté cette affaire chez moi de toutes pièces ! C'est une provocation douanière douteuse. Une de plus...

– Monsieur le procureur, c'est Touffic qui avait fixé le rendez-vous avec son livreur à Valentigney, réplique Mady avec douceur. Je n'allais tout de même pas lui dire que son choix perturberait le procureur de la circonscription et qu'il fallait changer d'endroit ? Il y a vingt-quatre heures que nous n'avons pas dormi, monsieur le procureur. Vous devez comprendre notre travail...

– Votre travail ! coupe sèchement Tressot. Il faut voir comment vous le faites ! J'ai demandé une enquête à la douane, dans le cadre de la convention de Washington, sur un particulier qui détiendrait un python géant à son domicile. Vous n'avez rien fait !

– Monsieur le procureur, j'appartiens à un service spécialisé, qui dispose de très gros moyens techniques et informatiques, qui coûte extrêmement cher, je ne suis pas là pour courir après un dingue qui flirte avec un serpent. Il y a les services traditionnels, pour les pythons. Qu'ils soient géants ou bonsaïs.

– Madame...

– Ecoutez-moi ! Contrairement à ce que vous pensez, il y a beaucoup de drogue sur le territoire de votre compétence, véhiculée par des Turcs, des Yougoslaves et des licenciés de chez Peugeot, parce que les chômeurs en fin de droit...

– Ah ! non. Les gendarmes et les policiers m'assurent du contraire. Ce sont des inventions pour justifier vos implantations...

– Monsieur le procureur, je ne souhaite pas poursuivre. Les deux adolescents qu'on a ramassés morts depuis le début de l'année dans votre territoire n'ont pas succombé à une overdose de café-crème !

– Bien ! Je vais couper cette communication et m'assurer que les directeurs des SRPJ concernés étaient bien prévenus comme vous le prétendez.

– C'est cela, assurez-vous, monsieur le procureur. Assurez-vous. Et bonne journée.

Mady raccroche rageusement et dit en regardant le combiné.

– Va chier ! Le premier drogué sur lequel tu te décideras à ouvrir tes yeux bordés de graisse, ça sera peut-être ton gamin... Tu viendras chialer, connard !

Eblouis par la diction et le jeu de Mady face au téléphone, ses équipiers la gratifièrent d'un triple ban.

– Merci, mais je ne bisse pas mon numéro. Quel con, ce proc !

A 11 h 30, la procédure est terminée. Plus tôt que prévu. Mady et Sancho, décavés, décident d'aller se reposer quelques heures à l'hôtel Joffre. Le réceptionniste se cabre en voyant entrer ce couple de clodos crasseux et fait un mouvement pour jeter les intrus dehors. Mady se tourne vers Sancho, dont le jean et le blouson sont lacérés et le visage taché de mercurochrome, et dit avec lassitude :

– Sors ta carte, va... Je suis trop crevée pour discuter.

Et elle se tourne vers l'employé.

– Je comprends votre réaction. Nous sommes douaniers et nous avons arrêté des trafiquants cette nuit. Ça a été difficile. Maintenant, il faut que nous nous reposions, que nous nous lavions.

– Oh ! Pardon. Excusez-moi... Il ne me reste que des chambres communicantes... cela ira ?

– Mais oui. Merci.

– Voulez-vous que l'on vous trouve quelque chose à manger ? Nous ne faisons pas restaurant mais nous pouvons vous préparer des plateaux ?

Au mot « manger », le teint de Sancho se ravive et ses globes oculaires, qui menaçaient de rouler sur le comptoir, se rajustent dans leurs orbites.

Déjeuner campagnard arrosé d'arbois rouge bien frais, suivi d'un bain prolongé dans des mètres cubes de mousse et au lit. Il est 13 h 45. A 15 h 45, réveil en sursaut par l'horloge interne : « Merde ! Mon Manuy chéri... » Mady se pose sur un coude et téléphone à son toubib. Il l'attendra à 19 heures à l'Altéa de Besançon. Il a réservé. Il est en pleine forme. Il n'arrête pas de penser à elle, à ses seins, à sa bouche... Il a envie de lui faire des léchouilles partout. Oui, c'est ça... mais l'heure n'est pas à la causette, mon biquet. Mady raccroche en pensant aux promesses de Manuy, mais un bonheur plus grand la submerge : le sommeil.

A 17 heures, les deux douaniers ont chargé leurs bagages dans le coffre de la R5. Sancho a le réveil vaseux et maîtrise difficilement le volant dans l'agglomération. Sur l'autoroute, ça s'améliore. Le turbo feule et dégomme sec. Une vraie bombe extrapolée, cette bagnole ! Pas si extrapolée que ça. Au bout de dix kilomètres, le moteur explose ! Un épais nuage bleu enveloppe le capot et de fines gouttelettes d'huile maculent le pare-brise.

– On crame !

Bande d'arrêt d'urgence. Extincteur. Sous le capot, ça flambe vraiment. Les pompiers amateurs circonscrivent l'incendie en cinq secondes, mais ils sont en rade.

– Un remorquage sur l'autoroute... Le Vieux va faire une apnée prolongée ! Ça va y aller, le Gardénal...

– Qu'est-ce qu'on fait ? interroge Sancho en observant les collines boisées des alentours.

– T'en fais pas. Mon père s'est retiré à Baume-les-Dames. Je vais le siffler. Tu crains pas les clébards ?

– Bah...

– C'est pas un non franc et massif, hein ? Parce qu'il ne se déplace jamais sans deux clebs, mon père. Un braque pour le garder lui, et un dogue pour garder la Range-Rover.

– Ah...

– C'est pas pour la baraque que tu t'inquiètes, au moins ? ironise Mady. Parce que faut pas : quand papa sort, un troisième clébard patrouille dans le parc. C'est un leonberg, tu connais ? Un balèze. Un peu comme toi, mais dans le genre chien. Quoique si je l'imagine debout, je me demande s'il n'est pas un peu plus grand que toi...

– Si tu peux éviter de me présenter...

Au téléphone, Papa râle pour la forme mais il est secrètement ravi d'opérer le sauvetage autoroutier. Une manière de reprendre du service pour ce préretraité malgré lui, qui trimbale depuis plusieurs années une valve orificielle aortique. Il faut dire que partagé entre le service Action, feue sa pétillante épouse et sa turbulente fifille, il risquait plus que d'autres de péter ses durites cardio-vasculaires.

Papa arrive en même temps que la dépanneuse. A travers la vitre, les deux clébards font fête à Mady. Et regardent Sancho d'un sale œil. Les douaniers transbordent valises et dossiers dans le char paternel, Sancho signe le bon de dépannage et direction Baume-les-Dames.

A la Ferme, immense bâtisse de trois étages, le leonberg vient renifler Sancho, qui se garde de tout mouvement brusque.

– Il salive... murmure-t-il en évitant le regard du clebs.

– Je sais. On est contrarié, avec cette race-là, on ne sait jamais si c'est ludique ou agressif. Note bien que c'est parfois les deux : on l'a déjà vu mordre en se marrant.

– Et les chats, ils sont tous à vous ? demande poliment Sancho à Paul X., colonel du cadre de réserve.

– Ils sont beaux, hein ? Là, vous en voyez six. Sept avec le petit, derrière le bac de géranium. Mais j'en ai seize.

– Si tu lui faisais voir ta cave, pendant que je téléphone au Vieux ? suggère Mady.

Mais elle va d'abord annoncer le contretemps à son toubib.

Quand elle redescend, la bonne de son père a déjà mis la table dans la salle à manger espagnole. Jambon du Saugeais, bouteilles de corton et d'echézeaux, assortiment de fromages et grosses miches de pain. Repas rustique. Sancho, digne descendant de Wisigoth, vide d'un trait son verre à bourgogne de 70 centilitres rempli de corton. Papa fait la gueule. Il a l'impression de voir son nectar préféré partir dans un évier. Surtout que le barbare déglutit avec un bruit de siphon obstrué.

Le colonel de réserve se console en confectionnant une grande fresque historique relatant la supériorité des méthodes et des procédures de son époque. Une époque obligatoirement héroïque. Papa parle du SDECE. Sancho roupille. Et Mady flippe sur Manuy qui n'a pas dissimulé sa rage : il avait réussi à arranger une « disponibilité » avec sa femme et se faisait une joie de la retrouver dans une chambre douillette. Mais le père de Mady est resté intraitable. Pas question de s'occuper seul de Sancho, ni de prêter la Golf à Mady pour qu'elle aille retrouver « ce connard qui te saute » ! Le romantisme aussi a foutu le camp.

Mady s'abandonne alors aux caresses intérieures de l'echézeaux et regarde, atterrée, son vieux baroudeur de père présenter sa dernière et sautillante conquête : une femelle berger allemand.

– Papa... T'as des alarmes partout, une clôture électrifiée, et maintenant un quatrième chien ? C'est toi qui garde les plans de la force de frappe ou quoi ? Le jour où tu mineras les allées, pense à m'avertir !

# Opération Toussaint

Le Vieux raccompagne Abdul à la porte de son bureau, lui confirme que le service résoudra son problème, et revient s'assoir. Il dévisage tour à tour Mady et Bobby.

– Alors ? Il vous paraît fiable, ce type ?

Robert Charvey et Marlène Vincenty se concertent du regard et répondent par l'affirmative.

– Parfait. J'arrange ses histoires et vous foncez.

Joseph Tengo décroche son téléphone et glapit :

– Pomarède ? Appelez-moi le directeur de la DST !

Puis il réfléchit. Quand le Vieux se concentre, il appuie ses avant-bras sur son sous-main, croise les doigts, et se masse le pouce droit avec le gauche tandis que sa tête s'enfonce doucement dans ses épaules. Tous les muscles de son visage se crispent, comme s'il combattait en silence une intense douleur, et sa bouche tordue et sans lèvres ressemble à une cicatrice de coup de sabre.

La DST traque Abdul, un Libanais de trente-cinq ans, auquel elle reproche d'avoir desservi les intérêts de la France par une collaboration trop active avec des services secrets du Moyen-Orient. Abdul, qui aimerait vivre à Paris, a proposé un marché simple : en échange de l'absolution de la surveillance du territoire, assortie d'un petit pécule de 250 000 F pour se reconvertir, il balance un réseau de trafiquants turco-bataves basé en Hollande. Réseau qui introduit chaque mois en France dix kilos d'héroïne dispatchés à Paris et sur la Côte d'Azur.

– Il y a quand même trois hic, dit Bobby qui phosphore aussi. Un : il faut rencontrer ses copains à la frontière luxembourgeoise, au fin fond de la Moselle. Deux : ces mecs parlent toutes les langues et les dialectes de la planète, sauf le français. Et trois : Abdul ne veut travailler qu'avec Mady.

– Et alors ? Les hommes de goût, ça existe ! réplique sa collègue.

Mais elle s'interroge aussi. Abdul l'a désignée en disant : « Je veux la fille. » Cette exigence ne cache-t-elle pas un tour de vache diabolique dont les Orientaux ont le secret ?

– Son insistance à travailler avec Vincenty m'intrigue aussi, marmonne Tengo.

– L'explication, c'est peut-être que moi, je parle anglais, comme eux.

– Tu baragouines trois mots ! s'insurge Bobby. C'est trop dangereux pour une femme, ce coup, patron. Moi, j'y vais. Pour Marlène, j'ai un autre chantier, si elle veut. Moins risqué.

Mady, qui se tortille sur sa chaise, sort les griffes.

– Tu m'emmerdes ! T'es pas ma nurse ! Et arrête de grimacer !

– Je grimace pas, bébé... gémit Bobby.

– Oh ! Vous irez faire vos mignardises ailleurs que dans mon bureau, vous deux !

– Patron, je prends l'affaire, décide Mady. Les renseignements d'Abdul paraissent très sérieux. Il est précis et efficace. Comme il a déjà bossé avec des services secrets, il sait très bien qu'à la moindre entourloupe, on le ratatine.

– Il faut quand même se méfier, car il est sûrement très dangereux, dit Tengo. Précisément parce qu'il est intelligent et averti. Et cupide. Vingt-cinq plaques...

– Eh bien ! je serai plus vigilante qu'avec les lopettes qu'on manipule d'habitude. Je suis consciente qu'Abdul n'a pas été programmé pour la tendresse et que le seul paysage qui le porte au romantisme, c'est une montagne de biftons. Je ferai avec. Le réseau qu'il nous balance, c'est dix kilos d'héro par mois, quand même.

– OK, Vincenty, vous y allez. Vous prenez qui, avec vous ? Riou ?

– Il n'a pas inventé l'eau chaude...

– Non, mais dans ses recherches sur l'eau tiède, il progresse. Et il faut le rentabiliser, ce garçon.

– Banco !

– Patron, dit Bobby, je l'aime bien, Riou, mais c'est un balourd vaniteux. Dans un rapport de force psychologique, il sera dominé. Il restera la bouche ouverte comme une communiante qui attend l'hostie. Il va être manipulé. Si Mady prend l'affaire, patron, je pars avec elle comme homme de main. On réussit bien, dans ce genre de couple.

– Non. Vous la rejoindrez plus tard. Vous, vous devez assurer la logistique de notre infiltré à Quito. C'est sa première mission à l'étranger, on ne va pas l'envoyer au casse-pipe, ce petit. Surtout que les flics français en poste en Equateur n'apprécient pas trop sa présence. Bien. Vincenty, vous jouerez le rôle de la concubine d'un trafiquant tunisien installé sur la Côte d'Azur. On l'appelle Mohamed ? Ce personnage de moukère par intérim devrait vous aller à merveille. J'ai remarqué que vous étiez souvent décorée avec des babioles de sauvages, dit le Vieux avec malice.

Mady séjourne fréquemment en Afrique du Nord dont elle adore les plages, les souks et les oasis. Dans le rôle proposé par le Vieux, elle tiendra la route face aux truands qui étudieront forcément son comportement. Elle va répliquer que ses « babioles de sauvages » sont des bijoux que les musées lui envient quand le téléphone sonne. Le Vieux décroche.

– Tengo, j'écoute. Bonjour cher ami. Un instant, je vous prie.

Désignant la porte à ses subordonnés, il leur murmure, la main sur le combiné :

– Pour le reste, vous vous démerdez. C'est votre boulot.

Bobby met plus d'une demi-heure pour se dérider. Du moins intérieurement... Mady, qui rêve plus souvent d'Hammamet que d'Hénin-Liétard, se fait apporter par la Pomme la documentation sur Forbach, ses cokeries éteintes et son donjon sur la colline. Si tout se passe comme annoncé par Abdul, elle y rencontrera les trafiquants dans huit jours. Pas de temps à perdre.

Après un « Tchao ! mon pépère », elle passe prendre une valise chez elle, à Montparnasse. Quand elle redescend vingt minutes plus tard, Fernand Riou, dit Gros Nan-Nan, l'attend devant l'immeuble au volant d'une BMW 728i de location. Garé en double file, il parlemente avec un gardien de la paix. Quand Mady arrive, le flic se précipite et lui ouvre la portière. Qui sait ce que Gros Nan-Nan a encore inventé...

Mady écoute d'une oreille distraite les fadaises déroulées au kilomètre par son chauffeur en regardant défiler le paysage. Tengo a imaginé que la couverture d'artisan maçon irait comme un durillon à cet agent de constatation principal de deuxième classe, autrement dit sous-off, primaire, hâbleur, gaffeur, vulgaire et m'as-tu-vu. Le genre « je me suis fait moi-même », mais à la truelle. Le Vieux l'a d'ailleurs recruté pour ces qualités. Issu du sous-prolétariat rural et passé directement dans le cocon administratif sans subir le palier de décompression suburbain de la lutte des classes, Riou est con. Donc utile. Quand des réflexes pavloviens figent ses collègues sur le barreau de l'échelle sociale qui leur a été attribué, Riou escalade sans vergogne et sans éprouver de vertiges. Et il a un tel coup de jarret pour se hisser au-dessus de sa condition que l'attention des truands est détournée du sujet principal, l'agent infiltré. Les caïds les plus soupçonneux n'arrivent pas à imaginer un flic dans un type à qui, même au paléolithique inférieur, on n'aurait pas fait confiance pour garder les chèvres de la tribu.

Abdul doit téléphoner à leur hôtel de Forbach pour transmettre la date et l'heure du rendez-vous que fixeront les trafiquants turcs. Mady dispose de quarante-huit heures pour repérer les environs : Metz, Nancy, Thionville, Freyming-Merlebach, Sarreguemines, Saarbrücken.

– Tu trouves pas que toutes les paroisses qu'on a visitées ont des noms qui sentent bon le thym et le romarin ? plaisante Mady en arrivant à Creutzwald.

– Ah ouais ? Ben non ! répond Riou avec conviction.

Pas fufute, l'agent de constat, mais performant pour porter les paquets. Mady profite de ces deux jours de battement pour faire du shopping. Si les trafiquants ont des observateurs déjà en place, ils confirmeront à leurs patrons que la concubine de Mohamed, accompagnée de son larbin, tue le temps en adaptant sa garde-robe à l'humidité ambiante.

Au restaurant, Gros Nan-Nan jacasse sans cesse. Ce mec est un moulin à parole. Il parle en conduisant. Il parle en mangeant. « Il doit aussi parler en baisant », se dit Mady. Il raconte les coups tordus qu'il a montés, ou croit avoir monté. Il décrit les pouliches « de classe » qu'il a levées et explique sa méthode pour les faire grimper au mur. Là, Mady préférerait faire équipe avec un vrai gorille : il mangerait peut-être aussi salement en émettant des « glups » à faire mourir de trouille toute espèce vivante dans un rayon de trente kilomètres, mais au moins il lui épargnerait le récit détaillé de ses histoires de cul.

A la fin du troisième jour de repérage, Mady a une vision précise de la topographie régionale. Le Gros a fait la liaison avec les collègues locaux et reprendra le train pour Paris le lendemain matin. Bobby, qui a fini par convaincre le Vieux de le laisser remplacer Riou, arrivera à Metz vers midi. Il profitera de ses dernières heures incognito pour prendre attache avec le Parquet local. Il ne rejoindra Mady que le soir et c'en sera fini de sa liberté de mouvement, car les truands le repéreront aussitôt. Abdul téléphone et annonce qu'une équipe de Turcs rencontrera Mady pour lui vendre dix kilos d'héroïne pure mais qu'il ignore encore quand. Mady rend compte au Vieux. Il couve une grippe et renifle dans le combiné en lui prodiguant conseils et encouragements.

Elle décide d'aller dîner à Metz, à l'Arsenal, au restaurant de l'Orangerie. Un soir du mois d'août précédent, son copain Manuy l'avait emmenée dîner sur la terrasse. Mais ce soir, c'est la tronche de

Gros Nan-Nan qui s'encadre entre la bougie et le bouquet d'anémones agrémenté d'asparagus. Heureusement, le lieu n'est plus tout à fait le même et les souvenirs ne remontent pas avec trop de précision. La terrasse, fermée par des parecloses vitrés a été transformée en jardin d'hiver. Les fauteuils en plastique, habillés de housses en tissu, sont devenus de presque confortables crapauds anglais et des lampes halogènes avivent la végétation. Une mélodie monte de la salle de concert située sous le restaurant. A l'affiche, que Mady a parcourue en entrant, l'Orchestre symphonique de la radiotélévision de l'URSS. Gros Nan-Nan, pour qui Prokofiev, avec un nom pareil, ne peut être qu'un agent du KGB, n'est pas le compagnon idéal pour un dîner musical. Inutile de lui raconter les concerts « Musigrains » du jeudi, donnés au théâtre des Champs-Elysées, au temps du lycée. Seuls ses exploits sexuels branchent Gros Nan-Nan, et il en fait de nouveau le récit à Mady. Mais sans y mettre la pincée de saine paillardise, voire de grossièreté barbare à la Coluche, qui détendrait les zygomatiques à défaut d'enfiévrer le cervelet. Quand il raconte ses baises, Riou ne dépasse pas le stade vétérinaire et Mady n'imagine que des bestiaux assurant la pérennité de l'espèce. Il parle records olympiques, Riou, « citius, altius, fortius », mais on pense concours agricole. Mady préfère détourner la conversation sur le boulot.

– T'as remarqué, Nan-Nan, que beaucoup de nos chantiers prennent leur base dans les départements de l'Est ?

– Euh... Ouais !

Encourageant, Nan-Nan...

– Ça prouve que l'héroïne est vraiment acheminée par la route des Balkans.

– Ah ! ouais !

Rien à cirer, le Gros ! Son regard a harponné la croupe nerveuse de la serveuse qui traverse la salle comme une baleine blanche fend l'écume et il n'envisage, pour le moment, pas d'autre sillage pour ses pensées.

– Iran, Turquie, Grèce, Albanie, Yougoslavie, Autriche, c'est le circuit. Et nous on récupère par la Belgique ou la Bochie. La semaine dernière, on a casserolé un chauffeur turc. Il nous a dit que son réseau déclarait le poids de la came comme fret commercial, pour la contre-valeur de vingt ou trente mille balles, et qu'il transportait à chaque voyage soixante kilos d'héro dissimulés dans la remorque. Quand on pèse le camion au poste frontière, il n'y a pas un gramme de différence avec le poids indiqué sur la déclaration. Alors, roulez ! Si t'as pas un indic au départ pour te dire où fouiller, t'es marron.

– Ouais, c'est sûr ! acquiesce le Gros qui s'en fout.

La serveuse ayant disparu, il fixe maintenant Mady avec une drôle de lueur dans ses yeux baladeurs. On doit entendre craquer ses pensées délicates à deux tables d'ici. Du genre : « Je la sauterais bien, la cheftaine. Ça la changerait des gringalets qui la lutinent d'habitude. » Mady sourit aux plans de beauf que Nan-Nan échafaude dans la gélatine de sa boîte crânienne et qui s'impriment sur sa rétine.

– Quand Abdul téléphonera, je lui dirai que je vais m'installer à Metz, à l'hôtel Bristol, dit-elle. Ou à l'hôtel du Théâtre, dans le vieux quartier.

– Y va pas être content, si on change ses plans.

Mady, qui avait les mains posées à plat sur la table, retourne la droite et redresse éloquemment le majeur vers le plafond :

– Tu sais où il peut se le mettre ?

– T'as raison !

Quand on parle son langage, on finit toujours par capter l'attention du Gros.

Forbach, vingt-deux mille habitants, déplaît à Mady. Trop petit. Trop reculé. Trop calme. Quinze ou vingt douaniers qui débarquent en même temps, c'est comme si les Huns revenaient : les autochtones risquent de sonner le tocsin. Les truands hollandais comprendront facilement son envie de repli sur une ville plus grande. Elle a déjà repéré l'hôtel Bristol, face à la poste et à la gare. Un quartier grouillant où les collègues du terrain planqueront plus aisément. Et puis, la note d'un deux étoiles ravira Tengo, qui déteste rembourser des frais pour glander en attendant un contact.

– Allez, Nan-Nan, on rentre à Forbach ! Abdul doit appeler à minuit. Tu crois qu'on y sera ?

Riou émet un grognement de mépris. Comme si elle pouvait arriver en retard avec le meilleur pilote de la douane !

Ponctuel, le Libanais téléphone à minuit pile. Des représentants de l'organisation arriveront dimanche, annonce-t-il. Catastrophique. Mady prévoit la débandade du service. Elle ne trouvera pas assez de personnel pour exercer la surveillance et les filoches. Il va falloir désigner des volontaires, exercice toujours douloureux, et elle essaie de repousser la date.

– Impossible, dit Abdul. Ils ont dit que ce jour-là, il y a moins de douaniers aux frontières et presque pas de flics dans les rues.

– Ils connaissent nos coutumes, tes potes ! En tout cas, Forbach, c'est niet. Tu leur diras que je les attends à Metz, au Bristol. C'est plus discret.

Le lendemain matin, dès que Bobby téléphone pour annoncer qu'il prend sa relève à midi, Nan-Nan ne se fait pas prier. Il retourne dare-dare à Paris. Mady reste donc seule quelques heures. Elle ne quitte pas l'hôtel. Quand Bobby arrive, il est plus ridé que jamais et ses yeux sont enfoncés jusqu'à son cerveau.

– Bah mon pépère ? T'as la même tête que le soir où je t'ai présenté Armelle ! Enfin, la même tête que le lendemain.

Mady n'a jamais su où sa copine, épouse frustrée d'un permanencier de SOS-Médecin, et son supérieur hiérarchique avaient terminé la nuit en quittant son appartement de Montparnasse. Secret militaire. Mais le pauvre Bobby était tombé raide amoureux et son efficacité s'en était ressentie durant plusieurs semaines.

– C'est le décalage horaire et le souci. J'ai appelé Georges à Quito, cette nuit. Ça se goupille mal pour lui. Ce sont nos flics à nous qui le font chier ! J'ai peur qu'ils le balancent. Je t'expliquerai.

– Essaie quand même de sourire. On te demande de te faire une trombine de truand, mais de truand prospère. Pas celle d'un minable assis sur la chaise électrique qui sent des picotements dans les fesses !

A 20 heures, Abdul passe prendre la femme de Mohamed et son nouveau larbin et les emmène boire l'apéro au bar de l'Altéa, non loin de la gare. Cette virée fait partie du plan élaboré par Mady. Si les trafiquants ont des observateurs sur place, ils sauront que leur ami Abdul est réellement copain avec les clients qu'il a parrainés. Puis le trio dîne aux Quatre Saisons, le restaurant de l'hôtel. Abdul parle peu. Au cours du repas, il égrène quelques souvenirs de Beyrouth, où il enseignait les mathématiques avant d'intégrer une milice musulmane qui lui avait confié son financement par la vente de stupéfiants. Pas un mot de plus que le contenu de sa fiche DST.

Mais les douaniers ont l'esprit ailleurs. Les troisièmes couteaux annoncés par Abdul arrivent le lendemain soir de Rotterdam, vers 20 heures. Ils remettront des échantillons à la femme de Mohamed, qui testera les différentes qualités, choisira et passera commande. Bobby interroge Abdul :

– Qui sont les réceptionnaires habituels du réseau en France ?

– Je ne les connais pas. Je crois que ce sont des gens d'Epinal.

– Des voyous ?

– Non, non ! Des gens bien.

– Des notables ?

– Ça, je l'ignore.

– T'as pas un moyen de nous faire infiltrer la filière ? Dix kilos d'héro par mois, ça fait de sacrés dégâts...

– Je sais. C'est l'une des raisons qui m'ont décidé à sortir du circuit.

– On les identifiera après l'opération, dit Mady.

– Peut-être, mais on aura un sacré problème de preuve. Surtout si ces salopards sont honorablement connus dans leur bonne ville. Ça me fout les boules quand je vois tous les aménagements juridiques dont bénéficient ces truands.

– Ah ! ça... On ne refait pas le droit d'un état de droit, dit Mady.

– Faudrait flinguer ! Quand une vipère te regarde d'un sale œil, tu l'écrases. Tu fais pas des singeries en attendant d'être mordu.

– C'est reparti, mon Bobby ! Je propose qu'on refasse le monde jusqu'à 22 heures, d'accord ? Après, les engueulades de comptoir ne sont plus considérées comme une révolution en marche, mais comme du tapage nocturne.

Morne, froid et brumeux dimanche. Un avant-goût de Toussaint. Mady campe près du téléphone, au cas où Abdul téléphonerait. A midi, elle emmène Bobby déjeuner en face de la gare, dans une brasserie où ils ne s'attardent pas. Personne n'assure le contact parmi les locaux. En cas de besoin, il faudra réquisitionner des collègues. Comme à chaque fois que Mady attaque seule une infiltration, Bobby broie du noir. Où les truands vont-ils lui filer rencard ? Est-ce que ce sera dans un hôtel facile à contrôler ? Et si c'était un piège, ou pire, un chantage ? Et si ces mecs la traînaient dans une piaule pour lui remettre les échantillons, qui sait s'ils ne seraient pas tentés de la violer ? Abdul est sous pression à cause de la DST et on ne devrait pas lui faire une confiance aveugle. Surtout que c'est un Libanais. Une sorte d'Arabe, pour tout dire.

– C'est pas fini, tes conneries ?

– Tu te rends pas compte que tu vas être seule contre deux ou trois Arabes ! Et pas un qui parle français !

– Toi si, hélas ! Et un peu trop. Alors mastique bien quand tu manges, mon pépère, parce que t'avales de l'air. Et c'est justement celui que je respire que tu pompes ! Je sens que j'étouffe.

De retour à l'hôtel, Bobby, toujours aussi nerveux, nettoie son calibre 38 spécial et charge à cinq cartouches le barillet. Inutile, il le sait. Il ne sera pas au rendez-vous et une fois sa petite copine dans la nature, cette artillerie au canon bien graissé et au mécanisme bien huilé ne servira à rien.

Mady, elle, n'a pas de mauvais pressentiment. Pour la première fois depuis longtemps, elle a bénéficié de quarante-huit heures pour opérer elle-même une reconnaissance approfondie des lieux. Elle s'amuse à parfaire son look de moukère *honoris causa* : longue jupe marron bariolée en tissu africain, débardeur marron et noir, large ceinture noire et dorée, veste noire bien épaulée et escarpins noirs vernis avec boucles dorées de chez Charles Jourdan. Pour les babioles arabes chères à Tengo : pendants d'oreilles d'ambre serti d'or made in Morocco, peigne et épingles assorties pour tenir ses longs cheveux roulés en chignon sur la nuque. Plus un grand châle brodé d'or pour illuminer sa veste.

– Ça passe, comme ça, mon pépère ? demande-t-elle en faisant une volte.

– C'est comme là-bas, dis-donc...

– Sauf qu'on est en Moselle et qu'il pèle. Si on négocie dehors, je gèle sur pied.

– Tu mets pas ta moumoute ?

– Seigneur Dieu ! Mais pourquoi nous as-tu fait les hommes si cons ? Une pelisse en agneau de chez Lanvin, t'appelles ça une moumoute, toi ? Tu sais combien ça coûte, la peau de bestiole ? Putain, les mecs ! On se ruine en fringues pour vous séduire et ça vous fait moins d'effet que la peau de chamois à dix balles qui vous sert à lustrer votre bagnole ! Y a des jours, je comprends les gouines ! T'es vraiment un péquenot ! Je retourne dans ma chambre.

Une femme prétendument impliquée dans des magouilles doit être élégante et faire cossue pour impressionner ses interlocuteurs. Quelle surface financière, quel potentiel de réussite, quel crédit accorder à une minette qui porterait des bijoux en toc, un jean râpé, des pompes défoncées et qui serait coiffée par les courants d'air ? Aucun. Le premier contact, Mady le joue façon Catherine Deneuve : élégante, distante et distinguée. Ensuite, à chaque nouveau contact, elle ajoute une ou deux petites touches plus sexy. Une mini moulante de Marie-couche-toi-là avec un chemisier ras-du-cou de chaisière. Ou un pantalon ample avec un corsage transparent sur un body coquin. Tout l'art de Mady consiste à donner chaud à son interlocuteur sans toutefois lui embraser les hormones.

Evidemment, en opération, elle emporte deux fois plus de bagages que Bobby ou les autres mâles de la cellule clandestine, qui peuvent tenir huit jours – ils ont appris la méthode à l'armée – avec un paquetage de rechange rudimentaire « chemise-slip-chaussettes ».

A 18 heures, Bobby s'invite dans la chambre de Mady pour attendre l'appel d'Abdul prévu à 20 heures. Il s'assoit sur un lit et entreprend consciencieusement d'enfumer la pièce. Nounou agitée et craintive, Bobby énumère une fois de plus tous les aléas qu'il entrevoit dans cette opération et communique ses angoisses à Mady. Les heures passent et le téléphone reste silencieux. Mady allume la télé pour distraire son petit camarade et commande un en-cas à la réception.

– Je vais chercher les pâtés chauds que j'ai achetés à midi, propose Bobby. On les mangera en attendant.

– T'as vu l'heure ? C'est du béton, quand c'est froid, ces machins-là ! proteste Mady.

A 22 heures passées, Abdul n'a toujours pas appelé. Histoire de tuer le temps, Mady inspecte une fois de plus son sac à main Chanel. Ni arme ni bombe lacrymogène, bien sûr. Mais des objets et des tickets de caisse de boutiques de Tunis, des billets de bus de Marseille, Toulon et Nice, des pochettes d'allumettes des aéroports de Rabat et de Marignane, un paquet de cigarettes Cardin que l'on ne trouve qu'en Suisse, un porte-monnaie marocain et deux préservatifs. Et tout le foutoir habituel qui fait le charme des sacs de dame.

– Avec ces mecs-là, tu devrais virer les capotes. La gonzesse d'un truand arabe seule en voyage, ça porte peut-être pas le tchador, mais ça doit être fidèle, non ?

– T'as raison, ça fait saute-au-paf ! Ils pourraient avoir des doutes.

– Je m'inquiète pour Abdul. Il a deux heures de retard. Si on appelait au numéro de secours ? propose Bobby.

– Attendons encore, je préfère, suggère Mady.

– Je la sens pas, cette opération...

– Ta gueule !

Minuit. Toujours pas de nouvelles d'Abdul. On frise le désastre. Les cendriers ont été vidés dix fois dans les WC et la chasse d'eau tirée cent fois pour évacuer les bouts-filtres récalcitrants.

– Pourvu que les trafiquants l'aient pas démasqué, s'inquiète Bobby.

– Oh ! que tu m'emmerdes, aujourd'hui ! C'est ça. Ils l'ont démasqué, ils l'ont abattu d'une balle dans la nuque, ils lui ont coupé les couilles, ils l'ont mis dans une malle en osier qu'ils ont déposée à la consigne de la gare. Et maintenant, ils vont téléphoner en imitant sa voix pour me donner rendez-vous et ils me flingueront aussi ! Mais au moins, ils me couperont pas les couilles. Le scénario te convient, comme ça ?

– T'énerve pas, bébé. Mais je la sens pas, cette opération. A moins qu'Abdul se soit fait gauler par la DST. Si on n'a pas de nouvelles à une heure, on part à sa recherche.

Minuit quarante-cinq, la sonnerie retentit. Les deux douaniers bondissent. Mady claque la main de Bobby qui avait été plus rapide et saisit le combiné. Abdul transmet les instructions des trafiquants. Elle doit immédiatement se rendre seule à la gare, à pied. Une voiture hollandaise l'attend. Abdul sera sous le panneau Sernam et désignera la bagnole. Mady ira s'assoir à côté du conducteur.

Pas un mot de plus. Elle répète le programme à Bobby qui se laisse choir sur le lit.

– C'est impossible. Aucune condition de sécurité n'est respectée. Je peux pas te couvrir.

– Lamente-toi si tu veux, moi, j'y vais ! C'est le destin.

– N'y va pas, bébé ! On n'a pas un seul collègue en appui.

– Qu'est-ce que je risque ? D'être butée ? Tu les remercieras, les collègues, c'est tout. Ils peuvent même attendre de toucher leur prime de fin d'année, pour la couronne. Moi, je vis selon mes idées et pas en fonction du calendrier. Et mes idées, elles me disent de tout faire pour casseroler ces salopards de trafiquants, jour du Seigneur ou pas.

– Tu n'y vas pas ! On démonte ! C'est un ordre ! J'appelle le Vieux !

– Je t'emmerde ! Tchao !

Couloir, ascenseur, hall, porte, et le froid glacial de la nuit qui mord comme des mâchoires d'acier. Mady traverse la rue Lafayette, cherche le panneau Sernam sur la façade de la gare et voit Abdul tapi dans le recoin de la porte. Elle le rejoint. Il désigne une berline métallisée, grise ou bleue, où se profilent deux silhouettes. Mady se dirige vers la voiture et la dépasse, comme par erreur, pour mémoriser le numéro minéralogique. Puis elle revient sur ses pas, ouvre la portière et s'assoit à côté du conducteur.

– Hello ! lance-t-elle joyeusement.

– Lo... répond une voix d'outre-tombe.

Les dés sont jetés. La voiture démarre et fait plusieurs détours dans les rues désertes du centre ville. Conversation presque aimable avec l'homme qui occupe le siège arrière. Il porte un chapeau, des lunettes noires, et il dissimule le bas de son visage derrière le col relevé de son pardessus. Turc ou Hollandais, impossible à déterminer. Le conducteur, lui, est turc du Kurdistan, pas l'ombre d'un doute. Epaisse tignasse en surplomb sur son front étroit, moustache épaisse et drue, bouche charnue, fossette en cul de poule au milieu du menton, on dirait un clone de Saddam Hussein. Le passager tend à Mady trois plis marqués A, B et C. Il y a au moins vingt grammes d'héro. A mille deux cents francs le gramme, les vendeurs ne mégotent pas. Veulent pas être pris pour des branquignols...

– Vous testez et vous choisissez la qualité qui vous convient. On se retrouve ici dans une heure.

Le conducteur s'arrête le long du trottoir d'une large avenue, il laisse Mady descendre et il redémarre.

Au même endroit, c'est facile à dire. Encore faudrait-il que Mady sache où elle est. Quelle direction prendre pour rentrer à l'hôtel ? Au bout d'une ruelle, sur la gauche, des néons criards. Dessous, des putes congelées. La gare doit sûrement se trouver par là et Mady se dirige d'un pas rapide dans cette direction. Les filles regardent avec mépris cette bourgeoise égarée dans leur quartier. Mady, elle, brûle un cierge dans sa tête pour que des flics désœuvrés n'aient pas l'idée d'égayer leur nuit en raflant ces dames simplement vêtues de petites culottes sous leurs longs manteaux de fourrure. Avec ses trois plis de vingt grammes d'héroïne en poche, Mady serait dans de beaux draps ! Bobby la ferait relâcher sans trop de difficultés, mais ça prendrait du temps et les trafiquants s'envoleraient sans espoir de retour. Dans ce monde-là, on n'aime pas ceux qui ont la poisse.

Quand elle arrive à l'hôtel, Abdul entre sur ses talons et le veilleur de nuit lui remet sa clé avec le regard du mec à qui on ne la fait pas. Il veut bien qu'elle tapine dans l'établissement, mais faudrait pas l'oublier, lui, pauvre veilleur, car le royaume des pieux lui appartient.

La chambre de Mady empeste le tabac froid. Bobby, qui guettait les bruits d'ascenseur, rejoint Mady et Abdul. Le trio ouvre soigneusement les plis. Papier alu double face, poudre, briquet. La meilleure came est celle du pli A.

– Ouvrez la fenêtre. J'y retourne, dit Mady en remettant son manteau.

Chemin inverse, dans la nuit encore plus glaciale. Il est 2 h 30. Mady passe devant les bureaux de la Direction des enquêtes douanières et s'engage dans l'avenue Foch. La voiture hollandaise stationne à l'endroit prévu. Mady s'assoit à côté du chauffeur et frotte ses mains gelées l'une contre l'autre.

– C'est OK pour dix kilos de la qualité A. Dans une semaine. Je prends à 350 000 F le kilo. Je serai à l'hôtel du Théâtre. Avertissez-moi un ou deux jours avant, que je puisse réunir les trois millions et demi. Je paierai cash à votre patron. Il ne verra que moi. Mon chauffeur se tiendra à l'écart dans ma voiture.

Après un court blabla de politesse, Mady sort et la voiture démarre. Le thermomètre continue à descendre et le froid fait pleurer ses yeux. Elle se trompe et s'engage dans la rue Pasteur. Encore des prostituées. Elles semblent jalonner son itinéraire. Rue d'Austrasie. Au bout à droite, l'hôtel. Le portier de nuit a une tête en point d'interrogation : elle a une curieuse façon de trimer, cette pute, pense-t-il. Bobby qui attendait sa collègue avec inquiétude la serre dans ses bras.

– Ça va, bébé ? T'es une championne, tu sais ? dit-il en caressant ses cheveux.

– Si tu me parles comme ça, ronronne-t-elle en claquant des dents, je craque. J'ai l'impression d'entendre Gabin. « T'as d'beaux yeux, tu sais ».

– Conne, va ! Je développe un ulcère à cause de toi et t'ironise ! Bon, je dois faire jonction avec Abdul à 3 heures. Faudrait pas que la DST nous le cravate. J'y vais. Blague à part : c'est super, ce que t'as fait.

Demeurée seule, Mady se déshabille et prend une douche brûlante. Puis elle emballe les résidus de test et le reste de dope vierge qu'elle fera analyser par le labo de la douane. Suit une séance de démaquillage en règle, interrompue par la sonnerie du téléphone. C'est Bobby.

– J'ai vu Abdul. Pas de problème. Mais encore une sortie cette nuit, et le veilleur appelle les flics. Il se demande ce qu'on trafique, le pauvre. Je peux venir ?

– Amène-toi !

Bobby, en jean et polo, s'affale sur un lit et Mady, en déshabillé vaporeux, s'assoit en tailleur sur l'autre. Sourire fraternel de Bobby qui rive son regard sur les cuisses de Mady.

– T'es encore bronzée...

– Bronzage intégral sur le balcon. C'est l'avantage d'un sixième étage à Paris. Tu veux voir ?

– Me tourmente pas... Alors, tu la sens, cette affaire, bébé ?

– Oui. Je suis bien passée, je crois. Mais ils sont coriaces. C'est pas des petits loubards de banlieue. Les porte-flingues qui ont des manières, ça impressionne. Ça signifie qu'on a affaire à des truands de la deuxième génération. Ils n'ont desserré les dents que pour l'essentiel. Sans lâcher un indice sur la date ou les conditions de livraison. Leur anglais n'est pas terrible, c'est vrai. Mais justement : en général, les connards, moins ils parlent une langue, plus ils causent. Ceux-là, motus !

– T'as demandé à payer à leur chef ?

– Bien sûr. Mais pas un sourcil n'a bougé. On est dans le brouillard total. Combien ils auront de voitures ? Expédieront-ils la dope avant le rendez-vous ? Où la planqueront-ils ? Pas la plus petite indication. Que dalle !

– Ouais ! Pour les faire serrer à un contrôle de routine à la frontière, macache.

– Tout va se jouer à partir de leur appel téléphonique, la semaine prochaine ou dans quinze jours. Au fait, dit Mady, j'ai choisi l'hôtel du Théâtre, pour la prochaine fois. Il a les pieds dans l'eau, côté port et côté Moselle. On se croirait à Venise. Et le quartier est plein de bistrots, de crêperies, de restaus. L'idéal pour planquer.

– Bon. On rentre à Paris demain. On reviendra la semaine prochaine. Quand je vais annoncer à Nanette qu'elle peut faire une croix de plus sur un week-end, les glapissements, je te dis pas...

– Divorce ! Regarde, moi : je suis tranquille, maintenant. Bien sûr, certains soirs, j'aimerais bien qu'un mec m'emmerde à la maison. Alors, non. Ne divorce pas.

Le lendemain matin, Mady se prélasse au lit jusqu'à 8 heures. Quatre heures de sommeil à peine. Au même moment, Bobby sort de l'hôtel. Il va s'assurer que la DST respecte le contrat passé avec le Vieux et qu'Abdul circule encore librement. Car il a remarqué deux clampins d'une quarantaine d'années qui traînent un peu trop dans les parages, l'air de rien ni de personne. Comme ils ne sont pas fringués en moines bouddhistes, leur apparent désintérêt pour les choses et les gens qui les entourent n'a pas de justification mystique. Bobby se demande s'il ne s'agit pas de collègues zélés de la Surveillance du territoire. En fait, il ne se le demande pas, il en est convaincu. A cause de leurs mains. Les flics en civil sont toujours trahis par leurs paluches. Elles sont blanches et leurs ongles sont propres et bien coupés. Il faut bien s'occuper pendant les heures de planque.

Quand Mady rentre chez elle, boulevard Raspail, en fin d'après-midi, surprise : la porte blindée modèle Citadelle que la Pomme a fait installer, pour 18 000 F, à l'entrée de son duplex, est entrouverte. Des casseurs sont passés par là. Ils ont emporté une belle poignée de bijoux et pas mal d'argent liquide. La tuile.

Au commissariat du quartier, un jeune inspecteur lui remonte le moral à sa façon.

– Vous êtes la quatrième victime en trois jours dans la rue, dit-il. On fera le maximum pour retrouver vos cambrioleurs, mais puisque vous êtes un peu de la maison, inutile de préciser qu'il vaut mieux compter sur l'assurance que sur la police pour récupérer quelque chose ?

Coup de fil au cabinet d'assurances pour la déclaration de vol et le remboursement et le courtier qui pousse des cris :

– Une « Citadelle » ? Mais avec une porte pareille, madame, vous excitez la convoitise !

– Ah ! bon, dit Mady. Les assurances imposent des matériels homologués pour garantir les biens, et elles ne remboursent pas si ça excite la convoitise ?

– Non, je ne dis pas cela, madame. Mais les cambrioleurs savent qu'ils trouveront des objets de valeur, derrière une porte blindée. Et il ne leur faut pas plus de six mois pour découvrir les secrets d'une serrure. Si vous gardez la même trop longtemps, vous êtes protégée des petits voyous, des drogués, pas des professionnels.

Les toxicos, Mady connaît. Elle a recruté plusieurs indics dans ce milieu. Aucun n'est capable de tenter ce genre de casse. Trop technique. Quand ils commencent à se shooter, il suffit aux camés de piquer des auto-radios ou d'arracher le sac à main des grands-mères qui partent au marché. Puis, à mesure que la dépendance augmente, que les phases de manque se resserrent, leur déchéance physique et intellectuelle ne leur laisse que la force et l'intelligence de piquer des auto-radios et des sacs à main de vieilles dames. Entre leurs débuts et leur fin, ils ne volent jamais bien haut.

Oscar, par exemple, un aviseur qui balance de temps en temps au service de beaux spécimens de trafiquants, Mady ne le voit pas consacrer des heures à la découverte du secret du fameux cylindre 787 de Fichet qui équipe sa porte. Oscar, il lui faut ses cinq grammes d'héroïne par jour. Pour se les payer, il doit donc trouver quotidiennement cinq fois 1 200 F. Soit 6 000 F. Il dépense plus du Smic tous les jours pour se payer sa dope. Toute l'année. Ils sont des centaines ou des milliers dans le même cas. Petits vols, petits trafics, petits casses pour leur faire voir la vie en rose, à ces petits cons. Victimes des trafiquants, les semblables d'Oscar sont aussi des bourreaux pour leur famille, leurs voisins, leurs concitoyens. Oscar n'a pas hésité à dépouiller sa mère pour assouvir son vice. Et maintenant, il n'a plus la force que d'attaquer les faibles.

Un jour, Mady, qui planquait dans le J5 garé devant un chantier investi par les dealers et les toxicos de la région de Metz, a vu Oscar préparer son injection de merde. Agenouillé devant un mouchoir sale étalé sur le sol il déposait coton, alcool, cuiller, bouteille d'eau, citron, briquet, seringue. La pompe, comme disent les camés. Une seringue enveloppée dans le papier métallisé d'un paquet de cigarettes et rincée sous un filet d'eau. Oscar s'était inoculé son poison dans la cheville, l'avait aussitôt repompé dans la seringue et, sans sortir l'aiguille, s'était réinjecté le mélange de dope et de sang. Le spectacle de ces mômes qui se piquent un peu partout, dans les chevilles, le sexe ou la bouche, parce que les veines de leurs bras trop pourries ne supportent plus une perforation, donnent souvent des envies de meurtre aux douaniers. Aux flics aussi, d'ailleurs. On truciderait les trafiquants en douce, ni vu ni connu, ça n'empêcherait pas la Terre de tourner. Au contraire, il y aurait moins de grains de sable dans la mécanique.

Mady n'oubliera jamais cette gamine, observée à la jumelle un autre jour de planque. Une fille décharnée d'une vingtaine d'années, le teint gris, les yeux hagards, la peau parcheminée comme celle d'une vieille, qui ramassait fébrilement les cotons sanguinolents jetés par ses copains. Elle avait fait bouillir dans un peu d'eau ce butin qui contenait des traces de l'héroïne essuyée sur les plaies des autres toxicos. Elle avait pressé les cotons, pompé le liquide rosâtre dans sa seringue et, suant les dernières gouttes d'eau glacée de son corps, elle avait baissé son jean et sa culotte sur ses chevilles, s'était assise dans la poussière et, genoux écartés, tenant sa pompe d'une main tremblante, elle s'était piquée sous le clitoris. Cette injection de jus immonde qui lui parcourait les veines ne l'avait pas apaisée.

Et pendant que la société bien-pensante, fière de son élévation intellectuelle et morale, la laissait crever dans la solitude et la souffrance, des juges frileux et méticuleux farfouillaient dans les recoins de leur petite conscience à la recherche des circonstances qui atténueraient les peines des trafiquants. On appelle ça les droits de la défense. Et les droits des victimes ? Un procureur replet, lisse, rose et luisant ira même jusqu'à nier l'existence d'un quelconque trafic de stupéfiants dans sa circonscription. La justice, drapée dans sa dignité, doit rester aveugle. C'est plus commode pour marcher sur les cadavres de mômes morts par overdose. Alors, sa porte blindée, ses bijoux et ses économies, Mady, elle s'en tape.

En attendant de retourner à Metz, les deux douaniers ont obtenu l'accord du Vieux pour travailler sur un circuit de blanchiment de capitaux organisé par un Turc de Mulhouse. Le trafiquant a été arrêté à l'aéroport de Bâle-Mulhouse au moment d'embarquer sur le vol d'Ankara, avec l'équivalent de deux millions de francs en deutsche marks dans sa valise. « Des gains au jeu », a-t-il déclaré aux douaniers. Officiellement réfugié politique, ce Turc dirige une entreprise de crépissage et de ravalement dont les bénéfices lui ont permis, depuis son arrivée en France, trois ans plus tôt, d'acheter quatre appartements et trois villas. Pour lui, « le bâtiment va »...

Où habite-t-il exactement ? Mystère. Pour le découvrir, les deux douaniers doivent explorer un nombre considérable d'administrations. Avec ses sept résidences, il dépend de trois centres des impôts. Pour consulter la fiche immobilière de ce client, Bobby et Mady se rendent dans deux tribunaux d'instance mais les juges fonciers ignorent sa résidence habituelle. Ce lascar a aussi ouvert des comptes dans trois banques sises dans trois localités différentes mais les relevés sont adressés au siège de son entreprise. Laquelle ne respire pas vraiment la prospérité : un hangar et deux bureaux en préfabriqué déserts, des éléments d'échafaudage à moitié enfouis sous les mauvaises herbes.

– En somme, sa société de ravalement lui sert de façade ! dit Bobby en shootant dans un caillou.

– Des comme celle-là, je crois que même au *Canard*, ils n'osent plus en faire depuis 1929 ! s'exclame Mady.

– Bah ils ont tort ! Ils me feraient rire.

L'un des banquiers, qui a imprudemment consenti un prêt important au Turc lors de la création de son entreprise, se tortille dans son fauteuil, comme un asticot sur l'hameçon.

– Vous savez, notre établissement a réalisé une affaire blanche avec ce monsieur... se lamente-t-il.

– Vous ne croyez pas si bien dire... soupire Mady.

Les douaniers finiront par loger le trafiquant grâce à la taxe sur l'enlèvement des ordures ménagères, qu'il a bien été obligé de payer dans la localité où il sort sa poubelle. A quoi tient la tranquillité...

L'enquête périphérique engagée dans la foulée n'apportera rien d'original. Comme tous les truands immigrés, le Turc a ratissé tous les bureaux d'aide sociale des localités où il est propriétaire et il a obtenu des secours de chacun d'eux. Il est aussi en longue maladie, et il perçoit des indemnités journalières de la Sécurité sociale. Si plusieurs aviseurs de la région n'avaient pas assuré aux douaniers que ce client recevait de l'héroïne par kilos et la stockait dans ses multiples propriétés, la Sécu, bonne fille, continuerait à lui payer ses cigarettes.

Bobby et Mady décident donc de lui ciseler une provoc dont ils ont le secret. Un travail d'orfèvre qui se conclura par un flag qui éblouira le juge le plus craintif. La provocation douanière exige, pour être admise par la justice, de démontrer les trois éléments constitutifs de l'infraction : il s'agit d'un trafiquant d'habitude, il tire profit du trafic, et on ne l'a pas obligé à vendre. Or, d'un tribunal à l'autre, d'une cour d'appel à l'autre, la sensibilité des juges aux dégâts de la drogue n'est pas également perçue.

Les deux super-douaniers en sont à ce stade de leurs investigations et de leur réflexion quand le réseau balancé par Abdul reprend la priorité. Le procureur a autorisé le montage et a promis de désigner, le jour du flag, un juge qui n'aura pas d'état d'âme face aux trafiquants et qui « bordurera » soigneusement les avocats.

Le vendredi, à midi, Bobby et Mady arrivent à Metz en R25. Mady s'installe à l'hôtel du Théâtre pendant que Bobby rencontre discrètement les douaniers locaux et les inspecteurs du SRPJ pour les mettre au parfum de l'opération. Procureur, juge, collègues, policiers, cela fait beaucoup de gens territorialement compétents à caresser dans le sens du poil et à motiver pour les rendre opérationnels le week-end. Agaçantes ces simagrées, pour des douaniers qui peuvent indifféremment opérer sur l'ensemble du territoire, et même à l'étranger.

Dans l'affaire en gestation, plusieurs hypothèses sont envisageables. Il est possible qu'une première voiture chargée, transportant la commande de drogue, franchisse la frontière. Peut-être avec un passager. Dans ce cas, une deuxième voiture, celle du boss, suivra. Présence logique, puisque Mady a exigé de ne payer qu'à lui. Pour anéantir ce réseau turco-batave qui sévit en France, il faut le frapper à la tête. Et en France. En matière de stups, nos officiers de police judiciaire obtiennent rarement les commissions rogatoires internationales qui leur permettraient de poursuivre les trafiquants à l'étranger. Ce n'est pas un problème de volonté mais de budget. La justice n'a pas assez d'argent pour enquêter hors frontières. La douane est riche, elle, puisqu'elle se paye sur la bête, mais ses agents ne sont pas OPJ. On se mord la queue.

Autre hypothèse : le boss passe la frontière le premier et la came suit dans la deuxième voiture. Si on l'interpelle à la frontière, il aura les mains vides dans les deux cas et on ne pourra pas le relier physiquement à la voiture qui transportera la dope, car elle ne sera évidemment pas à son nom. Bide assuré.

– De toute façon, tout ça c'est du jus de crâne, dit Bobby. On ne sait pas à quoi il ressemble, on ne sait pas dans quelle bagnole il circule, on ne sait pas où il passera la frontière et on se sait pas quand. A part ça, on est les meilleurs limiers du monde.

– Alors, on attend. On agira en temps réel, au contact. Ces mecs sont trop rusés pour ne pas renifler l'arnaque si on essaye de les faire causer sur leur circuit de livraison.

Les acheteurs « honnêtes » ne s'intéressent jamais à ces détails. Et si par hasard une indication est lâchée, il vaut mieux ne pas en tenir compte. Il peut s'agir d'un coup d'intox pour détourner l'attention et protéger l'organisation, ou d'un coup de sonde pour tester d'éventuelles réactions de flic chez un nouvel acheteur.

Avec les vendeurs, l'acheteur discute le prix, la qualité de la camelote et les conditions de remise à sa personne. Sur ces points, il peut ergoter autant qu'il veut et prétexter de trop grands risques à « faire comme ils veulent » pour les amener à « faire comme il veut », puisqu'il s'agit de son fric et de sa sécurité. En procédant ainsi, la vigilance des trafiquants est anesthésiée par l'appât du gain. Inutile de la réanimer par des exigences incongrues ou des questions déplacées. Le douanier infiltré peut donc modifier en temps réel son dispositif d'interpellation, l'adapter et le renforcer en fonction des conditions nouvelles qu'il essaye de fixer. Dans ce genre de discussion, la matière grise atteint vite son degré de fusion. Il faut trouver les bonnes raisons qui feront accepter par les truands les conditions les plus favorables aux gabelous.

Les conversations qui se déroulent en anglais, dans l'affaire en cours, ne compliquent les choses qu'en apparence. Mady a vite compris le parti qu'elle pouvait tirer de cet obstacle linguistique. Elle fait semblant d'avoir besoin de quelques secondes de réflexion pour trouver un mot alors qu'elle affûte l'idée qui complète son plan.

Si des renseignements recueillis incidemment permettent d'améliorer les conditions d'arrestation, il faut les communiquer d'urgence aux collègues. En direct. A la barbe des trafiquants. Selon le lieu, il faut trouver un prétexte urgent pour aller dans une cabine, ou monter quelques minutes dans sa chambre transmettre par radio les nouvelles instructions au dispositif d'interpellation. Dans une opération similaire qui se goupillait mal, Bobby avait simulé les affres d'une grippe intestinale ! Sous prétexte d'aller aux WC dans sa chambre, il allait téléphoner les contrordres. Là, pas de droit à l'erreur ou à l'approximation. Toute modification doit être énoncée brièvement mais clairement afin d'être assimilée par les collègues à l'écoute. Souvent, ils râlent : ils ont passé des semaines à s'adapter à des plans successifs, et quand ils se sont enfin bien imprégnés des détails du dernier, quelques minutes seulement avant de passer à l'action, on change tout !

Là, il faut jouer finement, se montrer convaincant et sûr de soi. Dans une équipe, il y a toujours un ou deux éléments qui baissent les bras au dernier moment. Des fainéants structurels qui se démobilisent : « On les aura jamais, ces mecs. C'est bidon, ce plan. Y vont se méfier. Y viendront pas. »

Il faut aussi faire preuve d'assurance et de conviction devant la hiérarchie prête, elle, à tout démonter, à ramener les voiles au moindre souffle de vent contraire. Pas de résultat plutôt que des complications administratives. Plutôt un môme rétamé par overdose qu'un télex d'avertissement du directeur général. A l'exception du Vieux, tous les pontes se sont laissés aller un jour ou l'autre à dire : « Après tout, les parents n'avaient qu'à les surveiller. » C'est tellement plus confortable...

Se montrer sûr de soi alors qu'on crève de doute et de trouille au moment d'aller au contact avec les truands. Sans micro scotché sur l'estomac, comme dans les films, pour que les collègues puissent intervenir dès que ça se gâte. Sans arme planquée dans le pantalon pour abattre le malfaisant qui n'aura pas su saisir la chance qu'on lui offrait d'être jugé – et peut-être de ne pas aller en taule. Cinéma, tout cela. Le douanier infiltré va au charbon simplement armé de ses convictions et du contrat qu'il a moralement signé. A poil, quoi.

L'opération Toussaint tombant au milieu des congés scolaires, ça a rechigné sec dans les rangs. La constitution des équipes qui prendront position autour de l'hôtel où se déroulera la transaction a relevé du tour de force. Bobby et Mady, qui en ont ras-le-képi des jérémiades, décident, pour une fois, d'aller dîner seuls dans un petit restau mosellan repéré l'après-midi. Si la devanture ne paye pas de mine, la patronne compense. Ses quatre-vingt-dix kilos flasques et tremblants suintent le houblon par tous les pores de sa peau couleur jambon. La sueur auréole sa robe à fleurs sous les aisselles, sous les seins, qu'elle a énormes, et entre ses omoplates, qui ressemblent à des mamelles.

– On en aurait mis trois comme elle en première ligne, en 39, dit Bobby, les Boches caltaient tout de suite. C'est l'arme totale contre les invasions.

– Fais breveter... dit Mady, qui observe le garçon.

Le serveur, lui, roule carrément sur les jantes. Il vient six fois confirmer la commande (deux menus à 56 F avec plat du jour) avant de se décider à déposer deux assiettes de crudités sur la nappe en papier gaufré rose. Et le miracle se produit avec l'arrivée du lièvre au sang. « A tomber en dévotion », pour reprendre la formule d'un chroniqueur gastronomique d'avant-guerre.

– C'est pas mal, hein ! se réjouit cette fine gueule de Bobby.

– Oui. Sauf que tu te suces encore les doigts ! Et que la patronne se fait livrer son pinard par la droguerie du coin. Si elle sert ça à Papa, il la fait bouffer par ses chiens. Légitime défense.

– Ouais... C'est vrai que ça rappelle plus le fly-tox que le mouton-rotschild.

– T'en as bu beaucoup, du mouton-rotschild, toi ?

Bobby, les sourcils en accents circonflexes, fouille dans sa mémoire.

– Ben, non. Jamais. Ou alors dans mon biberon, mais j'étais si petit que je m'en souviens plus. Remarque, j'ai jamais bu de fly-tox non plus.

– Quand on pense qu'on joue les trafiquants pleins de pèze avec les truands et qu'on avale ce dérivé de trichlo dès qu'ils ont le dos tourné parce que l'administration ne nous rembourse que 75 F par repas...

– Ce coup-ci, c'est assez pour payer la gamelle et le quart de pinard ! On n'aura que le pourliche à mettre de notre poche.

– Et les médicaments, t'y penses ? Tu crois pas que tu vas boire ce picrate impunément ? Je propose d'aller téléphoner à Abdul avant de nous tordre de douleur.

Abdul annonce que le chef du réseau hollandais, Duran – qui se prononce Dourranne – appellera lui-même la femme de Mohamed et qu'il refuse d'annoncer à l'avance le jour et l'heure de son arrivée. Mady raccroche et dit avec regret :

– C'est con ! Je parie qu'ils vont livrer d'abord leur client d'Epinal. On aurait pu essayer de les filocher...

– Pour les rêves, je te recommande le plumard. Si on y allait ? suggère Bobby en consultant sa montre.

Dix minutes après leur retour à l'hôtel, Abdul téléphone. Le Turc l'a rappelé, dit-il. Il viendra avec ses associés le lendemain ou le surlendemain, vraisemblablement à quatre dans deux voitures. Il rappellera après le passage de la frontière pour qu'on leur réserve un hôtel dans une localité des environs. Abdul – en bonne barbouze observatrice – fait remarquer que Duran, le boss, téléphone lui-même pour la deuxième fois.

Deux jours de calme plat. Metz en novembre ne déborde pas d'une folle gaieté. Aucun risque de se croire au carnaval de Rio. Abdul monte la garde près de son téléphone. Pour lui, le jeu vaut la chandelle : si l'opération réussit, la DST oubliera ses erreurs de jeunesse et la douane lui versera une prime de 250 000 F.

Mady a convaincu Bobby de l'accompagner au concert, à l'Arsenal. Il reste perplexe devant l'affiche.

– Il y a écrit « lyrique »...

– C'est une assez bonne définition pour le récital d'une soprano. T'aimes pas le chant, mon pépère ?

– Si... Ah ! il y a aussi un orchestre de chambre, je vois ?

– T'as encore une bonne vue, tu sais. C'est l'orchestre de chambre d'Auvergne. Mais faut pas espérer un festival de bourrée. C'est pas une soirée fouchtra !

– Bon. Ben... allons-y. On fait quand même un drôle de métier ! Et ma femme qui croit que je m'amuse...

Pendant deux jours encore, le calme. Puis tout s'emballe le samedi 1er novembre, dans la matinée. Deux douaniers en vadrouille à la gare remarquent sur le parking une Mercedes 280 SE et une Lancia Théma avec des plaques hollandaises. Ils signalent à tout hasard cette présence à Mady. Elle n'a pas le temps de reposer la radio portable que le téléphone sonne. Au bout du fil, la voix excitée d'Abdul. « Les Turcs sont déjà là ! dit-il. A l'hôtel Moderne. Ils vont donner un échantillon de la came pour comparer avec celle de la commande. Après, ils veulent voir le fric. Des francs suisses. »

Mady raccroche et s'affale sur le lit. Bobby se boxe la paume gauche du poing droit.

– Merde ! Ils nous ont bien niqués. On n'est pas prêts, grogne Bobby. Faut absolument trouver la planque de la came. On va pas les casseroler sur un échantillon.

Mady réfléchit.

– Y a qu'un moyen : je vais imposer d'effectuer moi-même le prélèvement de contrôle dans la totalité de la livraison. C'est une exigence logique, non ? Rien ne me prouve que l'échantillon qu'ils vont me refiler est identique au reste. Une vraie trafiquante ne leur ferait pas confiance.

– Essayons ce truc, dit Bobby. De toute façon, on n'a pas le choix.

Mady localisera le pactole lors du prélèvement et les locaux ne devront plus relâcher d'une seconde la surveillance du lieu où il aura été présenté.

– En cas de mouvement des trafiquants, tout le problème sera de savoir s'ils ne déplacent pas la came, dit Bobby.

– Ouais. Mais dix kilos d'héro ça se planque pas sur le corps. Pour les sortir, il leur faudra un sac ou une mallette. Tous ceux qui sortiront du lieu seront pris en filoche. Et tous les gens qu'ils contacteront aussi. Tous les points de chute seront placés sous surveillance.

– On risque de manquer de personnel, s'inquiète Bobby. Il va falloir mobiliser une armée. Un jour de Toussaint...

Le boss accepte que la femme de Mohamed prélève elle-même son échantillon test sur la totalité de la livraison, à une condition : qu'elle vienne seule, en voiture, devant la gare, où l'attendra une Mercedes. Le dialogue se déroulant par l'entremise d'Abdul, les deux douaniers ont le temps de réfléchir avant d'accepter. En contact direct, Mady aurait répliqué qu'il faudrait être malade pour faire un prélèvement dans un lieu aussi fréquenté. Mais pendant qu'elle livre cette réflexion à Abdul, elle imagine l'esplanade de la gare truffée d'équipes de flics et de gabelous indétectables dans la foule. Une aussi belle occasion ne se présentera pas deux fois. Alors elle demande à Abdul d'annoncer qu'elle sera à l'endroit indiqué à 11 heures.

Les équipes sont aussitôt positionnées. Cinq voitures banalisées verrouilleront le quartier. Bobby précise les positions par radio.

– Nono et un PJ dans la 309 immatriculée Ardennes. Vous vous garez sur le parking et vous restez à bord pour assurer la liaison radio. Cette fois, Nono, évite de planquer le portable dans ton sac à sandwich si tu veux pas qu'un autre moutard te demande pourquoi tu causes à ton casse-croûte ! Sancho avec un PJ dans la BX Moselle. Llorca et un PJ dans la 205 GTI Moselle. Le J5 de Metz prend place devant la gare, à la station de taxis, avec Léon au volant. L'autre J5 devant l'hôtel Bristol. Claude avec un PJ dans la R21 mais vous changez les plaques. Posez des Bas-Rhin. François, Daniel et Titi, à pied sur le trottoir d'en face. Sur la R19, vous mettez des plaques Haute-Saône, vous vous garez et vous allez vous planquer dans le hall de la gare. Bon. On est dix-neuf.

– T'as oublié Lionel... souffle Mady.

– Avec Baldoni en moto, sur le parking aussi, on est vingt. En cas de besoin, on a la R9 de la PJ et la BMW du service en réserve. Si vous mettiez des pots de chrysanthèmes sur les banquettes arrière de la 19 et de la 21 ?

– OK ! dit Claude. Roger a une idée : il a un drapeau tricolore, chez lui. En le posant sur la plage arrière, on peut passer pour des anciens d'Algérie qui attendent des copains pour aller au monument aux morts ?

– Pas con. Si vous avez d'autres idées, faut pas hésiter. Lionel, t'as bien mis une plaque Moselle sur la moto, hein ?

– Affirmatif.

– Bien. Tout le monde en place dans quarante-cinq minutes. Et surtout, pas d'interpellation tant que Mady n'a pas donné le top. Pour ça, elle enlèvera et remettra deux fois son écharpe rouge. Terminé.

– A l'ère de la fibre optique, on en est encore à faire des signaux indiens ! ironise Mady.

– Au moins, on est certains que les scanners ne les détectent pas.

A l'heure convenue, Mady s'installe au volant de la R25 bleu marine louée par la Pomme. Pour aller de l'hôtel du Théâtre à la gare, il ne faut pas plus de dix minutes. Mady, qui a dissimulé sous son siège une radio portative réglée sur la fréquence du PC-Transmission des douanes, est informée de la mise en place du dispositif. En vue de la gare, arrêt et plongée sous le tableau de bord.

– Goéland Bobby de Goéland Mady, tu me reçois ?

– Goéland Mady reçu cinq sur cinq. Ton type a une Mercedes marine, plaques jaunes, devant les cabines téléphoniques.

– Bien reçu, Goéland Bobby. Je vais au contact. Je quitte la fréquence. Terminé.

Le museau de la R25 pointe à l'entrée du parking. Les cabines... La Mercedes... Une silhouette massive au volant... Mady fait un appel de phares, marque un arrêt en passant, hoche la tête et va se ranger deux places plus loin. A califourchon sur la moto garée sur le trottoir, de l'autre côté de la rue, Lionel bricole la visière de son casque.

Mady, sourire éclatant, va à la rencontre du trafiquant qui sort de sa Mercedes.

– My name is Ahmed, dit-il.

– Moi, c'est Mady. Où sont les dix kilos ? Dans le coffre ?

– Il n'y en a qu'un, répond le trafiquant.

Belle entourloupe. Chapeau. Mady cogite à cent à l'heure. Pas question de donner le top pour serrer ce mec sans savoir où est le reste de la commande. Les neuf autres kilos disparaîtraient aussitôt et les complices d'Ahmed aussi. Donc, ergoter pour gagner du temps.

– Vous voulez me rouler, hein ? dit Mady sur un ton de rage contenue. Les neuf autres kilos ont été coupés, c'est ça ?

Ahmed sourit. La palabre est traditionnelle dans sa culture et acheter cash, et précipitamment, ferait trop flic.

La discussion patine. Le froid est vif et un soleil trop blanc ne parvient pas à adoucir l'atmosphère. Soudain, Ahmed déclare en soufflant dans ses mains pour les réchauffer que le reste de la came est dans sa chambre, à l'hôtel. Mady panique : vrai ou faux ? Jusqu'à présent, il n'était pas dans la manière de ses correspondants de lâcher la moindre indication sur leur business. Et là, Ahmed risquerait de sacrifier neuf kilos d'héro d'un coup ? Pour ses beaux yeux ? Mady penche pour un coup d'intox.

– Bon. Voyons toujours ce kilo, dit-elle.

Ahmed ouvre le coffre encombré, soulève un pan de couverture et découvre un sac en plastique banderolé d'adhésif d'emballage marron. Sur le paquet, un canif ouvert. A côté, une enveloppe vide. Mady fait mine de remettre un peu d'ordre dans le coffre et transperce le flanc du paquet. Elle ramène sur la lame un peu de poudre qu'elle glisse dans l'enveloppe. A première vue, de même couleur et de même qualité que l'échantillon « A » testé dix jours plus tôt. Mais la dope ne s'analyse pas à l'œil, ni au goût. Quand on goûte, c'est seulement pour s'assurer qu'on ne se fait pas fourguer du sucre ou de la farine pour de l'héroïne.

Mady et Ahmed échangent leurs coordonnées hôtelières.

– Je te rappelle dès que j'ai contrôlé la qualité avec mon chauffeur. Il attend à l'hôtel avec l'argent mais c'est des francs français, dit-elle. On ne peut pas les changer aujourd'hui. C'est férié, toutes les banques sont fermées.

Ahmed laisse Mady quitter le parking la première. Elle s'assure qu'il ne la file pas et elle rebranche sa radio. Pendant le trajet vers l'hôtel du Théâtre, elle entend Noël Kuony annoncer le retour de la Mercedes à l'hôtel Moderne.

Bobby, à qui le dispositif a relaté par radio toute la scène de la rencontre et du prélèvement, attend fébrilement sa coéquipière.

– Alors ?

– *A priori,* toute la dope est avec eux.

– Merde ! On aurait dû taper le mec avec son kilo. On aurait sûrement trouvé les neuf autres en visite domiciliaire ! râle Bobby.

– Possible, mais j'ai quand même un doute. En téléphonant pour confirmer le test, je vais essayer de loger à coup sûr la drogue et les autres trafiquants. Pour le moment, on n'en connaît qu'un *de visu.*

– Tiens ! Voilà la trombine des quatre. Léon les a photographiés du camion de planque devant l'hôtel.

– On a déjà les tirages ?

– Il a pensé à toi, il a doublé au Polaroïd.

– Lui, là, le sosie de Saddam, c'est celui qui conduisait à la première rencontre. Bon, je teste la dope.

La qualité correspond bien à celle de l'échantillon initial.

– Sérieux, les mecs. C'est presque dommage de les coxer. On peut foncer, dit Mady. Je rappelle Ahmed.

Pendant qu'elle téléphone, Bobby s'enferme dans la salle de bains et informe par radio les agents du dispositif, les inspecteurs de la PJ, le Parquet, et les directeurs de la douane.

Pour gagner du temps, Mady tergiverse, et Ahmed s'énerve. A bout d'arguments, il lui passe Duran en personne.

– Il faut être correct en affaires, dit le boss. Si à 16 heures vous n'êtes pas venue à notre hôtel, seule et avec le fric, je balance la dope dans les chiottes et nous repartons.

Ultimatum en règle. Mady mesure bien qu'à trop vouloir finasser, l'opération risque de capoter. A l'évidence, le réseau n'est pas à dix kilos d'héro près. Voilà enfin une information ! Duran ne prendra pas le risque de repasser les frontières chargé. Ni même d'aller fourguer à son client d'Epinal cette marchandise qui lui resterait sur les bras. Il y perdrait en crédibilité. S'il a dit qu'il balançait tout aux chiottes à 16 heures, il le fera.

– Bon. Je viendrai avec le fric. Je vous fais confiance pour la qualité du reste de ma commande. Je vérifierai un paquet au hasard dans la chambre. Mon chauffeur restera en bas. A tout à l'heure.

Bobby attend qu'elle ait raccroché pour éructer.

– Mais t'es cinglée ! Seule dans une piaule avec quatre bougnoules ! Ils vont te tirer chacun leur tour ! Et le pognon avec !

– Mais il est raciste, mon gros pépère ? Faut pas. C'est pas bien, ça ! C'est pas bien, bêtifie Mady comme une mémère qui parle à son chien-chien.

Puis elle reprend sa voix normale et dit :

– Rassure-toi, va. C'est pas aujourd'hui que je vais leur faire la danse du ventre. Ecoute-moi.

Et Mady explique le plan qui a germé dans sa petite cervelle. Elle va jouer sur l'heure du déjeuner. Sur les quatre truands, il y en a toujours un qui garde la piaule et la dope. Elle va attendre qu'un des mecs soit seul, elle va frapper à la porte de sa chambre pour le décontenancer et pendant ce temps-là, le dispositif ira serrer les trois autres au restaurant. A mesure qu'elle développe son idée, Bobby marque sa désapprobation en balançant la tête. C'est jouable, bien sûr, sauf que les restaurants du quartier de la gare affichent complet. Et si les mecs se rebiffent et qu'on fait une bavure ? Et si la dope n'est pas dans leurs chambres ? Et s'ils sont armés ?

– Si... si... si... Et si on s'était gouré, qu'on n'avait rien compris ? Si ces types qu'on prend pour une bande de trafiquants d'héroïne n'étaient qu'une congrégation d'évêques anglicans en voyage d'agrément ? Alors, on y va ?

– Toi, je ne sais rien te refuser... Regarde au moins les photos que Léon a fait des mecs. C'est celui-ci qui garde la dope. Les autres sont partis bouffer.

– On dirait Bugs Bunny.

A 13 heures pile, Mady entre dans le hall et tombe sur le troisième larron de l'équipe. Bugs Bunny s'ennuie et il est descendu faire un tour à la réception. La tuile. Trop tard pour le piéger comme prévu. Se rabattre sur un simple contrôle d'identité par l'équipe en planque la plus proche ? Pourquoi pas... La plupart des Turcs ont des failles dans leurs passeports. Si on trouve un petit défaut dans le sien, c'est direct la perquise dans sa piaule et on tombe par hasard sur les dix kilos d'héro qui y sont planqués.

Mais si son passeport est nickel ? Il y aurait bien une autre possibilité... Mais rigoureusement interdite : rebasculer dans la poche de Bugs Bunny l'échantillon de dope remis par Ahmed. L'analyse ultérieure permettra à coup sûr de prouver l'origine commune de la drogue du pli et de celle d'un paquet découvert dans la chambre. Oui, mais... Si elle faisait ça, Mady sait que le Vieux l'étranglerait de ses propres mains. Du moins si la manip était découverte... La chance, ça existe, non ? Et c'est comme une femme : il faut parfois la forcer. Alors Mady crève le pli dans sa poche, feint de tomber en croisant Bugs Bunny, s'agrippe à sa veste pour se retenir et dépose un peu de poudre grise sur le vêtement. Le truand n'a rien remarqué. Mady s'excuse et sort. Une fois sur le trottoir, elle se précipite vers Lionel.

– Allez-y ! Serrez-le ! Contrôlez-le ! La trace de poudre sur sa veste ! Contrôle d'identité ! Et vous foncez dans les chambres après avoir fait semblant d'interroger l'hôtelier.

Lionel bascule le top d'interpellation au dispositif. Une meute emmenée par Sancho entre tranquillement dans le hall de l'hôtel et s'approche du seul client qui s'y trouve : Bugs Bunny.

– Monsieur, s'il vous plaît. Douane-police, contrôle d'identité.

– I don't understand...

– Passport, please ! demande-t-il avec son accent catalan.

Le Turc tend son passeport. Sancho l'examine, un sourire l'illumine et il tend le document à Titi, inspecteur divisionnaire au SRPJ, et dit en jubilant :

– Putain con ! Il se suicide : il a pas de visa, le pauvre !

Lionel, qui tournait autour du Turc et l'examinait des pieds à la tête, désigne la traînée de poudre.

– Ces traces blanches sur votre veste, qu'est-ce que c'est ? Vous avez manipulé des produits d'entretien, monsieur ?

– I don't understand...

– Moi non plus, ça tombe bien. Conduisez-nous à votre chambre...

– Your bedroom, dit Sancho en roulant les « r ».

– Nous allons la fouiller avec l'assistance de l'officier de police judiciaire ici présent, poursuit Lionel.

– Te fatigue pas, con ! Il entrave que pouic.

– Vous pourrez témoigner que j'ai respecté le règlement.

L'hôtelier remet les clés des chambres occupées par les Turcs. Dans la première, rien. Le placard de la deuxième renferme un sac de sport. Dedans, cinq paquets d'environ un kilo de poudre chacun.

– Les mecs, on a touché le jackpot ! exulte Lionel. On se sera pas gelé les couilles pour rien.

Pendant ce temps, à une centaine de mètres de l'hôtel, Noël Kuony et sept fonctionnaires, l'arme au poing dissimulée sous leurs blousons, font irruption dans la brasserie où se restaurent les trois autres trafiquants.

A peine ont-ils franchi la porte que le western commence ! Attablés au centre de la salle bondée, les truands ont compris. Mus par l'instinct de survie propre aux prédateurs, ils passent à l'attaque. Pugilat sur fond de pizzas et d'assiettes volantes. Les douaniers braquent au 9 mm, les clients ordinaires plongent en hurlant sous les tables ou refluent en se bousculant vers la sortie. La moitié du mobilier est renversée, la vaisselle éclate, les lasagnes répandues sur le sol piègent les fuyards qui s'étalent. Claude marche sur une escalope bolognaise et part en voltige. En l'air, il lâche son flingue qui valdingue entre les cuisses d'une cliente assise sur le carrelage au milieu des spaghetti. En pleine crise de nerfs, la malheureuse. Les bras levés au ciel, elle fixe avec des yeux exorbités le flingue mal intentionné et ses hurlements repartent de plus belle. Un trafiquant mord le douanier qui tente de le menotter et lui arrache une phalange ! Les clients butent dans le mobilier renversé et s'affalent dans la boustifaille assaisonnée de débris de verre et de porcelaine qui jonche le sol. Un véritable champ de bataille.

A l'Ecole des douanes, on enseigne qu'une arrestation est réussie quand les truands, pétrifiés par la détermination des fonctionnaires interpellateurs, ne bougent plus une oreille... Avec ceux-là, échec. Ils castagnent comme des forcenés et distribuent sans discernement des châtaignes meurtrières.

Force, enfin, reste à la loi. Trois paquets étendus sur le sol, face sur le carrelage, menottes dans le dos, macèrent dans les lasagnes, les macaroni, le pinard italien et le ketchup.

Tout a été joué en dix minutes. Les quatre truands, dont le big boss, Duran, ont les pinces et sont interrogés séparément. Cinq kilos d'héroïne ont déjà été retrouvés. L'aviseur, Abdul, n'est pas impliqué par les trafiquants, pas plus que Mady, qui craint cependant que les truands ne la balancent et en tracent un portrait précis. Elle ferait alors l'objet de la part de la PJ d'un nouveau PV de vaine recherche. Un de plus...

Des heures de boulot en perspective, comme d'habitude, pour bétonner la procédure. Sans droit à la pause. Seul le « dévoré vivant » se relaxera un peu. Au centre hospitalier, le toubib examine son moignon d'index et lui annonce une amputation au niveau de la phalange. Impavide, le collègue.

– Faites, docteur, dit-il.

Alors le docteur lui propose un test sida. Par précaution.

– Vous voulez dire... une prise de sang ?

– Bien obligé. On ne détecte pas encore les virus avec certitude par échographie, ironise le toubib.

Mais le collègue est déjà dans les pommes. Après s'être fait bouffer l'extrémité du doigt, il a eu le courage de ramasser sa phalange recrachée par le cannibale ; il a eu le cran d'envelopper le morceau dans son mouchoir et de le mettre dans sa poche. Et il a trouvé en lui assez de ressources pour reprendre la castagne jusqu'au menottage final. Mais une prise de sang...

Trouver des traducteurs turcs et arabes un jour férié n'a pas été facile. Et maintenant qu'ils sont tous là, les trafiquants refusent de parler. Peu importe. Avec une prise de cinq kilos d'héro dans la chambre occupée par Duran, le boss, la confession est superflue.

Au Parquet, informé de la réussite de l'opération, le procureur recommande à Mady de se tenir hors de la vue des trafiquants. Le proc les prend vraiment pour des bleus. Installés dans un bureau de l'étage supérieur, elle téléguide les auditions avec Bobby.

Elle est agacée de n'avoir pas trouvé les cinq autres kilos d'héroïne. D'autant plus qu'il est impossible de procéder à une perquise ailleurs que dans les chambres des truands. Elle sait qu'ils sont fichés comme trafiquants par les services de police belge, hollandais et allemand, mais elle ne peut demander de renseignements hors frontières sans laisser de trace écrite, ce qui serait signer la provocation douanière. Alors que tout l'art des agents clandestins consiste à l'opacifier. C'est ainsi que Lionel commence son PV par un pieu mensonge : « Suite à renseignements fournis téléphoniquement par des collègues hollandais, etc. »

Pendant l'audition du sosie de Bugs Bunny, il monte voir Mady.

– Mon client est en train de divorcer et il accuse sa femme, qui le fait cocu avec un garagiste de Rotterdam, d'avoir balancé la bande pour se débarrasser de lui !

– Putain con ! comme dirait Sancho, l'aubaine ! Conforte-le dans ses convictions, surtout. Elles protègent Abdul. Mets la pression sur lui, mais gentiment, c'est le maillon faible qui peut faire céder toute la chaîne.

L'affaire marche au-delà de toute espérance. Le cocu a besoin de s'épancher, il déroule. Ses potes et lui sont partis de Rotterdam avec dix kilos d'héro, mais comme ils ne connaissaient pas l'acheteur, par prudence, ils en ont planqué cinq en Belgique avant de passer la frontière.

Pourquoi en Belgique et pas en France ? demande Lionel. Parce qu'en Belgique ils ont des clients fidèles disposés à acheter tout de suite cinq kilos. Au cas où les acheteurs français n'auraient pas été fiables, ils seraient au moins rentrés dans leurs frais. L'héroïne, elle ne se paye pas à Amsterdam ou à Rotterdam, mais au pied du pavot. Le fournisseur turc veut être couvert du montant de la commande avant transformation par le chimiste. La culture du pavot ne coûte rien. Le transport de la poudre non plus, compte tenu du faible volume du produit fini. En revanche, la transformation, qui fait appel à des techniques de laboratoire pointues et nécessite l'emploi de nombreux produits chimiques, est ruineuse. Sans compter les risques encourus par les convoyeurs dans leur pays d'origine, et qui se font payer très cher. Dans cette Turquie dont la production inonde de drogues diverses les sociétés occidentales, le tarif pénal est très élevé pour les trafiquants : la pendaison. Ailleurs, en Thaïlande, en Iran, par exemple, ce n'est pas mieux. Le trafic finance en effet les partis politiques subversifs, les achats d'armes et les actions terroristes, et les gouvernements répriment sévèrement.

En revanche, la résine de cannabis, souvent produite au Maroc, expédiée par bateau en Espagne, et distribuée dans toute l'Europe par la route, ne coûte pratiquement rien. Primo, le cannabis pousse tout seul dans le Rif où des milliers d'hectares sont consacrés à sa culture, à la vue de tout le monde. Deuzio, la fabrication des « savonnettes » de 250 grammes relève du jeu d'enfant : il suffit d'une presse pour compacter la matière première et l'investissement est à peine plus onéreux que pour un moule à gaufre. Seul problème : l'expédition, à cause du volume et de l'odeur. D'où des systèmes de camouflage extrêmement rusés mais, là encore, peu coûteux. Le prix de départ du produit transformé, contrairement à l'héroïne, est négligeable par rapport au coût du transport. Le plein de gazole coûte parfois plus cher que la cargaison de shit.

Le trafiquant interrogé par Lionel développe la caractéristique des « contraintes commerciales » auxquelles ses acolytes et lui sont confrontés dans leur activité, quand ils doivent débattre des rabais qualitatifs et quantitatifs avec leurs acheteurs.

Dans les statistiques des saisies douanières, un kilo fait toujours mille grammes. Mais concrètement, il y a des variantes. Si la douane retire du marché un kilo de drogue très pure, ce n'est pas mille doses d'un gramme qui seront détruites, mais le double ou le triple. En fonction des saloperies diverses qui servent au coupage, comme le mannitol ou le bicarbonate, quand ce n'est pas du ciment, de la strychnine ou de la mort-aux-rats. L'héroïne turque de mauvaise qualité, la plus courante sur le marché, ce qui n'est pas le cas de la leur, précise vertueusement Bugs Bunny, ne contient généralement que 13,47 % d'héroïne base, 1,4 % d'acétylcodéine, 3,1 % de mono-acétylmorphine, et un tas d'autres saloperies.

– Attendez ! dit Lionel au traducteur turc. Là, je comprends plus. C'est extrêmement précis, ces explications. Vous êtes quoi, vous, au juste ?

– Etudiant en pharmacie, monsieur.

– Ah ! Et lui ?

– Il était chimiste, monsieur.

– Bon, continuez. Si je comprends bien, vous lui posez directement des questions ?

– C'est-à-dire... On gagne du temps...

Et le traducteur continue de dialoguer avec le trafiquant et de résumer ses explications. L'héro de ses concurrents, des malhonnêtes, vous en conviendrez, peut contenir aussi de la noscapine, de la papavérine, de la procaïne ou du paracétamol. Alors que la leur ne contient aucun diluant et affiche une teneur en héro de 80 %.

– Il n'espère tout de même pas qu'on va le féliciter, ce salopard ? hurle soudain Lionel. Euh... Ne traduisez pas ça, surtout. Qu'il continue.

Lionel reprend son calme, pour ne pas enrayer la belle mécanique délatrice.

Le lundi suivant, un journal local relatera une « Mystérieuse arrestation dans un restaurant messin » par « un groupe de sept ou huit personnes, arme au poing », qui « ont fondu sur trois convives partageant la même table. En l'espace d'un clin d'œil, ils furent maîtrisés, plaqués au sol et menottés après que l'un d'eux eut néanmoins le temps de mordre l'un des intervenants. Les trois hommes furent immédiatement conduits à l'extérieur et emmenés dans plusieurs voitures ». Le journaliste apprendra qu'il s'agissait d'une opération conjointe police et douane. Il en sera réduit à supputer les causes qui ont déclenché l'arrestation d'étrangers « de type libanais ou pakistanais qui s'exprimaient en anglais ».

Ils ont, depuis, eu l'occasion d'apprendre le français. En prison. Où il ont passé trois ans.

# Opération Rembrandt

Mady n'a jamais compris comment Churchill a pu séduire Bobby. Un passé commun d'anciens d'Afrique, sans doute. Pendant que Bobby, fonctionnaire de la République française, mettait sur pied la douane tchadienne, Churchill, sujet de Sa Majesté Baudouin 1er, exerçait ses talents de barbouze au Katanga. De retour au plat pays, le Belge avait traîné sa mentalité de facho dix-huit carats dans tous les cercles humanitaires du royaume, où il avait réussi à passer pour un modèle de vertu fraternelle. Parallèlement, il avait entamé une reconversion dans tout ce qui peut faire du fric. De préférence beaucoup. Et sans effort superflu. Il avait d'ailleurs une bonne adresse pour ramasser le paquet sans se fouler : la cellule clandestine des douanes françaises.

Un jour d'octobre, il téléphone à Bobby pour lui proposer de récupérer une toile de Rembrandt volée à Waterloo trois ans plus tôt.

– C'est un bon coup. Et je ne suis pas gourmand.

– Combien ? s'enquiert Bobby qui part au quart de tour.

– Vingt mille francs, histoire de couvrir mes frais en attendant la prime des assurances.

– Français ou belges ?

– Déconne pas, Charvey ! Je suis un fidèle serviteur de la couronne, mais quand je parle fric je confonds pas avec roupies de sansonnet !

– Te vexe pas. Je m'informais, dit Bobby. Demain soir à Bruxelles, ça te va ?

– Je préférerais que tu viennes à la Zoll de Mont-Saint-Martin, au restau routier, côté belge. Je traîne dans le secteur, en ce moment.

Bobby raccroche le combiné, regarde Mady qui rédige un rapport et lui balance sa gomme :

– Tu peux m'accorder une audience, bébé ?

– Ça dépend pourquoi ?

– Churchill a une super-affaire. Pour la goupiller, j'aurais besoin d'une intello BC-BG qui s'y connaît en peinture.

– Laque ou acrylique ?

– Joconde, plutôt.

– Alors, c'est râpé, pépère. Moi, c'est dans la musique que je jardine en secret. Et puis, tu sais ce que je pense des coups tordus de Churchill. Il ne nous rapporte que du sang et des larmes, ton pote. Comme l'autre...

– Déconne pas, c'est un bon coup. Un Rembrandt volé il y a trois ans à côté de Bruxelles. Des receleurs d'Anvers le remettent sur le marché parallèle.

– T'es fêlé ? Les œuvres d'art, c'est pas notre job. Encore, si c'était à l'export... Mais dans cette salade, tout est belge ! La protection du patrimoine national, tu l'invoques comment ? Sur quelle TVA tu joues ? Et puis, un tableau volé relève du droit commun, va falloir collaborer avec les flics !

Le lendemain, à midi, Bobby et Mady arrivent à l'endroit choisi par le Belge. Enfumé et bruyant. Churchill, Flamand bilingue, s'exprime avec un léger accent. Sa chemise au col douteux s'ouvre sur un cou fripé par des variations pondérales dues à l'alternance de courtes pauses et d'abus dans la consommation de boisson. Une canine manque à son sourire de fauve. La vivacité de son regard s'apprécie surtout dans la fuite : comme les chats, il ne fixe jamais longtemps un interlocuteur. Il parle avec un débit de kalachnikov et se saoule autant de paroles que de Leffe blonde et de Picon-bière.

Le Rembrandt, volé dans une riche demeure de la morne plaine de Waterloo, moisit depuis trois ans dans une cave d'Anvers. Les receleurs cherchent à en tirer trois millions de francs français.

– C'est une affaire. La toile est estimée à dix milliards de vos centimes, dit Churchill en leur tendant un mauvais Polaroïd.

Bobby et Mady examinent le cliché et se regardent dubitativement, conscients de n'avoir ni le look ni la culture pour faire des acheteurs crédibles. Ils ont l'impression d'être les « trous noirs » de la connaissance picturale flamande de la Renaissance. Ils ignorent tout de la restauration de tableau pour discuter le prix en fonction des dégradations subies par la toile arrachée de son châssis par les gougnafiers qui ont fait le casse. Ils ne connaissent pas du tout le marché des œuvres d'art volées. Jouer les « friqués » pas très regardants sur les conditions d'acquisition, ça, encore, c'est dans leurs cordes.

Bobby se masse les joues avec le pouce et les doigts de la main droite et dit d'une voix désolée :

– On n'a pas l'acheteur idéal sous le coude. A moins que...

– ... l'acheteur en question envoie sa secrétaire et son chauffeur réaliser la transaction, complète Mady, toujours en phase avec son chef.

– Voilà ! On pourrait représenter un Helvète plein aux as et vide de scrupules.

– Génial ! s'exclame Churchill.

– Va falloir quand même chiader le sujet, dit Mady. Les receleurs sont peut-être de véritables spécialistes. Faudra avoir l'air de pomper quelque chose à la peinture...

– Mais au fait ? Pourquoi tu proposes pas le coup aux douaniers ou aux flics de ton pays ? demande Bobby. Je te croyais patriote ?

L'ex-barbouze rajuste ses énormes fesses sur sa chaise en Formica et répond :

– Euh... ben... vous, les Français, vous payez mieux vos informateurs. Et vous êtes honnêtes. Vous risquez pas de m'enfler sur le montant de la prime d'assurance. J'ai encore deux autres trucs, si vous voulez...

Churchill propose d'abord à ses amis français de coxer des trafiquants qui cherchent à négocier à 30 % de leur valeur 42 millions de francs belges en bons de caisse provenant d'un trafic de stupéfiants. Il leur offre ensuite de mettre la main sur des tonnes de dollars américains que des Ritals de la Mafia veulent blanchir à 30 ou 40 % de leur valeur, de préférence avec des banquiers suisses ou français.

– Ça m'intéresse, dit Bobby. On examine et on te rappelle.

– Vous partez déjà ? Vous mangez pas une petite frite ?

– On n'a pas le temps.

Churchill est déçu.

– Alors, un dernier pour la route, propose-t-il en hélant la serveuse.

De retour à Paris, les duettistes remplissent une « fiche d'opération » et ouvrent un dossier pour chacune des affaires proposées par le Belge, avant de rendre compte au Vieux. Joseph Tengo les écoute en pianotant sur son sous-main en cuir.

– Votre tableau, à quoi il ressemble de près ?

– On sait pas, mais on a la photo, répond Bobby en sortant le Polaroïd du dossier marqué OPÉRATION REMBRANDT.

Le Vieux écarquille les yeux et s'étrangle.

– C'est tout ? Mais exigez de voir la toile ! Et si vos receleurs ne l'avaient plus ?

– On a vérifié dans tous les fichiers des œuvres d'art volées, patron. La toile est bien répertoriée.

– Mais vous êtes idiots ! explose le Vieux. Qui vous dit que l'intox n'est pas à un autre niveau ? Les receleurs peuvent très bien connaître l'existence de ce tableau, même l'avoir eu en main, mais l'ont-ils encore ? N'essaient-ils pas de vous fourguer un Polaroïd pour trois cents plaques ? Et si c'était un piège à con de votre Belge alcoolique ?

– Bon, dit Mady. On va demander à l'info de nous organiser une rencontre avec les détenteurs de la toile pour examiner son état, l'estimer et déterminer les conditions de livraison.

– Parfait, ma chère. Mais vous auriez dû le faire avant de me déranger ! Et vous poser une question : croyez-vous que je vais autoriser une provoc sur une œuvre d'art ? La jurisprudence ne tolère les montages que pour les stups et la fausse monnaie. Vous êtes des débutants ou quoi ? Si votre tableau, qui est en Belgique, a été volé à un Belge par des Belges, quelle infraction douanière française vous allez relever ? Ce n'est plus une exportation illégale d'œuvre d'art qui ruine le patrimoine national, votre putain de Rembrandt ! Il y est déjà, à l'étranger !

Bobby fait le dos rond et prend l'air penaud qui ravit tant le Vieux. Tengo se plaît à terroriser ses troupes de temps en temps, pour leur rappeler que ce service en marge a un patron. Mais ses coups de gueule sont aussi sa façon de dire à ses agents qu'il les estime. Un « discours » que Mady est seule, dans l'équipe, à savoir traduire, grâce à l'éducation spartiate que lui a prodiguée son père.

– Patron, lors de l'enlèvement du ministre belge, on a vanté l'efficacité de la collaboration des polices de nos deux pays. On pourrait récidiver avec le Rembrandt ? Vous expliqueriez à votre homologue belge que nous sommes seuls capables de faire sortir ce tableau de sa cachette et qu'il vaut mieux s'entendre sur une saisie plus ou moins commune ?

– Continuez...

– Vous seriez filmé par la télé en train de remettre le Rembrandt aux Belges ?

– Mais je m'en fous de ce cinéma, moi ! glapit Tengo. Vous croyez que je me prends pour une diva ?

– Je pensais au service... gazouille Mady. J'ai un plan. On se fait passer pour des Genevois aux yeux des receleurs. On peut donc exiger qu'ils partagent les risques avec nous en apportant le tableau en France. Eux, ils passent la frontière franco-belge, et nous, en théorie, la franco-suisse. Ils devraient gober ça facilement. Et on les coince à la frontière pour importation de marchandise sans déclaration ni justification d'origine. Grosse amende à payer tout de suite. Classique. Puis on interroge le fichier, parce qu'on est cons et routiniers, et là, miracle ! on découvre le vol. Y a plus qu'à leur passer les pinces. Ça se défend ?

Tengo émet des grognements lourds de perplexité.

– Quand vous avez une idée en tête, tous les deux... Je vais réfléchir. C'est pas si con, après tout, de jouer les cons. Je vous donnerai une réponse. Au revoir.

– Et pour le reste ? demande Bobby rasséréné par le « pas si con » lâché par Tengo.

– Faites déjà la préparation de votre peinture. Les dollars et les bons de caisse, vous les mettez au congélateur pour le moment. L'entretien est terminé. La meilleure façon de sortir, comme on est au septième, c'est par la porte. Mais il faut commencer par vous lever ! Vous vous incrustez ou quoi ?

– Excusez-nous, patron, implore Mady. On voulait régler tous ces problèmes d'un coup pour éviter de vous déranger encore. On sait que vous êtes un homme écrasé par la tâche...

– Mais elle se fout de ma gueule, ma parole ? Déguerpissez !

Dans le couloir, Mady et Bobby se libèrent de l'envie de rire qu'ils contenaient avec peine.

– Le Vieux est accroché par cette provoc, hein ! Il nous a fait son numéro d'atrabilaire insomniaque pour la forme, mais t'as vu ses yeux ? demande Mady.

– On aurait dit le grand méchant loup en train de lorgner les jambons de Naf-Naf. Bon, il faut que je rentre dans ma banlieue. La Nanette veut que j'aille râler à la réunion des coproprios parce que les fausses poutres en chêne que le promoteur a mis au plafond du salon ressemblent à du sapin. Si j'y vais pas, elle va me faire bouffer des carottes et des salsifis pendant huit jours. Et toi, tu fais quoi ?

– Oh ! moi... dit Mady avec des lueurs de pré-éruption volcanique dans les yeux.

– Ah ! Manuy est à Paris ? Je l'envie...

– Pourquoi ? Toi aussi, t'es à Paris !

– C'est malin... Bonne nuit, bébé. Dors pas beaucoup. Et salut au toubib.

Le lendemain, le Vieux sonne sa fine équipe dès 9 heures. Mady a tartiné ses cernes de fond de teint bleuâtre qui assombrit ses coquards et Bobby a l'air épuisé. Le Vieux, qui se demande depuis des années si ces deux-là, à force de partir en opération en faux couple, n'ont pas fini par en former un vrai, tique un peu.

– C'est OK, les Diaboliques. Vous êtes les représentants d'un acheteur suisse. Tiembas assurera vos contacts. Il avertit la douane et la PJ belges. Bonne chance !

Les cervelles diaboliques montent aussitôt en pression. Seule ombre au tableau : l'intermédiation du contrôleur général Tiembas. Tiembas, le protecteur d'une taulière messine. Tiembas-la-Pute, comme le surnomment affectueusement ses vrais amis. Comment dire au Vieux les risques encourus quand ce flic est chargé de la coordination avec la PJ et du suivi judiciaire ? Joseph Tengo est trop droit, trop pur, pour croire aux magouilles sordides d'un flic de haut rang. Il prendrait Bobby et Mady pour des cinglés.

– Si on sortait prendre un peu l'air ? propose Bobby. On échafaudera notre provoc en marchant.

Dans la rue, Mady s'accroche au bras de Bobby et le couple descend la rue du Louvre en direction de la Seine. Un fort vent d'ouest charrie de lourds nuages bas et son souffle ride à contre-courant la surface du fleuve. Quand ils atteignent la place Saint-Michel, Bobby propose de boire l'apéro.

– On va là-bas ! dit Mady en désignant le Cluny.

– Ah ! Je vois. Nostalgie...

– C'est là que j'ai connu Manuy, quand on était étudiants. On a fait les barricades ensemble, figure-toi ! T'imagines la fille d'un colon qui canarde la flicaille en criant « CRS-SS » avec un gaucho ?

Ils s'installent à la terrasse encore vitrée et Bobby dit, après avoir passé commande :

– Si je comprends bien, il y a plus de vingt ans que tu trimbales le même amant ?

– Oui. Avec un intermède de quinze ans, quand même. Au début, il voulait être journaliste. Il a fait chirurgie. Les récits de boulot à table sont moins drôles, évidemment.

– Je vois. Tu mélanges ton tartare et il te décrit une rate éclatée...

– C'est un peu ça. On s'est perdus de vue pendant longtemps. J'ai épousé mon juge qui est devenu proc et chiant à la fois. Manuy a réapparu, il s'est mis à me téléphoner de temps en temps. Alors... Et puis merde ! C'est un interrogatoire ?

– Non. Mais j'aime bien, quand tu racontes. C'est beau, dit Bobby avec attendrissement. Passons aux choses sérieuses. Alors, on fonce ?

– On demande à Churchill de nous arranger une rencontre avec les fourgues.

Les fourgues en question tiennent un restaurant dans les environs de Bruxelles et possèdent une écurie de courses. L'avoine est hors de prix et ils vendent le Rembrandt pour nourrir leurs canassons. Ces honorables commerçants attendront les acheteurs suisses. Ils fixeront un rendez-vous définitif le jour même, au Novotel de Brussels-Airport, où les Helvètes devront prendre une chambre.

En deux jours, Mady ingurgite 800 grammes de littérature sur la peinture flamande en général et sur Rembrandt en particulier.

Le matin du jour J, la Pomme leur remet les clés et les papiers d'une R21 turbo blanche, surbaissée, avec becquets avant et arrière et porte-skis.

– Elle est au sous-sol, dit-elle. Mimile finit de poser des plaques suisses. Voici vos faux papiers. Irréprochables. Qualité suisse, forcément. Et voilà votre Eurocard spéciale. Vos chambres sont réservées.

Des kilomètres d'autoroute. Trajet monotone. Plat. Moche. Triste. Bordé de friches industrielles.

– La Belgique, c'est pratique, dit Bobby en se garant devant l'hôtel. C'est petit et bien éclairé. Et le service est rapide : regarde dans le caniveau.

– Quoi ? La lune ?

– Non. Des frites !

– C'est mauvais signe, ça...

Le réceptionniste reporte les identités de ses clients suisses sur son registre en recopiant leurs papiers, comme la loi locale lui en fait l'obligation.

Aussitôt installés, les douaniers téléphonent à Churchill. Les receleurs ne préciseront les modalités de la rencontre que le lendemain. Bobby et Mady descendent alors dîner au restaurant de l'hôtel.

– C'est noir de monde... plaisante Bobby en entrant dans la salle pleine de Zaïrois festoyant au poulet-frites.

– T'as quand même un fond raciste... soupire Mady.

– Moi ? Un ancien coopérant, raciste ? Pour te prouver le contraire, je vais manger comme eux.

– Pourquoi, t'es carencé en hormones ?

Le vin est hors de prix mais Mady, qui fêtera ses quarante-deux ans dans trois jours, offre une bouteille.

Les deux douaniers trinquent.

– On a rarement de la chance avec le pinard, grimace Mady.

– Celui-là, si tu lui résistes, il passe en force. Nom de Dieu, ça rabote. Il a dû être fait avec du clinton.

– Quesaco ?

– Un cépage américain. Un hybride de liparia et de labrusca. Dans les Cévennes, les paysans, qui sont des durs à cuire, en faisaient un vin de table. N'importe où ailleurs, on en aurait fait un vin à jeter. Mais pas là. Pour l'avaler, t'avais intérêt à t'accrocher à la table, sinon tu partais à la renverse. Mais c'est pas tout : dans le quart d'heure qui suivait, t'avais la tripe en fusion et tu cavalais au fond du jardin... A mon avis, c'est ce genre de produit qui a dépeuplé les campagnes.

– Finalement, il est pas cher, dit Mady. Décapant, euphorisant et soporifique, t'as trois produits pour le prix d'un.

Le lendemain matin, Churchill conduit Bobby et Mady auprès des receleurs. Les rues grises de Bruxelles luisent encore d'une longue pluie nocturne. Une heure et demie d'autoroute dans un brouillard d'automne, puis les faubourgs d'Anvers. Churchill précède les deux douaniers. Il contourne le centre ville, s'engage dans la zone portuaire qu'il a l'air de connaître comme sa poche et s'arrête devant la grille d'un entrepôt désaffecté. Il descend de voiture sans couper le moteur et vient à la portière de Bobby.

– C'est au fond du hangar. Un escalier conduit aux bureaux. On vous attend. Ils sont deux. Je m'en vais.

Bobby manœuvre pour mettre l'avant de la R21 dans la direction d'où ils viennent. En cas de départ précipité. Puis les deux douaniers descendent.

– Ah ! J'aime l'odeur des ports, dit Bobby en bombant la poitrine. Ah ! l'air marin...

– Je te signale que la mer est à trente bornes. Mais moi aussi, j'adore, réplique Mady. Ça pue la rouille et la tripe de poiscaille qui macère dans le mazout. Pire que le gnoc-dam.

– T'es pas cuisine chinoise, toi ?

– Pas trop. T'arrives à lire l'inscription, sur le hangar ?

– C'est à moitié effacé... Imexbocal, non ?

– Mouais... Après, c'est Cantilina.

– Oh ! merde, fait Bobby.

– Ah ! Manquait plus que ça, soupire Mady.

Trois superbes et souples bergers allemands sortent en file indienne du hangar. Bobby, comme Sancho, a la phobie des chiens. Habituée à la meute paternelle, Mady les jauge.

– Ils sont dressés méchants. Si on panique pas, ils vont seulement nous escorter. C'est des mâles : je passe devant et je leur fais du gringue, plaisante-t-elle.

– J'ai honte... Mais les clebs et les araignées, je contrôle pas.

Des ferrailles enchevêtrées, des tôles rouillées et des gravats encombrent la vingtaine de mètres qui sépare le hangar de la grille d'entrée. Les trois clebs reniflent les visiteurs et ne s'intéressent qu'à Bobby.

– T'as du pot, dit Mady, c'est des pédés. Je sais pas ce qu'ils te feront, mais ils te boufferont pas. C'est déjà ça.

Dans le hangar, sept Turcs à l'œil ombrageux fabriquent une Mercedes neuve avec les pièces de trois épaves. Bobby et Mady traversent le garage clandestin d'un air indifférent mais ils ne quittent pas des yeux les mains de ces robustes travailleurs. Qui sait...

En bas de l'escalier, deux des chiens, gueule ouverte et langue pendante, s'assoient sur un vestige de paillasson. Le troisième continue d'escorter les visiteurs à l'étage, jusqu'à une porte vitrée ouvrant sur un bureau vide, qui donne sur un couloir sale, rétréci par des piles de vieux cartons. Au loin, des voix étouffées. Le comité d'accueil. Bobby claque la porte. Les voix se taisent. Un bruit de pas et une sorte de monstre s'encadre à l'autre bout du couloir. L'énorme masse leur fait signe d'avancer. Rien d'un bon gros, le mec. Deux yeux gris acier piqués très près l'un de l'autre dans sa graisse rose jaugent les visiteurs qui s'avancent. Il leur tend une énorme main avec un sourire de requin affamé.

– Je m'appelle Julien. Lui, c'est Laurent, dit-il en désignant un type à lunettes assis sur une caisse.

– Je m'appelle Bob, dit Bobby. Madame, c'est Mady.

Les présentations s'éternisent comme souvent dans le petit monde et Mady demande à voir la marchandise. Le gros disparaît deux minutes et revient avec un carton plat d'un mètre par un mètre vingt. Les dimensions du tableau. Il le pose par terre, dans la crasse et les détritus, et sort le Rembrandt. Un choc esthétique. Ça dure trois secondes mais Mady ne peut réfréner l'émotion que lui procure la merveille étalée à ses pieds.

La toile a été reclouée à la va-vite sur son châssis. Elle a beaucoup souffert. Percée d'un trou d'un centimètre sur deux. Pliée lors du vol, roulée pendant trois ans au fond d'une cave, la peinture s'écaille en plusieurs endroits. Mady-la-Science prélève sur le bord un pétale de couleur prêt à tomber et l'examine à l'aide d'un compte-fils. Puis elle se penche sur la traverse du châssis et vérifie un élément recueilli lors de son enquête préalable : la présence d'un cachet datant de la dernière guerre. En 1942, le propriétaire de la toile l'avait gagée et le banquier prêteur y avait mis son estampille. Elle est bien là, sur le renfort central.

Mady commence à discuter le prix, qu'elle juge trop élevé. Il ne faut jamais dire « banco » trop vite. Les truands, qui ont tous un sixième sens, pourraient se méfier.

Laurent, le binoclard, s'excuse : pour les questions de fric, Julien et lui doivent contacter leur associé, qui décide seul du prix.

– On sort téléphoner. Ici, y a plus de téléphone. Ça va être démoli.

Mady et Bobby restent seuls. Cinq minutes. Puis dix. Tout à coup, Bobby se frappe violemment le front de la paume de la main.

– Qu'on est cons !

– Pourquoi ?

– Mais pauvre conne ! On est seuls avec le tableau ! T'as pigé la manip ? Les deux abrutis que les poulets belges vont trouver devant le tableau volé, c'est nous ! T'as pas repéré le fourgon de la gendarmerie royale, en arrivant sur le port ? On se tire fissa ! J'emporte le tableau.

– Là, c'est toi qu'est con ! On se tire, mais sans le tableau.

Les marches dévalées quatre par quatre. Assis en bas de l'escalier, les chiens ne bronchent pas. Bobby n'y fait même pas attention. Il tire Mady vers la porte en tôle ondulée qu'un Turc abaisse. Les deux douaniers se glissent dessous de justesse. Mais trois autres Turcs s'interposent entre eux et la R21, crans d'arrêt en main.

– Vous venir trouver notre ami, ordonne le plus costaud.

Hypnotisés par les longues lames scintillantes, Bobby et Mady ne semblent pas entendre.

– Venir ! insiste le Turc en pointant son couteau vers une Volvo.

Bobby et Mady s'assoient à l'arrière. Peu de circulation. Puis les rues s'animent en approchant du centre. La Volvo ralentit et franchit le porche d'un immeuble sans caractère. Churchill bavarde dans la cour. En voyant « ses » douaniers, il accourt en gesticulant.

– Ah ! Je suis rassuré. Mes hommes ont réussi à vous récupérer.

Blême, Bobby se déplie lentement. Pour la première fois depuis longtemps, sinon depuis toujours, il présente un visage presque lisse. Il remonte énergiquement son pantalon, respire longuement et fixe Churchill d'un œil mauvais.

– C'est quoi, ces maniaques du canif ? demande-t-il sans desserrer les mâchoires.

– C'est des types à moi... que j'avais mis dehors à surveiller. Par prudence. Je sais pas pourquoi les autres sont partis, jure-t-il en empochant les clés de la Volvo qu'un Turc lui tendait.

– Tu nous reconduis immédiatement auprès des affreux. T'as le contact, alors tu te démerdes.

– On y va. On y va. Montez.

En route, Churchill téléphone pour s'assurer que les vendeurs sont bien retournés à l'entrepôt.

Quand ils ne maîtrisent plus la situation, les deux gabelous se laissent un peu porter par les événements, histoire de voir où leur curiosité peut les mener trop loin. Les mécanos ont déserté le hangar. Ils ont emmené les chiens. Au pied de l'escalier, Bobby arrête Mady :

– Je passe devant. S'il y a une rafale, t'as une chance derrière moi.

Mady dissimule mal sa trouille. Mais comme souvent quand on attend le pire, il ne se passe rien. Les Belges sont radieux et Laurent, le binoclard, annonce :

– C'est OK pour 120 briques si vous prenez le tableau ici, et 200 si on doit lui faire passer la frontière.

80 briques pour un simple transport Anvers-Metz, le tarif est prohibitif.

– Vous faites payer un petit risque au prix fort, renaude Bobby. Faut s'arranger entre amis.

De toute façon, même si les truands proposaient un prix convenable, la règle impose de tousser. Pour faire des économies, il propose un rendez-vous sur le parking douanier de Mont-Saint-Martin, côté belge. Là, il s'assurera que le tableau se trouve bien dans la voiture du receleur. A ce moment, deux possibilités. Ou il prend le tableau dans la R21 et passe la frontière suivi du fourgue et il ne paye rien pour le transport. Ou le Rembrandt reste dans la voiture des Belges qui le passent en France et, dans ce cas, il paie 30 briques, mais pas plus. Les vendeurs sont d'accord.

– Rendez-vous à Metz dans trois jours. On fera l'échange dans une chambre du Novotel d'Hauconcourt où madame nous attendra avec l'argent.

Ce plan ayant été approuvé par le Vieux, l'itinéraire frontière-hôtel, tracé sur une carte Michelin, a été refait plusieurs fois par deux douaniers locaux. Il a été minutieusement minuté, et le schéma du dispositif d'intervention rapprochée a été dessiné sur un plan publicitaire du Novotel.

Gros Nan-Nan, en R21 banalisée, assurera l'observation frontière de la 505 belge et de la R21 turbo des infiltrés. Une fois la douane franchie, il ira se positionner à l'entrée du parking de l'hôtel et verrouillera la sortie en cas de tentative de fuite.

Sancho et la Came, en R5, simuleront un jeune couple en vacances. Kuony et une secrétaire de la direction régionale joueront un autre couple en vadrouille dans la BX. L'administrative se bornera à cette figuration temporaire et s'éloignera au top d'interpellation. Ramequin et Léon planqueront dans le J5 face au hall d'entrée et interviendront les premiers. Baldoni filochera en moto la 505 de la frontière à l'hôtel et renforcera Gros Nan-Nan à l'entrée du parking. Frantz, un douanier en civil du poste frontière, facilitera le passage si un collègue en uniforme s'avise de contrôler la 505 ou la R21 turbo. Belroux, dans la 305 postée sur le parking de l'hôtel, assurera la protection de Mady et des deniers publics qu'elle détiendra.

A l'arrivée au Novotel, si Bobby a transporté le tableau, il rendra le Rembrandt aux receleurs en prétextant qu'il va chercher Mady et l'argent et ne peut donc laisser le tableau dans son coffre. Dès que la toile sera dans la voiture des Belges, Léon et Ramequin passeront à l'attaque, justifiant ainsi la fuite des infiltrés à l'arrivée des flics. Une chambre a spécialement été réservée au rez-de-chaussée pour qu'ils puissent s'enfuir par la fenêtre.

L'idéal, évidemment, serait que les receleurs, assez stupides et cupides pour vouloir empocher 30 briques de plus, gardent le tableau dans leur voiture. Dans ce cas, l'interpellation se ferait à la frontière.

Au jour J, les douaniers discutent les détails de leur plan en retournant à Bruxelles. Mais il y a du changement ! Churchill les attend au bar de l'hôtel en picolant en compagnie d'un inconnu. Le style jeune cadre en costume trois-pièces gris rayé. Taillé dans un roseau, le mec. Surmonté d'un volumineux plumeau couleur filasse.

– T'as déjà vu ce balai à chiottes ? demande Mady à Bobby.

De près, ça s'améliore... La couperose de quinquagénaire soiffard qui irrigue son tarin granité donne un peu de vécu et d'épaisseur au balai à chiottes.

– C'est l'homme des bons de caisse, annonce Churchill. On peut en discuter. Parce que pour l'autre affaire, c'est reporté à après-demain.

Bobby et Mady serrent la main du blondasse. Il a la paume moite et ce dégueulasse se l'essuie dans celle des autres. Ça pue l'arnaque. Ce crétin de Churchill n'a pas averti les douaniers de la présence de ce type. Ils doivent travailler en direct, sans repère. Qui l'indic a-t-il annoncé au truand ? Les banquiers suisses ? Comment savoir ?

Emule de Churchill, « l'ami des bons de caisse » carbure aussi au Picon-bière. Voix pâteuse et idées vaseuses. Il vaut mieux abréger l'entretien et appliquer une des règles de base de la sécurité : quitter illico l'hôtel où ils ont été repérés par un étranger à l'opération en cours. Direction Paris.

Bobby et Mady atteignent la frontière française en moins d'une heure. Un élégant et jeune douanier français sanglé dans son bel uniforme tout neuf leur barre la route.

– Messieurs-dames, avez-vous des marchandises à déclarer ?

Quand une opération est enclenchée, pas question de se dévoiler. Même auprès d'un collègue.

– Non, monsieur, répond Bobby.

– Pouvez-vous ouvrir le coffre de votre véhicule, s'il vous plaît ?

« Mais il ne devrait pas être en train d'avaler son bol d'Ovomaltine, ce bambin ? », fulmine Mady. Dans le coffre, elle a laissé sur sa valise la photo du Rembrandt. Et un dossier rouge oublié par un collègue qui a emprunté la voiture, le modèle 452 du ministère, celui où est imprimé « Direction générale des douanes et droits indirects », et dessous : « Affaire contentieuse ».

Cette chemise, Mady devait la réduire en confettis et la faire disparaître dans les WC de l'hôtel si « l'ami des bons de caisse » n'avait pas précipité leur départ. C'est la tuile. Pis : la faute professionnelle.

L'œil furibard de Bobby quand il ouvre le coffre. Et le jeune gabelou révise mentalement son manuel du douanier, pose ses grosses paluches sur la chemise cartonnée pour l'écarter, soulève les valises, regarde sous la moquette, pense qu'il exagère, remet tout en ordre et dit : « Ça va, merci. »

Mady s'est cassé un ongle en sortant de voiture et se suce le bout du doigt. Elle pense que le jeunot a enfin réalisé qu'il avait affaire à des anciens à qui il doit le respect. Pas du tout. Le coffre refermé, il s'excite sur l'adhésif publicitaire du concessionnaire parisien chez qui la Pomme a loué la R21. Il a la mine chiffonnée, le collègue. Un vendeur parisien, ça ne colle pas avec les plaques suisses.

– Où avez-vous acheté ce véhicule ? demande le vicieux.

Mady rentre la tête dans les épaules, prend une mine coupable et souffle, comme à confesse :

– C'est la voiture de mon mari...

Saluant la trouvaille, Bobby enlace Mady et l'enveloppe d'un regard langoureux. Le jeune gabelou rougit, se gratte le larynx, et détourne les yeux comme un jeune abbé qui recueille son premier aveu de turpitude. L'adultère ne constituant pas une infraction douanière, il ouvre alors la route à ce couple illégitime.

– On a eu du pot de tomber sur un jeunot, dit Bobby. Bien, ton idée de femme volage. Faudra quand même qu'on concrétise un jour, non ?

– Regarde plutôt devant toi au lieu de penser à ces cochonneries.

Au retour, le couple diabolique va rendre compte immédiatement au Vieux. En occultant l'épisode de la chemise modèle 452 dont le récit ne pourrait que provoquer son ire. Joseph Tengo décide de fignoler la phase suivante le lendemain après-midi.

– Demain matin, vous avez quartier libre.

Pas de doute, le Vieux se voit déjà remettre le Rembrandt aux autorités royales belges au nom des douanes françaises.

Joseph Tengo et ses deux agents undercover penchés sur les cartes routières et sur les schémas d'intervention, tracent les itinéraires et disposent les moyens en hommes et en matériels roulants et de communication. On dirait Joffre et son grand état-major peaufinant la contre-offensive de printemps.

– Vous partirez demain midi, décide le Vieux. Après une nuit de repos complète, vous serez frais et dispos.

La rencontre avec Laurent et le gros Julien est fixée au surlendemain, à 11 heures. Churchill téléphonera pour confirmer leur départ d'Anvers. Il doit les retrouver sur un parking de l'autoroute, à Namur, et encaisser sa commission d'intermédiaire.

– Parce qu'il se fait aussi payer par ceux qu'il balance ? s'étrangle le Vieux. Il ne fallait pas le surnommer Churchill, mais Judas !

– On ne peut pas dire qu'il se berce d'idéologie, reconnaît Mady. Ce mec, à la place de Judas, je suis sûre qu'il aurait trouvé un moyen de faire casquer aussi Jésus.

– Vous croyez qu'il lui aurait fait un leasing pour sa croix ?

– Là, il y a une idée... ironise Mady. Vous ne seriez pas sa réincarnation, par hasard ?

– Ah, c'est malin !

Mady rayonne de bonheur car le Vieux tient Churchill au même niveau d'estime qu'elle : au-dessous des pâquerettes.

– Reste à espérer que l'obèse et le binoclard ne se déballonneront pas à la vue d'une voiture de flics ou de gendarmes, dit Bobby.

– Le commissaire Tiembas a contacté la police belge, dit le Vieux. Les flics d'outre-Quiévrain ont promis de rester discrets.

– C'est bien ce qui m'inquiète, lâche Mady.

L'équipe d'intervention s'est dispersée dans plusieurs hôtels pour ne pas attirer l'attention. Les douaniers locaux sont avertis la veille, tard le soir et succinctement pour éviter les fuites, de l'opération qui se déroulera dans leur secteur.

Bobby et Mady dînent avec Taruc, le directeur régional, dans un restaurant de campagne. Leur tête de Turc pour la soirée : le directeur de la région voisine, Canderel, surnommé Can-Can à cause de son bégaiement. Ses déboires sentimentaux amusent tous les services de l'Hexagone. Sa femme l'a fichu à la porte. En rentrant un soir, il a buté contre ses valises, empilées sur le palier. Ayant décelé un asile douillet dans les bras potelés d'une ex-secrétaire du Vieux, Viviane, il a tenté de s'y réfugier pour panser les plaies de son amour-propre. Mais son bégaiement l'ayant empêché d'exprimer clairement ses intentions, trois mois après il n'avait toujours pas réussi à emménager.

– Vous connaissez la dernière ? demande Taruc. Il a fait venir de Dijon l'avion de la Brigade de surveillance aérienne et s'est fait déposer à l'Ecole des douanes de La Rochelle, au milieu de nos pimpantes stagiaires. Mais l'apparition du bel oiseau venu du ciel n'a pas cinglé la libido des minettes...

– Tout fout le camp, commente amèrement Bobby. Les galons n'impressionnent plus les jeunesses. Faut en plus qu'on soit beau et intelligent.

– Hé oui ! Les traditions se perdent, même dans une administration aussi retranchée que la nôtre, regrette Taruc.

De retour à l'hôtel, un doute s'empare de Mady. Tiembas-la-Pute a juré que la PJ de Bruxelles était d'accord pour couvrir l'opération.

« Mais parole de pute se vérifie, c'est le B A BA du métier », se dit-elle. Elle renfile son manteau et part à la recherche d'une cabine téléphonique. Un ami inspecteur à la PJ de Bruxelles devrait pouvoir la renseigner.

– Salut Patrick. Je suis de passage, ment-elle. Comment vas-tu ?

– Ça va, et toi ? Qu'est-ce que tu trafiques par chez nous, une fois ?

L'inspecteur aurait dû tout de suite demander si elle venait pour l'opération, mais il n'accroche pas. Mady est intriguée. Du coup, elle parle de la pluie et du beau temps et promet de passer le voir.

Elle va directement faire part de ses doutes à Bobby.

– Oh ! Tu délires, ma vieille. Ton flic n'a rien chiqué, c'est tout. Signe que c'est un bon. Et qu'en Belgique aussi, les flics se méfient de leur téléphone. Mais je trouve habile ce prétexte pour t'introduire nuitamment dans ma chambre. Si, si. Il y a une demie bouteille de champ au frais, je l'ouvre !

– Bobby, déconne pas. Je la sens pas, cette opération.

– T'as le blues habituel des veilles de flag. Après l'euphorie de la préparation, la pression retombe et on noircit le décor. A ta santé, bébé.

– A la tienne.

Au bout de cinq minutes, Mady jaillit de son fauteuil.

– Mais dis ? Je rêve ou tu bandes ? Tu te laisserais pas gagner par les effets secondaires des histoires de cul de Taruc, par hasard ? Oh ! pépère : break ! Je vais me coucher. Prends une douche...

A 6 heures : réveil. A 7 : tout le monde en place. Pour une fois, le poste affecté à Mady est sa chambre d'hôtel. Bobby règle le balai du dispositif et vérifie le bon fonctionnement des liaisons radio. A 10 heures, il se dispose à prendre la route quand Patrick, le copain belge de Mady, téléphone. Comment a-t-il su où elle était ? Et sous quel nom il devait la demander ?

– Je viens d'être mis officieusement au courant de votre opération, dit-il. Votre indic est pourri jusqu'à l'os. Il a tout basculé à la PJ de

Nivelle pour qu'on lui décroche les quelques casseroles qu'il traîne chez nous. On vient de serrer les voleurs avec le Rembrandt sur le parking de l'autoroute à Namur.

Le Belge marque une pause mais Mady reste sans voix.

– On va commencer l'interrogatoire de Laurent et de Julien, reprend l'inspecteur. J'ai déjà eu affaire à ces émotifs : ils vont accoucher au premier faux mouvement. Il vaudrait mieux que les Suisses qui les attendaient au Novotel d'Hauconcourt disparaissent, si tu vois ce que je veux dire...

– L'indic a bavé ?

– Non, c'est Julien. On n'était pas descendu de voiture qu'il avait déjà tout avoué ! Un émotif, je te dis.

– Compris. On démonte d'urgence, dit Mady.

– C'est raisonnable. Ton indic a bien briefé les collègues de Nivelle. Ils vont poser les bonnes questions et ça va faire un pot de pus incroyable. Tire-toi vite. A plus tard.

– Attends ! Mon pseudo...

– J'ai déjà oublié, Christine. J'ai jamais eu de mémoire.

– T'es sympa.

Folle de rage, Mady alerte le dispositif. Bobby refuse de croire à la trahison de Churchill. Taruc vérifie et confirme la belle prise réalisée par les flics belges.

Churchill ne va pas toucher un centime des Français pour ses frais mais il a déjà palpé la commission des truands, en attendant d'encaisser le plus gros : la prime d'assurance. Le soir même, Churchill appelle Bobby à Paris et réussit à le convaincre que la fuite vient d'un grand flic français. Tiembas, pour ne pas le nommer.

Dans ce genre de métier, tout le monde bluffe. Et tout le monde est naïf par obligation, parce qu'il faut bien s'accrocher à quelque chose pour agir, et qu'il y a toujours un peu de vrai derrière les plus gros bobards. Alors, Mady finit elle aussi par absoudre Churchill.

La presse du lendemain relate avec emphase la récupération du Rembrandt par la performante police belge. Un journal de Metz titre :

« Des receleurs messins échappent à la police ». Les flics de Nivelle ont accepté de s'écraser sur les « acheteurs suisses » et Taruc a pu noyer le poisson et gommer la provocation douanière. Le journaliste a été baladé. S'il se flatte « de pouvoir révéler » que les douaniers de Metz s'apprêtaient à interpeller des trafiquants d'œuvres d'art mais que les Belges ont dégainé plus vite, le pauvre ignore à côté de quelle autre révélation il est passé. Alors, il se contente d'écrire, quasiment sous la dictée de Taruc : « Dommage, car si l'opération s'était déroulée telle que prévue à l'origine, les douaniers lorrains auraient pu mettre également la main sur les receleurs de la région qui, selon certaines informations, sont des amateurs d'art pas très regardants sur l'origine de la marchandise. »

La différence de taille entre des informations certaines et les « certaines informations » distillées à la presse locale avait un peu calmé la colère du Vieux.

– Vous êtes des idiots ! Vous vous êtes fait manipuler comme des enfants !

Oubliant visiblement qu'il avait donné son feu vert à l'opération, il s'attira de Mady cette réplique frappée au coin du bon sens féminin :

– Quand on évolue dans le monde des indics, on risque en permanence de tomber dans une manip. Malheureusement, on découvre seulement après que c'en était une...

Le Vieux répondit par un haussement d'épaules ponctué d'un grognement. Des semaines durant il ricana en croisant son « couple diabolique ». Et pendant des semaines, Mady fulmina contre Churchill. A Anvers, ils auraient pu se faire déchiqueter par les clebs, dessouder par les receleurs, découper par les Turcs. Et pendant des semaines, Bobby nia l'évidence.

Un beau matin de janvier, il arrive au bureau en sifflotant et fait une bise dans le cou de Mady.

– Churchill a une affaire pour nous, lance-t-il.

Mady écarquille les yeux :

– T'es louffe ou quoi ? T'as pas encore pigé que la moelle de cette pourriture grouille de bloches ?

– T'exagères. Il a des faiblesses, c'est vrai, mais on a réussi des bons coups, avec lui. Pour le tableau, bon... il s'est fait baiser. C'est pas de pot.

– T'as un moral d'acier, toi...

– Inox, qualité rayons X, même ! Je monte voir le Vieux.

Bobby convainc Joseph Tengo que Churchill était obligé de balancer l'opération aux flics belges, que ce sont eux les traîtres, et que si on fait confiance à l'indic, cette fois, ça va fonctionner.

Quand il redescend dix minutes plus tard, Bobby a le feu vert ! Au moins pour ouvrir un dossier sur la salade vendue par Churchill : des trafiquants italiens liés à la Mafia ont un stock de 75 millions de faux dollars US à écouler. Mady sursaute.

– Qu'est-ce que c'est encore que cette merde ?

– Les mecs ont transformé des billets de cinq dollars en billets de cent. Les originaux proviennent d'un trafic de stups.

– Pépère, tu te sens bien ? Ça tient pas debout. Pourquoi s'emmerder à transformer des billets usagés en faux quand on ramasse les vrais à la pelle ? Tu veux mon avis ? Churchill picole trop.

– Mais non, ça tient. On va se les faire. C'est du gros gibier. Les chefs de la bande sont des Milanais connus par leurs prénoms, Mario et Roberto. Leur organisation est super-cloisonnée. Même Churchill n'a pas réussi à en savoir plus.

– Tu parles d'une référence !

– Ces mecs, ils touchent aussi au trafic de cigarettes. Et ils auraient même volé des tableaux au Vatican. Quels salauds !

– Si ces mecs s'en prennent aussi aux images pieuses...

– T'as pas le droit de blasphémer !

– Tu croyais tout de même pas qu'ils avaient de la religion ? dit Mady en levant les yeux au plafond. Mais de voir que Churchill travaille maintenant pour le pape, ça me rassure...

Inutile d'essayer de convertir Bobby, sa foi en son indic est inébranlable. Monter une provoc sur un blanchiment de capitaux à partir de l'article 415 du code des douanes n'est pas gagné d'avance. Pour en apprendre davantage, les deux agents undercover pensent approcher ce gang en jouant les fondés de pouvoir de banquiers véreux opérant en Savoie et en Suisse. Churchill est chargé de transmettre l'offre de la banque : rachat de cinq millions de leurs dollars US à 25 % de leur valeur, échange en zone frontalière. Les dénommés Mario et Roberto sont d'accord sur le principe et exigent que les banquiers montrent la contre-valeur en francs suisses d'un million de dollars.

Question au Vieux : faut-il associer la DEA ? Réponse du Vieux : pas de réponse, on avisera plus tard. Pensée du Vieux : on a déjà eu l'air assez con avec les Belges, faudrait être maso pour refaire le numéro avec les Amerloques. Mais l'Office central de la répression de la fausse monnaie sera informé par Tiembas, car c'est encore dans son secteur que la provoc va être montée.

Les duettistes de la cellule clandestine commencent à peaufiner leur look « cadre supérieur de banque sans scrupule » et sélectionnent une nouvelle garde-robe. C'est l'occasion pour Mady de se montrer dans sa boutique du Forum des Halles. Churchill téléphone plusieurs fois au cours de la semaine. Le vendredi, vers 16 heures, il propose « un super-truc » avant de réaliser le coup des faux dollars : deux Gitans italiens de ses amis cherchent à fourguer cinq millions de francs suisses à 80 % de leur valeur. « Ils veulent des francs français, mais ils accepteront une transaction à 50 % », jure-t-il.

Bobby sourit, aux anges : il se voit, chevalier blanc, fait commandeur dans l'ordre du mérite des banques centrales pour avoir nettoyé la planète de toute sa monnaie de singe. Une décoration créée spécialement pour lui. Mady trouve, elle, que le Belge abuse du Picon-bière, qu'il est en train de déraper, et qu'il va les entraîner dans sa dégringolade.

– Comment se situent tes Gitans aux francs suisses par rapport à tes mafieux aux faux dollars ? demande-t-elle innocemment.

Churchill, qui préférerait qu'on lui pose par écrit les questions vicieuses, se racle la gorge.

– C'est-à-dire... c'est... c'est une bande concurrente, tu vois ?

La perplexité de Mady frise l'apathie. Bobby décide de monter les deux chantiers. Il fixe un rendez-vous aux Gitans pour le mercredi suivant, à l'hôtel Holiday Inn de Strasbourg, à midi.

– Qu'est-ce qu'ils auront comme bagnole ?

– Une Mercedes blanche immatriculée en Italie. Ils seront escortés, précise Churchill. Avec tout cet argent...

– Ils sont venus, ils sont tous làààààààà, y a même Giorgio, le fils maudiiiiiiit... chantonne Mady. Et les francs suisses, on peut savoir d'où ils proviennent ?

– D'un braquage de banque.

Quand Bobby raccroche, il jubile. Mady, elle, s'inquiète.

– Alors, qu'est-ce qu'on fait à partir de cette mélasse ?

– Bonne question. Mais j'ai pas la réponse.

Les chantiers que montent les douaniers clandestins partent toujours d'une histoire énorme, peuplée de paranos, mégalos et mythos diversement atteints. Ils ignorent le dosage idéal de chaque espèce, mais ils savent qu'une pincée de chaque est nécessaire. Ils évoluent dans un monde de tordus qui ne présentent jamais un dossier avec formulaires dûment remplis, comme pour un permis de construire. Ils baignent dans l'illicite, l'intox, le délire, l'esprit de vengeance, et ils marchent. Comme dit le Vieux : « Si on ne fait pas semblant d'y croire un peu, on ne fait jamais de saisie. Autant changer de métier. »

Bobby et Mady élaborent donc un plan initial, les fondations de leur chantier en quelque sorte, pour coxer ces malfaisants.

Churchill accueillera les Gitans, dénombrera leurs bagnoles, essayera de voir la totalité de l'argent et prélèvera quelques billets pour que les « banquiers » s'assurent qu'ils sont vrais.

L'Holiday Inn étant situé à un carrefour de six avenues, huit voitures seront mises en place à l'hôtel et sur l'axe Strasbourg-Mulhouse, et aux principaux postes frontières. Six équipes seront constituées avec douze douaniers locaux assistés de trois inspecteurs de la PJ. Ce dispositif sera renforcé pour l'occasion par deux inspecteurs : l'un de la section économique et financière, l'autre du groupe de répression du banditisme, pour faire office de premier de mêlée au cas où. Traditionnel, ce dispositif d'interpellation sera renforcé par les douaniers en uniforme qui établiront plusieurs barrages de contrôle sur tous les itinéraires possibles des Gitans.

La veille du rendez-vous, Bobby expédie un télex « pour action » en direction de Strasbourg, Belfort, Metz et Lyon :

« Trafic capitaux blanchiment.

» Selon renseignements, deux trafiquants originaires Italie du Nord importeraient en France sans déclaration environ cinq millions de francs suisses pour blanchir dans région Strasbourg.

» Ils circuleraient d'Italie vers Strasbourg avec au moins deux véhicules (possibilité tierce personne) immatriculés en Italie dont une Mercedes blanche immatriculée 200 MI... Les devises seraient dans un des véhicules.

» Si repérage possible, intercepter, effectuer contrôle approfondi des véhicules et des personnes pour découvrir capitaux. Informer PC-Transmission Strasbourg des constatations.

» Dispositifs régionaux à mettre en place de 6 h 30 à 18 heures. »

Suit la liste des dispositifs à mettre en place en Franche-Comté, dans le Haut-Rhin et dans le Bas-Rhin. Pas moins de treize !

Mady est effarée devant le déploiement de force décidé par Bobby pour intercepter trois ou quatre Gitans avant leur contact avec les « banquiers ».

– C'est pas la guerre, mais c'est la mobilisation générale, dit-elle d'une voix désabusée. On fait aussi sonner le tocsin, je suppose ?

– Il faut bien protéger Churchill ! se défend Bobby.

Quant au coût d'une telle armée, Mady préfère ne pas l'évaluer. Elle évite aussi de penser à l'hiver alsacien et aux collègues affectés aux barrages dès 6 h 30. A cette heure matinale, la température commence à remonter un peu et frise les moins huit...

La Pomme s'est surpassée : elle a déniché une XM bordeaux du dernier chic pour ses petits banquiers. Bobby, tendu, conduit lentement. Mady sait qu'il vit cette affaire comme un challenge et qu'il redoute un bide. Vis-à-vis du Vieux, d'abord, mais aussi de tous les services mobilisés et, bien sûr, d'elle-même, qui n'a rien fait pour le réconforter. Elle ne veut pas l'accabler davantage et garde le silence pendant des kilomètres, se contentant de répondre à ses rares questions. Les douaniers undercover s'investissent toujours totalement dans chaque projet au point d'en faire une affaire personnelle. Sain ou malsain ? Comment le savoir ? En cas de succès, on explique que l'esprit d'équipe, le goût de la compétition et un engagement total sont indispensables à la réussite de toute entreprise d'infiltration. En cas de débâcle, on fustige alors les infiltrés qui voulaient trop en faire, qui compensent par le boulot des manques personnels, qui ont dérapé et qu'il faut virer. « On », c'est les autres. Tous les autres. Les collègues qui ne s'y frottent jamais, la piétaille, les chéfaillons et les grands chefs. A l'exception du Vieux. Lui, il assume.

Les deux douaniers s'installent à l'hôtel Hilton de Strasbourg, proche de l'Holiday Inn où aura lieu la rencontre du lendemain, pour ne pas être repérés par d'éventuels observateurs des trafiquants.

Un point rapide est fait avec les locaux, qui devront s'intéresser le soir même à toutes les voitures italiennes franchissant les postes frontières de la région. Puis les collègues alsaciens recommandent à Bobby et Mady d'aller tester la « choucroute des douaniers » au restaurant de l'Ancienne Douane...

En sortant de ce dîner de circonstance, ils renoncent à une promenade digestive pour cause de froidure. A 3 heures du matin, la sonnerie du téléphone tire Mady de son sommeil.

– Tu viens dans ma chambre, bébé ? demande Bobby d'une voix caverneuse.

– Mais c'est pas possible ? T'as vu l'heure ? Y a donc pas une pute compatissante pour te bercer, dans ce claque doré ? Attends. Je demande à la réception.

– Andouille ! C'est pour un briefing ! J'ai pas de pyjama et j'ai pas envie d'enfiler mon futal, mais je suis ton supérieur hiérarchique. Alors tu rappliques pour entendre les malheurs de Bobby. Mets quand même une nuisette. Au moins pour traverser le couloir.

Un rapide coup de brosse dans ses longs cheveux noirs et Mady, à moitié à poil, tape à la porte de Bobby. Il lui ouvre en slip.

– Si ta Nanette passait par hasard, elle aurait du mal à croire qu'on travaille, non ?

– Entre. Il y a de la bière dans le frigo, tu veux ? Ça poussera la choucroute...

– Beurk ! Donne-moi plutôt un jus d'orange.

Bobby décapsule deux bouteilles et commence à raconter ce qui s'est passé à la borne frontière numéro 10 de Saint-Louis.

– Un convoi de véhicules immatriculés en Italie a été contrôlé à 2 heures du matin. Une Mercedes grise avec trois personnes à bord, une Alfa verte avec un type, et une Lancia verte avec deux autres patibulaires. Les identités des six affreux ont été relevées.

Bobby avale une gorgée de bière et s'essuie les lèvres d'un revers de main.

– Les collègues ont découvert une valise contenant 5,6 millions de francs suisses. Dans les 16 millions de nos francs.

– Alors, on a gagné ? s'exclame Mady.

– Pas tout à fait... Les francs suisses, c'était des fac-similés... Ils nous baisaient, les mecs.

– C'est pas vrai !

– Hélas ! Je passe sur quatre sacs poubelle, une pochette de gros élastiques, des enveloppes de papier kraft. Le seul vrai pognon, 34 000 francs suisses, on l'a trouvé dans la poche du conducteur de la Mercedes. Evidemment, les types ont été relâchés. Tout le monde a le droit de se balader avec des photocopies de biftons.

– On a bonne mine.

– Moi, surtout. Churchill est mon aviseur. Pour pas casser le chantier, les collègues ne leur ont pas notifié l'infraction d'importation de devises.

Toute somme supérieure à 50 000 francs français doit, en effet, être déclarée, ce qui était le cas des 34 000 francs suisses représentant environ 136 000 francs.

Bobby et Mady sont abattus. Le hic, c'est que les « amis » de Churchill transportaient des faux billets. S'il s'agit du produit d'un braquage, comme l'a prétendu Churchill, ces pieds-nickelés ont attaqué l'imprimerie de la maison Monopoly.

Mady s'assoit en tailleur sur le lit, rabat sa nuisette entre ses jambes et dit :

– Les potes de ton Churchill sont en train de nous monter une arnaque.

Bobby reste pensif.

– On est censés détenir entre 50 et 80 % de la contre-valeur de 5,6 millions de francs suisses. Tu les vois venir ? Non ? Je t'explique, dit Mady. Ils veulent nous échanger en douceur leurs billets en toc. Ils nous leurrent avec la vraie monnaie, celle trouvée sur le chauffeur, jurent sur la croix que la valise renferme les mêmes, ils l'entrouvrent : sur le dessus, c'est impec, c'est des bons, et ils te donnent un prétexte de sécurité bidon pour procéder à l'échange d'une consigne à une autre, et t'es niqué.

– Surveille ton vocabulaire ! Niqué... T'es assise en face de moi dans la position du lotus depuis un quart d'heure, ton string est grand comme un confetti, tes poils me narguent, et en plus, t'emploies des mots suggestifs...

– T'as qu'à mater plus haut !

– Mais t'as pas de soutien-gorge, bébé... geint Bobby.

– Mais dis : j'en ai pas besoin ! Ils tiennent tous seuls !

– Ouais, justement ! Ça défie les lois de la pesanteur, j'aimerais voir si y a un truc...

– Remarque, toi, habillé façon banquier, t'as l'air d'un épouvantail. Mais là, en slip panthère style Tarzan t'es presque excitant. Surtout que ton estomac cache l'élastique. C'est jamais beau, un élastique.

– Saleté, va ! Un jour, je te montrerai ce que c'est qu'un homme, un vrai !

– Des menaces ?

Bobby disparaît dans la salle de bains et revient avec une serviette autour des reins.

– Tu boirais pas une petite coupe de champagne ?

– A 4 plombes du mat' ? s'étrangle Mady. Et pourquoi pas un potage poireaux-pommes de terre ?

– Hhm... Avec des croûtons grillés...

– Bon. Tes Ritals ont été casserolés une fois, ils vont être deux fois plus méfiants. Mais on sait qu'ils mijotent un truc, on a donc une longueur d'avance. On tardera pas à découvrir le lézard. Quant à ton Churchill, maintenant, on va le manipuler comme de la nitro.

– On avisera demain. Si tu fous pas le camp très vite, je te manipule comme une grande personne, bébé !

– On se calme, pépère ! Si t'es pas capable de maîtriser ta libido, faut me raconter tes scoops nocturnes par téléphone ou attendre les heures ouvrables. T'as voulu me voir, tu m'as vue. Pense à prévenir le PC-Trans. Inutile de contrôler dix fois les mecs. On pourrait même lever le dispositif routier ? On garde celui de l'Hilton et de l'Holiday Inn, ça suffit ? A toi de décider. T'es le plus ancien dans le grade le plus élevé. Tchao, Tarzan ! Je te souhaite de rêver à la saisie d'un camion plein de poupées gonflables.

A 10 heures du matin, le presque avéré traître Churchill retrouve Bobby et Mady. Ils se gardent bien de l'informer du contrôle nocturne inopiné. Son rôle dans les heures qui viennent, lui expliquent-ils, consistera à guetter les Gitans à l'Holiday Inn pour avertir de leur arrivée. On règle les menus détails lorsque Bobby est appelé au téléphone. Il s'enferme dans une cabine du hall. Quand il en sort deux minutes plus tard, il est de la couleur de sa veste. Laquelle combine audacieusement de grands carreaux roses, violets et verts. Bobby envoie Churchill s'assurer que ses potes ne se pointent pas, puis il avoue à Mady :

– Ta culotte miniature m'a tellement troublé, cette nuit, que j'en ai oublié de lever le dispositif ! Nos Gitans ont été contrôlés une deuxième fois par la brigade d'intervention de Benfeld. Les gabelous ont même défouraillé pour leur passer les pinces tellement leurs tronches mal rasées les faisaient flipper ! Il paraît que la bande vaut le spectacle. Ils ont gueulé comme des putois parce qu'ils avaient déjà été arrêtés dans la nuit. Les collègues ont eu droit à un couplet sur le racisme et la chasse au faciès. Bref, ça panique et je me demande s'ils vont venir. Ils doivent vachement se méfier, maintenant.

Bobby et Mady réfléchissent en silence.

– De toute façon, pépère, on attend. D'un côté, t'as six caricatures qui trimbalent l'équivalent de 13 millions lourds en photocopies de francs suisses, et de l'autre, t'as une meute de douaniers excités prêts pour l'hallali. C'est marrant, non ? Alors, attendons de voir le résultat. Notre seule chance de ne pas mourir idiots, c'est la patience.

Churchill revient. Il a les traits tirés et le teint gris.

– Tu reviens d'une autopsie ? plaisante Bobby.

– Déconne pas. Ils sont là ! Ils ont la police et la douane au cul. Ils ont même été menottés sur la route. Alors, ils repassent en Allemagne. Ils vous donnent rendez-vous à Kehl, juste après la frontière, pour la transaction.

Une catastrophe de plus. Les Teutons ne sont pas dans la confidence. Impossible de les affranchir en cinq minutes. Pas question non plus de faire un flag chez eux. Les douaniers undercover peuvent opérer à l'étranger, mais uniquement pour attirer les trafiquants en France, où ils peuvent les arrêter.

– OK, on transige ! décide Bobby. On accepte la discussion en Allemagne, mais on laisse nos beaux francs dans le coffre de l'hôtel. Faudra qu'ils viennent les chercher.

Le dispositif est informé du changement de programme. Protestations sur les ondes. « Les truands sont chez eux des deux côtés du pont de l'Europe, mais pour les douaniers, la frontière, c'est toujours le Rhin. Quel symbole ! », éructe Sancho avec son accent catalan. Précaution : la R5 banalisée filochera la XM outre-Rhin. Théo, le directeur des douanes allemandes, un copain du Vieux, sera alerté et arrangera le coup en cas de pépin.

Arrivant sur le parking de la douane allemande, Mady ne peut réprimer une invocation dévote :

– Seigneur !

Puis elle redevient profane :

– Nom de dieu ! Ils nous la font façon thriller spaghetti ? Qu'est-ce que c'est que ces guignols ?

Six moricauds démesurés, vêtus de manteaux en poils de chameau, costumes rayés, pompes bicolores noires et blanches, borsalinos sur le crâne, montent la garde autour de leurs voitures.

– Tu crois que c'est la bande de Frank Nitti ? plaisante Bobby.

– Ouais. Et toi, t'es Eliott Ness.

Les deux « banquiers suisses » descendent de la XM et rejoignent le groupe. Accueil glacial. Pas de poignées de mains. Deux contrôles des douanes françaises en quatre heures, c'est plus que le myocarde du chef ne peut en supporter. Il charabiate en agitant une poignée de billets de 1 000 francs suisses sous le nez de Bobby. Mady prend un air pincé et arrête le flot de récriminations.

– Vous vous plaignez des contrôles ? Croyez-vous qu'à huit au milieu du parking on va pas attirer l'attention des douaniers boches ? Surtout si vous continuez d'agiter votre poignée de biftons sous leur nez. Allons dans un bar !

Le caïd empoche ses billets et tout le monde remonte en voiture. Huit portières claquent en rafale. Et c'est un convoi composé d'une Mercedes, d'une Lancia, d'une Alfa et d'une XM, suivi à distance par une R5, qui se gare devant un estaminet teuton.

Mady, en manteau de renard sur un tailleur cuir, entre la première. Bobby suit en retrait. Son cuir dissimule un peu son ensemble veste-pantalon modèle « Yoplait fruits exotiques », comme dit Mady. La horde sauvage des gipsy hollywoodiens ferme la marche.

Assis autour d'une table ronde, le groupe ne passe pas inaperçu. Quatre des Ritals, les plus volumineux, se concentrent sur le curage ou le polissage de leurs ongles. « Normal, ce sont des hommes de main », pense Mady, qui se sent détachée depuis le début de cette deuxième opération amenée par Churchill. Le chef, au visage aussi avenant qu'un radis noir terreux, se fait traduire la conversation par son adjoint. Pas rasés, tourmentés par les contrôles nocturnes, les six Italiens ressemblent à des photos en noir et blanc de l'identité judiciaire. Les deux capos sont pressés d'en finir.

Mady, parfaite en banquière cupide, ne voit pas plus que Bobby, convaincant en braqueur reconverti en protecteur de financiers véreux, la manière de s'en sortir. Les Ritals proposent de vider les verres et de procéder tout de suite à l'échange, de coffre à coffre, sur le parking de l'estaminet. Soudain, Mady à une sorte de révélation, le genre « Bon sang ! mais c'est bien sûr » qui signe l'arrêt de mort de l'adversaire. Elle abandonne le registre duchesse égarée chez les roturiers.

– Vous nous prenez pour des caves ?

Le capo chef a perçu le sens de la question et serre les poings. Jamais une femme ne lui a parlé sur ce ton. Ses narines en palpitent de rage. Sa réplique doit être cinglante mais Mady n'attend pas la traduction.

– J'ai un hôtel, dit-elle l'index pointé sur le capo. Vous venez dans ma chambre, tous les deux si vous voulez, et je recompte. Je vous donne 50 %. C'est à prendre ou à laisser. Vous ne risquez rien, vous êtes six, vous avez trois bagnoles, et nous on n'est que deux.

Bobby comprend la manœuvre. Il se redresse sur sa chaise, fait craquer le dossier, et enchaîne d'une voix tranchante :

– La patronne a raison. Les dégueulasseries, on connaît. On sait faire aussi. Alors, échange en France. Je sais qu'elle ira à 60 %. On prendra des liasses au hasard et on recomptera.

Le sang des Manouches bouillonne. Présentés par Churchill comme de redoutables mafieux, ils ne sont en réalité que des arnaqueurs de banlieue. Des voleurs de poules. Mais de taille à faire le coup de poing en cas de contrariété. Et ils sont contrariés.

Mady est persuadée qu'ils ont une quatrième voiture en Allemagne, avec les vrais billets. Ils ont un plan pour blanchir leur magot en Allemagne. Fouillés deux fois en France, ils n'avaient aucune chance de passer de l'argent. Ce qu'ils essaient de faire, peut-être avec la complicité de Churchill, c'est d'endosser des caves avec des fac-similés. Mady pense qu'il vaut mieux démonter.

Bobby pense exactement la même chose car, au même instant, il pianote de la main gauche sur le bord de la table. Pour une fois, Mady ne se fait pas prier. Les deux douaniers n'ont aucun moyen d'alerter leurs collègues allemands pour serrer les Ritals dans les heures qui viennent. Mais la collaboration douanière franco-germano-italienne jouera à fond dès leur retour. Les truands, dont l'identité a été relevée lors des contrôles, risquent de vivre des semaines difficiles. En attendant, à cause de Churchill, la cellule clandestine vient de s'offrir un bide de plus.

Le Vieux est resté au bureau jusqu'à 21 heures pour entendre le rapport de son équipe, rentrée à Paris aussitôt après avoir levé l'impressionnant dispositif d'interpellation mis en place par Bobby. Le Vieux a l'air en coma dépassé. En tout cas, il renonce à piquer la colère que les circonstances imposent. Il est vrai que la scoumoune n'a jamais été conjurée par des coups de gueule incantatoires.

Le lendemain, Churchill téléphone.

– Salut. Dix kilos d'héro, ça vous intéresse ? lance-t-il.

Il est infatigable, le mec ! Les douaniers portent encore le deuil de l'opération biftons qu'il se remet déjà à l'ouvrage. Bobby part comme une flèche. Vingt secondes plus tard, il est dans le bureau du Vieux.

– On a l'occasion de faire dix kilos d'héro, patron !

– Où ça ?

– Je ne sais pas encore. C'est des Turcs balancés par Churchill.

– Ah !

Le Vieux promène son index droit sur les arêtes polies de la rose des sables ornant son bureau. Signe qu'il préfère laisser vagabonder son esprit dans les grands espaces battus dans sa jeunesse légionnaire plutôt que de penser à une nouvelle opération d'infiltration menée avec le Belge. Les sourcils en accent circonflexe, il dit :

– On va voir... On va réfléchir...

Ce que Bobby, hanté par le nécessaire rachat de ses péchés, prend pour un feu vert. Pendant huit jours, il serine Mady pour qu'elle fasse équipe avec lui. En désespoir de cause, elle monte confier ses doutes au Vieux.

– Patron, c'est peu dire que je ne sens pas ce chantier. J'adore mon chef, mais pour les dix kilos d'héro, je préférerai qu'il bosse avec la Came.

Cette supplique a pour effet immédiat de faire prendre au Vieux la décision qu'il remettait depuis une semaine : l'opération proposée par Bobby se fera.

– Désolé pour vos états d'âme, ma petite, mais le boulot, c'est moi qui en décide. D'ailleurs, votre copine la Came est sur un contrôle de destination finale. Vous avez fait math sup, si je ne m'abuse ?

– Fallait bien commencer par quelque chose...

– C'était le bon choix. Vous pourrez aider la Came dans son chantier. Mais d'abord les dix kilos d'héro. Vous repartez au carton avec Churchill.

– J'ai bien peur que « carton » soit le mot juste. En tout cas pour nous. Euh... la clause de conscience...

– Eh ! On est dans la fonction publique ! Si vous avez la trouille, j'accède à votre demande. Mais ce n'est pas le cas ?

– Non. On va se planter, c'est tout. Ce mec est trop pourri.

– Ah... l'instinct féminin, soupire Tengo. On a le droit d'échouer, dans notre métier, heureusement. Une seule chose nous est interdite, moralement s'entend, c'est de ne pas tenter.

La fable racontée par Churchill vaut son pesant de moules-frites : cent kilos d'héroïne sont stockés à Anvers par un réseau turc. La moitié est destinée au marché français.

– Si on achète ça, on passe pour des pigeons ! dit Mady en refermant le rapport d'analyse de l'échantillon envoyé par Churchill.

– Ouais, mais à 300 000 francs le kilo, c'est pas cher !

– Peut-être, mais on se discrédite.

– Arrête de faire la gueule, bébé. Le Vieux a dit d'y aller...

Les Turcs, précise encore Churchill, proposent de venir livrer à l'Holiday Inn de Strasbourg, le 16 mars, à bord de deux voitures.

– Au moins, avec ton pote, ironise Mady, on n'a pas de surprise. Les trafiquants de drogue empruntent le même itinéraire que les receleurs du Rembrandt et passent aussi la frontière à Mont-Saint-Martin. On aurait pu laisser le dispositif en place...

Le 14 mars, le parquet de Strasbourg donne aux deux douaniers undercover l'autorisation de procéder à une « livraison contrôlée active » pour le 16. Tout baigne. Bobby opte pour un flag « à la circulation » entre Saint-Martin et Haguenau. Sa confiance en Churchill est, toutefois, ébranlée. Mady a observé que le Belge avait l'air de s'amuser à les faire « détroncher » par les truands de ses relations en organisant des opérations qui foirent au dernier moment. Et Bobby se demande si elle n'a pas un peu raison. Ils décident donc que Churchill vérifiera lui-même la présence de la drogue après la frontière et leur téléphonera pour les informer.

– Avec tout le personnel qu'on va leur mettre au cul, jubile Bobby, le moindre écart de trajectoire sera décelé. Si les mecs s'arrêtent en route pour planquer la dope, la brigade locale la plus proche opérera à vif et leur tombera dessus. Si Churchill nous annonce la présence de la dope et qu'on ne la trouve pas, on aura la certitude qu'il voulait nous enfler.

– Et on lui mettra la tête au carré ! dit Mady. Mais avec ce pourri visqueux et puant comme une anguille en décomposition, les aléas sont ailleurs. Première hypothèse : la dope sera déjà livrée à Strasbourg au jour J. Les Turcs ont des bases dans le coin. Tu trouves pas que Churchill nous a parlé un peu vite et un peu facilement de leur itinéraire, non ?

– Continue...

– T'inquiète pas, j'allais pas m'arrêter ! Y a trop longtemps que ce mec me les brise. Deuxième hypothèse : il nous annonce deux voitures mais la dope passe dans une troisième. Churchill n'est pas obligé de le savoir. Si les Turcs le connaissent aussi bien que nous et l'apprécient autant que moi, ils peuvent lui coller un leurre et remplacer l'héro par de la farine. Troisième hypothèse : les trafiquants décident de changer d'itinéraire sans avertir personne et débarquent par surprise à l'Holiday Inn.

– T'as raison. On va prévoir des mesures de sauvegarde, décide Bobby. Faut recenser tous les itinéraires possibles. Faut que Churchill nous communique tous les numéros des véhicules qui, selon lui, appartiennent à l'organisation. On balisera discrètement leur itinéraire deux jours avant le rendez-vous. Ça te va ?

– Ouais ! grogne Mady qui serre entre ses dents les épingles de son chignon qu'elle rajuste. Je voudrais pas être rabat-joie, mais des Turcs qui ont un quintal d'héro en réserve et qui apportent dix kilos au premier contact avec des acheteurs inconnus, moi, je trouve ça léger. Ils auront tout de même pour trois cents briques de camelote dans leur bagnole.

Bobby gratte sa nuque de taureau, ébauche une grimace et dit :

– Sauf que... les trois cents briques, nous, on les a en biftons ! On est les pigeons rêvés pour un braquage ! Je vais renforcer la surveillance en civil dans l'hôtel et autour.

Avec les arrestations en cascade qu'elles ont permis, les méthodes d'infiltration douanières sont connues des truands. Ils savent que leurs réseaux risquent d'être pénétrés par des flics. En réalité, par des douaniers. Un jour, il y aura forcément un carnage...

Le jour J, deux heures avant le rendez-vous avec les Turcs, le téléphone sonne. Bobby zone déjà dans le bar de l'hôtel et Mady décroche. Churchill est au bout du fil.

– On peut pas venir, annonce-t-il. Il y a la grève des douaniers belges.

– Quoi ? Et alors ? Au contraire, la route est libre ! Où tu es ? Avec qui ?

– Je peux pas trop parler. Je rappellerai, murmure le fourbe avant de raccrocher.

Mady descend annoncer leur troisième bide churchillien à Bobby. Il se laisse choir dans un fauteuil, se masse les tempes et soupire longuement. Plusieurs fois. Au bout d'une minute, il redresse la tête et regarde sa coéquipière d'un air déconfit.

– T'avais raison, bébé. Dix kilos de dope, peut-être même plus, ont passé la frontière aujourd'hui. Sous notre nez. Les potes de Churchill ont profité de la grève des douaniers belges pour fixer nos forces sur un poste frontière et un itinéraire précis. Et ils sont passés ailleurs. Sûrement en nous faisant un bras d'honneur. En tout cas, ils auraient eu tort de se priver de ce plaisir, car ils nous ont bien baisés. Enfin... moi ! Qu'est-ce que le Vieux va me passer...

– Bon, ben... On lève ? On maintient juste un dispositif léger. Sait-on jamais...

– Pas la peine. On sait. On a perdu. Putain ! Je me sens oppressé.

– T'imagines la tronche des magistrats s'ils apprenaient qu'on s'est fait manipuler et qu'on favorise indirectement l'entrée de stups sur le territoire ?

# Opération Polder

Se secouer. D'urgence. Rester sur trois échecs consécutifs nuit au moral, non seulement celui des protagonistes, Bobby et Mady, mais aussi de tous les membres de la cellule. Le Vieux a donc réuni son petit monde pour phosphorer sur des chantiers aptes à redonner du tonus à ses undercover. Chacun a rempli une ou deux fiches de « Renseignements à exploiter », simples feuilles 21 x 29,7 dactylographiées et polycopiées comportant les initiales de l'agent traitant et le nom de code ou le numéro d'immatriculation de l'aviseur.

Sortent du chapeau : une filière zaïroise qui écoule de l'héroïne par l'aéroport de Bâle-Mulhouse ; un trafic de voitures haut de gamme volées en Italie et chargées de cocaïne lors de l'importation en France ; des contrefaçons de crocodiles brodés de la marque Lacoste ; un trafic de peaux de vrais crocodiles, cette fois, et de défenses d'éléphants ; un Belge, sosie de Gert Froebe, qui livre de l'héroïne en avion privé dans l'Est de la France ; un architecte libano-suisse qui stocke de l'héroïne dans le Jura, d'où elle est ensuite dispatchée en Bretagne ; des machines-outils à commandes numériques expédiées en Bulgarie où elles servent, après une reprogrammation enfantine, à usiner des ogives nucléaires à têtes multiples ; un trafic de cigarettes pays de l'Est-Espagne dont la contrepartie en pesetas a rapporté à l'organisateur, l'ETA-militaire, au moins une tonne d'or.

Bobby, Mady, la Came, Sancho, Chicorée et Gros Nan-Nan défendent leurs dossiers embryonnaires.

– On ne risque pas d'aller pointer au chômage, constate le Vieux. Tout me paraît viable. Vous allez donc creuser encore un peu vos sujets. Les plus précis auront la priorité.

Deux jours plus tard, nouvelle réunion dans le bureau directorial. Le Vieux décide que Gros Nan-Nan planchera sur les crocodiles Lacoste brodés à Taiwan et sur les vrais crocos braconnés en Côte-d'Ivoire. Les Zaïrois, « Gert Froebe » et le Libano-Suisse vont connaître l'enfer avec Bobby-Mady. Quant aux pilleurs de notre technologie avancée, la Came va s'occuper d'eux, avec le renfort de Mady pour le décryptage des notices d'utilisation ardues.

– Et ne perturbez pas trop les bureaux d'études, les filles, recommande le Vieux. Notre industrie souffre assez de la concurrence internationale. Inutile de la saper de l'intérieur.

– On fera juste ce qu'il faudra, patron. Les ingénieurs de cette branche, tous chômeurs en puissance, sont des petits êtres faibles qui ont besoin d'être maternés un peu... couine la Came.

– Vous restez quand même décentes, hein ? Pensez à la réputation de notre maison. Faut leur faire lâcher leurs petits secrets, mais tout de même...

– Si on veut qu'ils bavent, patron, faut bien les faire saliver. Plus ils baveront, plus on les maternera, plus on aura de tuyaux sur leurs circuits commerciaux.

– Lucide et cynique, la Came. Comme toujours.

– Pratique... Je préfère.

– Patron, vous pouvez pas envoyer ces filles dans une fabrique de machines-outils, intervient Gros Nan-Nan en désignant d'un pouce d'auto-stoppeur ses deux collègues femmes.

– Et pourquoi donc ? s'enquiert le Vieux.

– Elles sont trop bien usinées. Les techniciens vont leur tomber dessus pour prendre leurs cotes...

– Au lieu de dire des conneries, ouvrez donc la fenêtre qui est derrière vous. Votre voisin nous empeste avec ses cigarillos hollandais.

– C'est du déchet de havane, patron ! s'offusque Sancho.

– Ah ! Ceci explique l'odeur de feu de décharge qui flotte dans le bureau. Vous ne pouvez pas attendre d'être dehors pour fumer ces résidus ? Bon. Sancho, vous prenez le trafic de bagnoles avec Nan-Nan. Et puisque vous parlez espagnol, vous allez vous mettre aussi sur le circuit de financement de l'ETA. Je vous signale que la Section opérationnelle de recherches spécialisées des Renseignements généraux est aussi accrochée à leurs basques, si j'ose dire. Allez-y doucement pour éviter une collision. Les mecs de la SORS sont plutôt des bons, mais on peut tomber sur un branque. On verra plus tard comment collaborer avec eux. Ça vous convient ? Alors tout le monde en chasse !

Huit jours plus tard, nouvelle réunion.

– Il va nous faire attraper la crève, avec ses cigarillos, celui-là ! peste le Vieux. Fermez la fenêtre, l'humidité nous envahit. Arrêtez cinq minutes de fumer vos détritus de havane. C'est un ordre.

Sancho écrase avec précaution le bout incandescent de son ninas à peine entamé. Le Vieux est satisfait de son numéro de vieux garçon maniaque, la vie va pouvoir reprendre son cours normal.

Sous sa direction, l'équipe procède aux derniers réglages et attribue un nom de code à chaque opération, en abrégé : OP. Le trafic des grosses cylindrées volées devient ainsi « OP-Tires ». Il s'agit d'une organisation très structurée et parfaitement rodée qui propose des Ferrari 328 GTS, Testarossa et même F 40 à des prix défiant toute concurrence. Jusqu'à 30 % au-dessous de l'argus. Ces fusées sont volées en Italie, parfois avec le consentement du propriétaire, qui laisse sa voiture quitter la Péninsule avant d'alerter la police et son assureur. Il empoche ainsi une commission des truands qui compense l'abattement opéré par la compagnie d'assurance. Spécialistes du commerce international depuis Marco Polo, les Italiens livrent à l'étranger en vingt-quatre heures grâce à des jeux complets de faux papiers et de documents de transit douanier T2. Supputation : ils ont sûrement des complices chez Ferrari et à la préfecture de Milan.

– On pourrait se faire livrer une Testarossa à Mulhouse... pense le Vieux à haute voix.

– On la saisirait pour le service ? s'enquiert Sancho, les yeux débordant de convoitise.

– Ça m'étonnerait qu'on l'offre aux Chiffonniers d'Emmaüs, répond le Vieux. Bien que ce serait peut-être ce qu'on ferait de mieux. Et votre avaleur de frites qui ressemble à Gert Machin ?

– On a opté pour « OP-Polder », patron. Cette opération urge, explique Bobby. Il faut exploiter les renseignements en temps réel. L'environnement des trafiquants peut changer très vite.

– Pourquoi « Polder » ?

– Parce que c'est plus bref que « Opération-marais littoral batave endigué, asséché et mis en valeur par la culture intensive des bulbeuses à feuilles oblongues », explique doctement Bobby.

Le Vieux reste bouche bée. Il peine à respirer. Quand il retrouve le souffle que Bobby lui a coupé, il promène sur son équipe des yeux ahuris et demande d'une voix aigrelette :

– Rassurez-moi : Charvey est con ou je me trompe ?

Silence sépulcral. Alors le Vieux énonce l'évidence qui s'impose dans son esprit :

– Il est con !

Bobby lance un regard malicieux à Mady et dit :

– Merci, patron. Vous, vous savez reconnaître mes mérites. La tête de pont du réseau est à Maastricht, en Hollande. D'où « Polder ». Le réseau livre la dope en avion privé, grâce à la logistique d'un hôtelier de Vittel. Il y a trois ou quatre mois, jusqu'à ce que l'un des chefs écope de deux ans de gnouf en Allemagne, le réseau fournissait les demi-grossistes de la bande côtière Deauville-Le Touquet. Leurs fonds sont blanchis dans des banques luxembourgeoises. Les caïds sont plutôt prospères : bateaux, avions, villas sur la Côte d'Azur...

– Vous avez réfléchi à la façon de les tamponner ? interroge le Vieux.

– Impossible de squeezer l'indic dans un premier temps. Un contact est prévu à Mons, en Belgique. Les locaux de Valenciennes connaissent bien ce secteur et nous ont réservé un hôtel, le Maisière.

– J'espère pour vous que Mizejewski ne s'en est pas mêlé, dit le Vieux.

Mizejewski, un jeune inspecteur arriviste, a été surnommé T'as-misé-t'as-perdu après un exploit dont le récit égaiera les permanences de plusieurs générations de gabelous. Affecté à la répression du trafic de viande de mouton et de veau importée congelée des pays de l'Est sous étiquette « Communauté européenne », trafic qui enrichit quelques grossistes au détriment de nos éleveurs, Mizé a voulu accélérer son ascension en faisant reconnaître en haut lieu ses mérites intrinsèques.

Par une belle nuit d'été, il a, avec deux collègues aussi impatients que lui, braqué un dealer chinois de Valenciennes. Il lui a piqué sa came – 50 grammes d'héro, tout de même – et les six mille francs qu'il avait en poche. Bien que la méthode soit hautement critiquable, ces trois incorruptibles étaient sainement motivés : ils prenaient le dealer au porte-monnaie pour l'obliger à devenir leur indic. Hélas ! trois « mais » ont empêché la réussite de leur projet. Premier mais : dans le feu de l'action, ils ont omis de rédiger les PV de saisie de la dope et du fric, et de remplir la fiche de recrutement de l'aviseur. Deuxième mais : leur Chinois appartenait déjà à la grande confrérie des balances et œuvrait pour les flics du coin, auxquels il s'est empressé d'aller conter ses tourments. Troisième mais : Mizejewski et ses deux potes ont, aux frais du Chinois, arrosé leur brillant succès dans une boîte à putes sise dans le ressort du commissariat central. Une demi-heure plus tard, un car de police pilait dans un crissement de pneus sous les néons du bordel et crachait sur le bitume un gros brigadier et six gardiens de la paix qui se faisaient un plaisir, sinon une joie, de passer les bracelets au trio.

« Déconnez pas ! implorait Mizejewski. On est douaniers ! » Mais le brigadier restait impassible. Cherchant le sésame qui ouvrirait le chemin de sa conscience flicarde, Mizé avait essayé toutes les formules magiques de sa connaissance. En désespoir de cause, il avait soufflé : « Gros con ! » Et le miracle s'était produit ! Le brigadier, soudain détendu, avait ébauché un sourire administratif des plus avenants. Puis prenant appui – si ce n'est de l'élan – sur sa jambe droite, il avait ajusté du poing droit un uppercut artistique au menton de Mizé. Lequel menton se fendit sur deux centimètres au passage des deux chevalières dont le bricard ne manquait jamais d'orner son majeur et son annulaire avant de prendre son service. On n'est jamais trop prudent quand on travaille de nuit.

L'inspecteur principal Drapot, officier de police judiciaire détaché auprès de la douane, fut tiré du lit et prié de venir jouer le monsieur-bons-offices. Il arriva quand un toubib finissait de recoudre un Mizé dans les vapes. Le toubib de garde faisait un nœud, et allongeait deux baffes à Mizé en ironisant : « Hé ! la douane ! Contrôlez-vous, mon vieux... » Mizé bénéficia en tout de quatre points de suture, alors que trois auraient suffit, et de six baffes réanimatrices. Le toubib avait dû se faire taxer sa cargaison de cigarettes à la frontière.

L'aube naissait quand tout le monde s'accorda pour écraser l'affaire. Réveillé en pleine nuit, le Vieux vérifia une fois de plus le bien-fondé du théorème selon lequel tout service actif plongé dans une foule déplace un volume d'air égal à celui des « crétins-frimeurs-fouteurs de merde » qui le composent. C'est mathématique.

Il suffit de peu pour transformer un incident en bavure. Il faut savoir intégrer ce paramètre humain à la gestion interne des troupes d'élite de la fonction publique. Le drame peut naître de la conjonction des débordements simultanés de flics envieux, de magistrats bornés et de charlots des douanes encore ivres du pouvoir exorbitant qu'ils détenaient au temps de la contrebande de papa. « Quand on sème la connerie, dit parfois le Vieux, il faut se méfier : elle pousse ! Mais une fois semée, elle est comme le chiendent, elle se développe toute seule. Plus besoin de s'en occuper. »

Bobby gare la Lancia immatriculée en Suisse devant l'hôtel Maisière sélectionné par les collègues de Valenciennes. Une réussite. Mady est aussi consternée que son collègue et ne se résoud pas davantage à descendre. L'hôtel a de la classe, rien à redire de ce côté-là. C'est de l'autre côté, que ça coince. De l'autre côté de la rue. Où se dressent les sévères bâtiments du SHAPE, le commandement militaire de l'OTAN !

– Y a quand même des cons, dans la douane, gémit Bobby. Fernand Raynaud avait raison.

– C'est pas possible... Il doit y avoir autant de barbouzes au mètre carré dans ce claque de luxe que de bégonias au Jardin des plantes. Ça veut dire quoi, SHAPE, déjà ? demande Mady.

– Supreme Headquarters of Allied Powers in Europe. Ce qui peut se traduire par : « On est dans la merde. » Bon, ben... On est payés pour y aller.

Pendant que la réceptionniste vérifie les passeports, Bobby et Mady observent le hall, aussi animé que celui d'une gare. Des baby-sitters format Schwarzenegger croisent d'autres silhouettes tout aussi fluettes en tenue léopard et rangers. La réceptionniste demande à Bobby le numéro d'immatriculation de sa voiture. Il bafouille le numéro des plaques suisses. La Belge tique et ausculte ce couple bizarre. Après deux secondes d'angoisse, Mady laisse entendre que son ami et elle batifolent aux frais de leurs entreprises respectives, que Monsieur travaille entre la France et la Suisse, ce qui explique l'immatriculation de sa voiture de fonction, et qu'ils forcent un peu le hasard de leurs rendez-vous d'affaires pour se retrouver. Du coup, le visage de la bonne dame belge s'irradie et, pratique, elle s'exclame :

– Mais alors ? Vous ne prenez qu'une chambre ?

Mady se voit mal en copain de chambrée de Bobby. Les comptables de leurs sociétés respectives ont chacun besoin d'un justificatif explique-t-elle en gesticulant. Un mouvement trop ample fait glisser son manteau. Avant que Bobby ait pu esquisser un geste, trois monstres en tenue de combat se précipitent et le rajustent sur les épaules de la frêle jeune femme. Bobby profite de la diversion.

– Pour ce soir, nous ne prenons qu'une chambre. Si nous devons prolonger notre séjour, nous aviserons.

L'employée a l'air d'envier ces sacrés Français qui savent joindre l'utile à l'agréable et leur remet la clé avec une petite lueur concupiscente dans le regard. Les barbouzes en maraude dans le hall soupèsent des yeux la croupe de Mady et eux n'envient que Bobby...

– Un vrai nid d'amour ! s'exclame le colonel Robert Charvey en entrant dans la chambre.

Mady remarque d'abord avec soulagement les lits jumeaux. Puis elle apprécie l'état de l'ameublement et la décoration.

– Pour une chambre, c'est un peu spartiate, mais pour un trou d'obus, c'est coquet, commente-t-elle.

Les deux douaniers ont l'impression qu'une tornade est passée par là. Arrachée, la porte du placard de l'entrée. Fracassée, la glace murale. Balafrée jusqu'au béton, la peinture. Déchiquetée, la moquette. Amputée d'un pied, la table de nuit.

– Une certaine rivalité semble s'être exprimée sur le site. A ton avis, une scène de ménage ?

– Vu les dégâts, plutôt un accrochage entre blindés de l'OTAN et du pacte de Varsovie, dit Bobby. Je vais gueuler à la réception.

– Réclame des dommages de guerre...

Bobby décroche le téléphone et reçoit les excuses de la direction. Il repose le combiné et dit :

– On ne peut pas appeler l'indic d'ici. Le standard doit être dérivé sur tous les services secrets d'Europe.

– Les cabines des environs aussi, certainement. On téléphonera du centre ville. Bien. A la guerre comme à la guerre !

Mady ouvre sa valise sur le premier lit.

– Tu veux pas me laisser ce plumard, bébé ? Je serai mieux près de la porte, dit Bobby en montrant les dégâts. T'es en plein sur la trajectoire d'envahisseurs potentiels.

– Merci, preux chevalier. Mais je préfère être à côté de la salle de bains.

– Alors, je m'incline.

L'indic qui a apporté l'affaire, Giga, est un patron de bar yougoslave proxo à ses heures. A toutes ses heures. Il informe les douaniers que le patron belge du réseau, Bénito, les attendra le lendemain, à 10 heures, devant la pâtisserie Saey, sur la Grand-Place de Mons. Bénito est aisément reconnaissable, assure-t-il : corpulent, brun, front bas, balourd et cynique. Et m'as-tu-vu, en plus. Il étale sa « réussite sociale » avant même de dire bonjour, ajoute-t-il avec mépris. Ce qui, dans la bouche d'un Slave qui ne s'étiole pas dans l'humilité, est une tare incurable.

De fait, l'enquête périphérique a permis de recenser plusieurs résidences, un bateau, un avion, et une Mercedes identique à celle du chancelier allemand. Beau PV de saisie en perspective. Quant à sa cupidité, elle facilitera les négociations sur la livraison des cinq kilos d'héroïne que Bobby et Mady ont décidé de lui commander. Mais comme ils n'ont pas affaire à un enfant de chœur, ils devront jouer serré pour l'amener à livrer dans l'hôtel trois étoiles de son copain, près de Rouvres-en-Xaintois, du côté de Vittel, où il atterrit régulièrement en Monkey.

La région d'atterrissage a été passée au crible par Gros Nan-Nan, Belroux, Sancho et la Came. Pas un repli de terrain, pas un pan de mur, pas un bosquet rabougri des sites de Damblain, Neufchâteau, Sandaucourt et Mirecourt ne leur ont échappé. L'équipe des superdouaniers a une idée fixe : faire tomber l'hôtelier de malheur qui distribue la dope de Bénito. Mais comment monter une planque devant un hôtel isolé dans la nature ? Comment distinguer entre un touriste et un trafiquant dans un établissement d'où tous les clients sortent forcément avec une valise ? Laquelle contient de la drogue ?

Bobby et Mady apprendront nécessairement la date approximative de la prochaine livraison, puisqu'ils seront au nombre des acheteurs. Avec un peu de doigté, ils pourront peut-être faire parler le tenancier sur un ou deux clients du réseau. Une simple indication qui permettrait de dérouler l'organigramme de la filière de distribution et de casseroler quelques marchands de mort. Ils ne se réjouissent pas d'avance, car la partie n'est pas gagnée, mais elle est excitante à jouer. Surtout qu'elle a été suggérée par le Vieux avant son départ en vacances aux Antilles. Ils aimeraient réussir pour lui faire plaisir. Une victoire serait une sorte de carte postale du boulot qu'ils lui enverraient. On se stimule comme on peut.

Bobby et Mady dînent au restaurant de l'hôtel. « Excellente cuisine belge », note Bobby. « Vin honorable mais rapport qualité-prix défavorable », ajoute Mady. Qui précise : « Pour ce prix-là, on devrait nous servir un magnum d'élixir d'amour des Mille et Une Nuits. »

– Quand on sera en retraite, on devrait proposer nos services au guide Michelin. La densité des graillons et le coefficient de souplesse des plumards n'ont plus de secret pour nous.

– On y songera, répond Mady. On regarde un peu la télé au salon ?

– Bonne idée, répond Bobby en souriant.

Il a tout de suite pigé que sa petite camarade n'est pas pressée de regagner leur carrée commune. Se retrouver dans la chambre de l'un ou de l'autre et « réunionner » à moitié à poil sur le coup de 2 ou 3 plombes du matin est une chose, mais franchir ensemble la porte d'une chambre, se déshabiller, se relayer dans la salle de bains, en est une autre. Bobby sait que Mady ne « fonctionnera » jamais en couple avec lui que pour l'apparence. Et, au fond de lui-même, il préfère cela.

Le salon de l'hôtel est désert et la série policière américaine de la télé ne défile que pour eux. Ils ne la regardent pas, ça flingue beaucoup trop. Alors ils dissertent sur les relations homme-femme. Histoire de mettre les pendules à la même heure dans leur tête pour ne pas être décalés en regagnant leur chambre et se laisser aller à un geste excessif. Mady, fille unique, divorcée depuis sept ans, a toujours détesté l'intimité qui inflige à l'autre le spectacle de ses contingences corporelles. Combien d'histoires d'amour promises à l'éternité se sont-elles éteintes au premier petit matin, étouffées par des giclures de dentifrice ou des débris d'ongles ? Mady ne conçoit pas l'érotisme sans pudeur. Même sans songer à une relation intime, elle considère que tout partage de territoire avec un autre bipède suppose un minimum de tenue et d'attention.

– C'est pourquoi les binômes ne sont pas interchangeables, conclut Mady. Un type et sa flèche s'apprécient sur des affinités de mode de vie et des complémentarités de méthodes. On serait peut-être bons pour la baise, tous les deux, mais après, dans le boulot, on donnerait quoi ? Tu piges, mon pépère ?

Pépère pouvait comprendre, puisque cette opinion était également la sienne. Le lendemain, il avait restitué comme neuve la salle de bains où il s'était enfermé le premier. Et le petit-déjeuner avait été pris fraternellement dans les vingt mètres carrés de la chambre.

– J'ai pas trop ronflé ? s'était-il enquis.

– Pas du tout. Ou alors, j'ai rien entendu, avait menti Mady.

– T'es trop bien élevée, toi. Tu serais prête à signer une déposition sur l'honneur ?

– Sur l'honneur peut-être pas, mais sur le coin de la table, sans hésitation. Parce qu'il faudrait tout de même que j'indique dans le PV qu'il y avait probablement une haveuse dans la chambre. Au nombre de décibels que tu émets en ronflant, tu extrais tes cinq tonnes d'anthracite à l'heure. Sûr.

Impossible de manquer le sosie de Gert Froebe devant la pâtisserie Saey, malgré la fête foraine qui occupe la Grand-Place de Mons. La fête : un petit détail que les locaux de Valenciennes ont oublié de mentionner dans leur rapport de périphe. Bobby et Mady cherchent une Mercedes, mais c'est d'une BMW 728i surbaissée et à sièges baquets que Bénito extrait son quintal et demi emballé dans une veste et un pantalon Smalto mal assortis. Sourire carnassier, gestes larges, voix forte, il remonte ses lunettes Cartier sur le sommet de son crâne et tend la main.

– Bénito. Je m'appelle Bénito. Vous, c'est Mady, et vous, c'est Body, c'est ça ? Belle journée, hein ? Si on allait boire l'apéro à votre hôtel ?

Les deux douaniers échangent un bref regard fataliste. Débarquer à l'hôtel Maisière, en face du SHAPE, en compagnie de ce pachyderme expansif et coloré relève de la faute professionnelle grave. Impossible, toutefois, d'éluder la visite. Elle fait partie des coups de sécurité que le trafiquant se doit de donner du côté de la logistique du couple venu en touriste. Le problème, c'est que l'hôtel est infesté de balèzes qui pourraient inquiéter Bénito et l'inciter à décrocher avant de conclure. Les collègues de Valenciennes ont vraiment fait fort en choisissant cette turne...

– Allons-y, dit Bobby. Au fait, mon nom, c'est Bobby. Pas Body.

– Bof, c'est pareil, dit Bénito.

Au bar du Maisière, le Belge attire les regards. Il raconte d'une voix de stentor son séjour en taule en Allemagne, chez « ces cons de Boches » qui ont été obligés de le relâcher parce qu'il est « plus malin » qu'eux. Pour le reste, son vocabulaire est parfois difficile à comprendre.

– Avec moi, pas de carabistouille. Mon business est pur à 90 %. C'est la meilleure dope de tout le pays. Vous préparez vos brokes et si y a pas de lézard, vous rejoindrez notre clientèle. C'est la plus exigeante d'Europe. Mais moi et Dan-le-Viking, mon associé, on l'a sélectionnée pour ça.

Bobby, qui se sent épié par la compagnie de barbouzes qui volète dans le bar, s'éponge le front avec l'un des mouchoirs brodés hérités de son grand-père. Dans le genre capitaines d'industrie, le Belge et son pote le Viking méritent sûrement de paraître en couverture de *L'Expansion*. Si personne ne les retient, ils finiront par faire de la pub en prime-time à la télé pour vanter leur dope, la meilleure et la moins chère de la planète.

Le pire figure probablement aussi dans leur registre. Les yeux froids et fixes de Bénito trahissent le tueur sans âme tapi derrière son apparente convivialité. Mady ne le croit pas plus capable de sentiment qu'un engin blindé. Ses mains manucurées, ses dents impeccables et son parfum coûteux n'estompent pas les contours du personnage qu'elle a en face d'elle : une brute absolue, rapide, fatale. Et l'espèce de répulsion instinctive qu'elle avait éprouvée à la première poignée de main est maintenant solidement motivée. Bénito va déguster, elle se le promet.

Les barbouzes épient sans trop de discrétion l'étrange trio. Des commerçants, pas de doute, mais en quoi ? Armes ? Technologie ? Nucléaire ?

– Parlez moins fort, dit Mady. Il vaudrait mieux que la teneur de notre entretien conserve un peu de confidentialité.

– Personne peut deviner qu'on parle de dope ! s'esclaffe le Belge. C'est des représentants de commerce, ces mecs. Et en plus, des minables payés au mois !

– Même ceux qui sont en tenue léopard ?

– Bien sûr ! Eux, c'est des Amerloques ! Y a que les Popov qui les intéressent. Et encore : pas ceux qui font dans la dope. Dès qu'ils auront compris que notre business c'est les stups et qu'on n'est pas des concurrents de leur industrie d'armement, ils nous foutront la paix. C'est le meilleur hôtel de Belgique, pour nous : les flics n'y mettent jamais les pieds. Bon. Passons aux choses sérieuses. Faut venir voir la came à Maastricht. C'est Dan qui l'a. Il peut vous donner aujourd'hui différents échantillons du dernier arrivage. Que du super. Vous m'en direz des nouvelles.

– Et vous livreriez quand ?

– Faut voir. En ce moment, j'ai de la tension oculaire et je suis interdit de pilotage.

Bobby qui rêvait de cueillir le trafiquant avec sa dope et de saisir son zinc ne parvient pas à dissimuler sa contrariété. Bénito y voit un signe de compassion.

– Mais c'est passager, précise-t-il. Dan ne peut pas venir non plus. Deux de nos convoyeurs ont été arrêtés sur l'autoroute du Soleil et ils sont en taule à Toul. Comme on leur envoie des virements, vaut mieux éviter la France en ce moment.

– Alors, comment on procède ? demande Bobby d'un ton excédé. Pas question pour nous de prendre livraison ailleurs qu'en France.

– Pas de problème, on a un passeur, Mimo. C'est un Yougo qui a vécu longtemps chez vous. On a confiance. D'ailleurs, il est habilité à encaisser.

– Bon. On viendra tester la came la semaine prochaine à Maastricht, décide Bobby.

Il espère ainsi que la tension oculaire de Bénito s'améliorera et qu'il pourra les livrer lui-même en coucou.

– OK. Rendez-vous lundi prochain aux Trois Colombes. C'est un hôtel-restaurant sur la Marktplatz. Vous pourrez choisir la qualité. Apportez 10 % d'acompte.

Malgré l'impossibilité de se concerter, Mady et Bobby réagissent à l'unisson. L'habitude de respecter certains principes d'action. Primo : refuser de se laisser mener par l'adversaire. Les trafiquants top-niveau qu'ils sont censés être doivent toujours, par sécurité, modifier les conditions fixées par les fournisseurs et n'accepter que le minimum de concessions. Deuxio : refuser le versement d'un acompte, qui plus est à l'étranger. Accepter serait passer pour des caves ou des flics. Tertio : accepter la virée en Hollande pour « détroncher » Dan-le-Viking, pour en savoir plus sur les conditions de livraison et pour cibler Mimo. Quarto : clôturer le festival son et lumière auquel se livre Bénito dans ce repaire de barbouzes.

Bobby et Mady mettent en application leurs principes avec un tel brio que Bénito, sous le charme de ses futurs clients, sort un pli de sa poche et le pousse sur la table en direction de Bobby. Qui verdit et sort une nouvelle fois le mouchoir brodé de son grand-père pour s'éponger.

– Tenez ! Vous ne serez pas venus pour rien. Ça vous permettra de tester. J'aurais aimé déjeuner avec vous, mais je suis attendu à Ostende.

Une fois seuls, les deux douaniers décident de plier bagages. La réceptionniste s'étonne de les voir écourter leur séjour. Mady, l'air crucifié, dit dans un râle d'agonie que les affaires, de plus en plus difficiles, contrarient souvent les grandes passions. La brave Belge compatit et calcule la note.

Bénito leur a remis au moins vingt grammes d'héroïne. Comme ça. Sans façon. Ce royal échantillon, dont l'existence ne sera mentionnée sur aucun PV, permettra au labo central des douanes d'affiner ses analyses. Une fois, bien sûr, qu'il aura passé la frontière...

Bobby lance le moteur de la Lancia, manœuvre sur le parking, puis s'arrête.

– J'ai une idée, bébé. On va faire dès maintenant une reconnaissance à Maastricht.

– Génial ! Et on passe trois frontières avec 20 grammes d'héro !

– Bien sûr que non. On la planque en route. Et maintenant, direction les polders ! lance-t-il gaillardement.

– Je voudrais pas te contrarier, mais y a pas de polder à Maastricht, dit Mady.

Bobby sourit béatement et lui tapote le genou.

Il quitte l'autoroute à Liège, prend la nationale en direction de la frontière et avise, à la sortie de Herstal, une cabine téléphonique dans laquelle, tel un toxico pervers, il cache le sachet d'héroïne.

– T'es quand même gonflé ! siffle Mady quand il remonte en voiture.

Maastricht est une ravissante cité médiévale du Limbourg, froide et humide.

– C'est joli, ici, dit Bobby.

– La ville a été bâtie autour du pont qui traversait la Meuse, sur la route romaine de Bavay à Cologne, explique Mady. Elle a servi de résidence aux rois francs, aux ducs de Brabant et aux évêques de Liège.

– Comment tu sais tout ça ? s'émerveille Bobby.

– J'ai lu le Grand Larousse avant de partir...

– Dis la suite ?

– Euh... Cette place forte eut bien souvent des faiblesses, cédant à Alexandre Farnèse, à Vauban, à Maurice de Saxe et à Kléber. J'ai oublié les dates. Maintenant, elle va se déculotter une fois de plus, devant Robert Charvey et Marlène Vincenty, agents undercover des douanes françaises.

– Elle ne cède que devant le beau monde, quoi !

Le charmant café-hôtel-restaurant des Trois Colombes occupe un côté de la place centrale. Mady et Bobby s'installent à une table près de la vitre et observent les lieux. Puis ils parcourent longuement le centre ville à pied, et ils achètent des cartes postales, des cartes Michelin et d'état-major. Ces heures studieuses passent plutôt agréablement et leur permettent de s'imprégner de l'atmosphère de la cité, mais aussi de l'humidité ambiante. Vers 19 heures, ils avalent un rapide dîner dans un troquet sombre et chaleureux où le patron offre des pastilles pour la gorge à Mady, qui s'est enrouée.

La nuit est tombée et ils doivent rentrer en France. Mais d'abord, récupérer l'échantillon de dope dissimulé dans la cabine téléphonique. Ensuite descendre par l'autoroute en direction de Metz, où ils ont rendez-vous à l'aube avec « le brave, brillant et efficace Taruc », comme dit Mady du directeur régional des douanes.

– Je me demande si je couve pas une angine, moi aussi, grogne Bobby.

– Les infiltrés sont infiltrés par les virus. Faut pas traîner. Je suis crevée.

Une heure plus tard, les lumières de la ville apparaissent. La gare. L'hôtel Bristol. Mady sonne pendant que Bobby gare la voiture. Le gardien ensommeillé qui dit :

– Vous désirez ?

Mady répondrait bien : « Faire un tennis », mais la réplique est usée :

– Vous avez des chambres ? demande-t-elle.

– « Des », non. Mais une, oui.

– Bon...

Elle est résignée. Hier, elle a déjà fait chambre commune avec son chef. Il est minuit, ils ont la crève et tombent de sommeil. Bobby ne voit même pas dans cette récidive un encouragement du destin à harceler sa petite camarade.

En entrant dans la chambre, Mady a un haut-le-corps : il n'y a qu'un lit. Grand, certes... Mais unique. Quand Bobby arrive avec les bagages, elle lui dit en reniflant :

– Cette nuit, les soupçons de Nanette vont enfin se concrétiser : on couche ensemble !

Bobby regarde le grand lit avec regret et sourit faiblement. Son masque gris s'éclaire à peine et, tel un poitrinaire en phase terminale expectorant ses trente derniers grammes de poumons, il avoue douloureusement :

– Des scènes d'orgies me traversent le cerveau, bébé, mais les connexions doivent être débranchées. Ça me brûle, mais pas où il faudrait...

– Tant pis pour toi. Je suis comme la comète de Halley, je ne passe à portée des séducteurs que tous les soixante-dix ans. Faudra que tu patientes encore.

Après avoir vidé une boîte de Kleenex, les deux douaniers se partagent un rouleau de papier toilette pour éponger leurs débordements lacrymaux.

– On est vachement sexy, constate Mady.

– Qui croira qu'on a couché ensemble et que seules nos glandes lacrymales ont été à la fête ?

– Nous. C'est déjà pas mal.

Les premières lueurs de l'aube se posent sur des museaux rougis-bouffis bordés de Kleenex en guenilles. A 8 heures, Taruc s'annonce à la réception. Bobby le fait monter. Quand Mady lui ouvre en peignoir de bain, il accuse le choc. Puis il pose des yeux exorbités sur le chamboulement de la literie unique remplie de Kleenex.

– Ah ! Bon ! La rumeur était donc fondée... Tous les deux, vous faites vraiment équipe vingt-quatre heures sur vingt-quatre. Vous avez de ces tronches ! Ça a dû y aller, le tagada ?

– T'es con !

Bobby ne sera pas plus explicite et il balance son oreiller sur le crâne du directeur régional.

– Merde ! Tu pourrais respecter la hiérarchie, quand même !

Taruc, qui fixait ostensiblement les reins de Mady, n'a pas vu venir la taie. Et, terminant son examen anatomique, il dit d'un air inspiré :

– Une croupe pareille, ça devrait relever de la loi du 9 décembre 1905 sur l'attribution des biens cultuels à l'Etat. Tu devrais être dans le domaine public. Tu as à la fois les rondeurs du roman et les élans du gothique. Vain dieu, la belle église !

Mady, qui n'a pas encore desserré les dents, dit d'une voix éraillée :

– Je te rappelle que tout ce qui a été construit après la promulgation de la loi de 1905 est exclu de son domaine d'application. Fais-moi l'amitié de croire que mon postérieur n'est pas antérieur à 1905.

– Bon. On ne va pas se quereller sur les dates. Allez, au boulot ! Alors, on les casserole comment, vos caïds ?

Une journée de repos hyper-médicalisé suffira à remettre les duettistes d'aplomb. L'intérimaire du Vieux leur donne son accord pour repartir à Maastricht le surlendemain. Ils ont largement le temps de fignoler leur enquête, qui fait apparaître Mimo comme une figure saillante du grand banditisme. Si le fichier central de la PJ en trace un portrait un peu flou, celui de la gendarmerie sort les détails grandeur nature d'un « beau mec », comme on dit. Meurtres et trafics en tout genre au palmarès. Il s'appelle Mimo Carcan. Ses principaux points de chute « professionnels » sont à Nancy, Strasbourg et Lyon. L'ordinateur sort les noms, adresses et absence de profession de ses contacts habituels. Tous Yougoslaves. Plusieurs d'entre eux, qui font l'objet de commissions rogatoires, sont sur écoutes judiciaires.

L'administration pénitentiaire apporte sa pierre à l'édifice : un nommé Germanus, qui purge à Toul une peine de huit ans de prison pour trafic de cocaïne, reçoit régulièrement des mandats expédiés des Pays-Bas par un certain Bénito. Vingt mille francs en six mois. Mady calcule que si Bénito continue ses versements au même rythme, Germanus aura palpé dans les 320 000 F à sa sortie de taule. Et même plus si ses patrons tiennent compte de l'inflation.

– Les JAP ne sont pas très regardants, commente Mady.

Il y a longtemps que les fantaisies des juges d'application des peines n'empêchent plus Bobby de dormir.

– Ouais, grogne-t-il. Je rentre me pieuter. Je te prends demain matin à 6 heures ?

Gavés d'antibiotiques et pulvérisés de toutes sortes de mixtures comme des rosiers de compétition, Bobby et Mady se retrouvent à Maastricht.

– C'est tout de même un paradoxe de se donner rendez-vous aux Trois Colombes, une bestiole qui symbolise la pureté, quand on évolue dans le monde pourri des stups, tu crois pas ?

– Si... fait Bobby. C'est toi ou c'est moi qui appelle Bénito ?

– J'ai compris, j'y vais...

Le trafiquant les rejoint dix minutes plus tard.

– Content de vous revoir. Je vais vous conduire chez Dan. Montez.

Bobby et Mady prennent place dans une Golf turbo Diesel deux portes. Bénito, qui conduit lentement, exécute avec application tous les trucs de rupture de filature. Se méfie-t-il de ses clients ou de la police locale ? Après avoir longtemps tourné dans la ville, arrêt devant un hôtel particulier. Au-dessus du porche, une caméra-vidéo surveille l'entrée. On s'annonce par interphone et si la tête du visiteur convient au gardien, il branche le digicode et la lourde porte blindée s'ouvre.

Bénito précède « ses amis » dans l'escalier où un épais tapis étouffe le bruit des pas. Sur le palier, nouvelle porte blindée qualité suisse à télécommande. Dan se tient derrière. La trentaine, large d'épaules, cheveux roux, il a des yeux verts aussi froids que ceux de Bénito, son aîné de quinze ans. Il sourit les lèvres fermées, afin de dissimuler une dentition pourrie. Le tueur a la trouille de la fraise du dentiste, note Mady.

Avenant malgré son sourire pincé, il débarrasse Mady et Bobby de leurs manteaux. Plus par prudence que par prévenance, note encore Mady en considérant la discrète façon qu'il a de les soupeser pour détecter d'éventuels flingues.

Le Viking a combiné les styles Second Empire et design dans sa hutte. « L'ordure a du goût », constate Mady, qui envie ses vases et ses lampes de Daum et le lion en bronze de Barye posé sur la cheminée. Au mur, un portrait d'homme tourmenté pourrait bien être signé Kokoschka. En France, la saisie des biens de Dan rapporterait gros au

Trésor public. Mady se demande si le mâle qui se pavane sur son canapé a autant conscience de la valeur intrinsèque de ses bibelots que de leur valeur marchande.

Dan ne parle qu'anglais et Bobby, qui se sait largué, est chagrin.

– Voulez-vous du café ? propose Dan.

– Volontiers, minaude Mady comme si elle était reçue dans le grand monde. Nous avons testé votre échantillon. La qualité est remarquable.

– Merci. Une seconde, s'il vous plaît.

Dan monte le son d'un scanner qui fonctionne en sourdine sur une étagère. Il rit comme un gamin et laisse apparaître ses dents gâtées.

– La police et les pompiers sont sur un incendie dans un entrepôt de papier. Une occasion idéale pour un braquage. Vous permettez ? demande-t-il en décrochant son téléphone.

Il ne va quand même pas en profiter pour envoyer une équipe faire une banque ? Quelques secondes plus tard, coup de sonnette. Il ouvre sa porte-forteresse avec la télécommande et un type atypique entre. Il dépose des paquets sur la table basse, à côté des tasses à café en vieux Limoges et des bonbons avec lesquels Dan se pourrit méticuleusement les crocs. Les deux infiltrés n'ont encore jamais vu une telle quantité d'héroïne, du moins en phase d'infiltration.

– On ne traite pas aujourd'hui, hein ? précise Mady. On est simplement venus prendre contact.

– Je croyais... s'excuse-t-il, en interrogeant Bénito du regard.

– Pas question de prendre livraison ici, explique Mady. D'ailleurs, on a laissé l'argent en France. On ne passe jamais la douane chargés.

– Je comprends, dit Dan. Vous avez bien des mules ?

– Bien sûr. Mais on ne les envoie jamais au premier contact avec des fournisseurs nouveaux. Et pas pour des quantités importantes. Il faudrait leur confier trop de liquidités. Vous, vous ne faites que la vente en gros. Votre perte éventuelle, c'est le prix d'achat au Moyen-Orient. Vous pouvez donc avoir des convoyeurs éprouvés et les tenir plus facilement. Nous, si on se fait avoir, on perd huit fois plus pour la même quantité.

Dan et Bénito apprécient la méfiance des Français comme celle de professionnels de leur niveau.

Mady est satisfaite. Elle a habilement dévié sur Mimo. Toujours bon à prendre, puisqu'il faut renoncer à une livraison aérienne par Bénito. Mimo, avec son pedigree, c'est un beau lot de consolation.

– Contrôlez, dit Dan en montrant les paquets.

Bobby, qui a compris, sort un petit Opinel de sa poche, prélève un peu de poudre qu'il dispose sur un double-face alu et hésite.

– Sous la hotte de la cuisine, dit Dan. Suivez-moi.

– Dans la cuisine, traduit Mady. Suis-nous.

Quand les cristaux ont fini de se consumer, Bobby siffle d'admiration.

– Exceptionnelle pureté, concède Mady.

Qui pense : « Nous sommes des vraies putes qui donnons la réplique à des vraies putes ! »

– Vous pouvez acheter un kilo tout de suite, si vous voulez, insiste Dan. Vous passerez la frontière sans problème. Les douaniers ne regardent jamais. Y a que les Français qui sont curieux. Mais pas avec des Français.

– Non. Je vous laisse le numéro de téléphone de ma boutique où vous pourrez m'appeler à Paris.

– OK. On vous préviendra une demi-journée avant la livraison. On vous apportera quatre kilos à Lyon et deux à Strasbourg.

Mady se braque.

– Qu'est-ce que ça veut dire, deux points de livraison ?

– On procède toujours comme ça pour diviser les risques. C'est à prendre ou à laisser. A 450 000 F le kilo à partir de cinq kilos, et dans cette qualité, dit Dan en montrant sa camelote, c'est donné.

Mady ne peut qu'en convenir.

– D'accord. Mais il ne faut pas traîner. Je suis en période de collections et mon emploi du temps est très serré.

– On a dit qu'on faisait comme ça, dit Dan en plongeant son regard polaire dans les yeux noirs de Mady. Et on fera comme ça.

Pendant une fraction de seconde, le trafiquant et Mady semblent se tenir en joue.

– Une demi-journée pour tout mettre en mouvement, c'est vachement short, dit Bobby.

– T'as dit short ? Bah, tu vois que tu arrives à parler anglais !

Bobby, qui conduit vite et sec sur l'autoroute du retour, poursuit sur son idée.

– Il va falloir monter la garde à côté de ton téléphone. On mettra Gros Nan-Nan dans le rôle de poule couveuse. Il faut prévoir deux dispositifs d'intervention. Un à Lyon, un à Strasbourg. Ça va coûter un max.

– Dans les délais impartis, il faudrait faire appel aux CRS. Eux, ils sont capables d'entrer en action au coup de sifflet. Tu passes derrière, t'as plus qu'à ramasser les morceaux. Nous, nos gusses, il faut trois jours de séminaire pour leur faire comprendre qu'on aura besoin d'eux.

– T'exagères.

– Beaucoup ?

– Un peu... On a quand même des gars capables de démarrer au deuxième coup de sifflet.

– Oui, mais pas dans la bonne direction.

Bobby reste silencieux pendant cinq ou six kilomètres puis marmonne :

– Le plus chiant, c'est de refiler le bébé aux flics. Je m'y ferai jamais. On paye les dépenses, on prend les risques pour leur livrer des Mimo, et eux, ils pavoisent.

– Console-toi, mon pépère. Mimo, c'est un pro, ils ne le retourneront pas comme une crêpe.

– C'est vrai que quand on voit ce que Bénito a refilé à Britannicus depuis qu'il est en taule...

– Germanus. Pas Britannicus. C'est pas le même répertoire. Des subsides de cette importance incitent plus à la fidélité envers le patron que les indemnités journalières de la Sécu.

– Manquerait pas que Mimo leur bascule Dan et Bénito ! Tu crois pas qu'on aurait pu tenter une autre rencontre, avant d'acheter ? Il fallait gagner du temps pour casseroler les caïds.

– On pouvait pas. Ça aurait fait flotter dans l'air une fade odeur de flic. Ils se seraient cabrés. Aux douanes, on peut mettre cinquante ou cent plaques dans une valise en moins de cinq minutes pour appâter les piranhas du Milieu. Il suffit de demander respectueusement au Vieux d'ouvrir son coffre. C'est quand même une sacrée chance, non ?

– Il y a des jours, je préférerais être plus pauvre mais officier de police judiciaire pour faire mes propres constatations.

– Hé oui... L'argent ne fait pas toujours le bonheur. Mais les flics, eux, ils préféreraient être un peu moins OPJ et un peu plus riches.

Pendant une bonne heure de trajet, Mady discuta avec Bobby du programme pour les jours à venir et nota ce qu'il fallait faire, ce qu'il faudrait dire au remplaçant du Vieux et ce qu'il convenait de taire aux collègues, ce qu'ils devraient écrire et à qui, et où mettre en place les deux dispositifs d'interpellation, avec quels effectifs et quelles catégories de personnels. Mady « lista » le matériel, sélectionna une gamme de véhicules et leur attribua de nouvelles immatriculations. Elle cocha sur des cartes Michelin les localités où la Pomme réserverait des chambres d'hôtel pour ne pas concentrer dans les mêmes lieux trop d'individus au même look. Un travail de routine.

Giga, l'indic, avait balancé les adresses des amis de Mimo à Nancy et à Strasbourg sans qu'on fasse usage de la torture. Truand honnête, Giga entendait que les douanes en aient pour les quarante mille francs de prime d'aviseur qu'elles lui verseraient. Depuis deux jours, les gabelous locaux planquaient autour des adresses indiquées.

Le relais de Mimo à Strasbourg, un Slovène du nom de Charles Durcak, a été jugé plus important que ses autres acolytes et le sous-marin, le « soum » comme les douaniers appellent leur camion de planque, est posté à vingt mètres de chez lui. Léon a de nouveau élu domicile dans le vieux J7 déglingué, d'où il a réalisé une excellente vidéo de Durcak, une espèce de bulldog à la mâchoire puissante, au front bas et aux sourcils broussailleux qui abritent de petits yeux verdâtres encavernés dans leurs orbites. A un moment, Durcak regarde l'objectif qui le filme par un trou percé dans la taule cabossée, au-dessus de la charnière supérieure de la porte arrière droite. On ne saurait dire s'il a un regard dur et cruel ou tout simplement stupide. Mais dans le doute, on opte pour la cruauté.

A Lyon, un J9 rutilant, bourré d'électronique comme un car de retransmission de la télé, a été garé à trois rues du domicile du complice de Mimo, Andrej Kesic. Bobby a décidé de tester à cette occasion un nouveau matériel de planque employé depuis longtemps déjà par la DGSE et la DST, mais que le Vieux vient seulement d'offrir à ses undercover : une mini-caméra numérique. Installée dans une voiture de tourisme garée devant la porte de Kesic, elle filme en permanence les allées et venues devant l'immeuble et transmet les images à un récepteur installé dans le camion. Les truands se méfient toujours des fourgonnettes ou des voitures en stationnement occupées par des passagers, mais jamais des voitures vides. L'œil de la caméra peut être installé dans une antenne radio télécommandée depuis le véhicule de réception et l'on peut suivre à 380 degrés le déplacement du « client » dans la rue, simplement en manœuvrant l'antenne. On peut aussi viser les fenêtres, l'intérieur des boutiques ou des autres voitures.

Pour les filoches de voiture sur longues distances, le Vieux a aussi obtenu que ses équipes spéciales soient dotées d'ampoules émettrices. Une pure merveille. Jadis, il fallait suivre les voitures à vue avec une autre voiture. Puis la technique a été améliorée et il suffisait de dissimuler un micro-émetteur radio sur la voiture et de la suivre à distance, au radar, sur un écran de contrôle embarqué dans la voiture suiveuse, hors de la vue du filoché, cette fois. Défaut : pour « équiper » la cible à suivre, il fallait la voler le temps de procéder à l'installation de l'émetteur. Mais comme on n'arrête pas le progrès, il suffit maintenant, pour « marquer » la voiture, de passer à côté et de casser sur la carrosserie une ampoule dont le liquide incolore est chargé de particules émettrices, du césium 135. La filature peut être réalisée à plusieurs kilomètres de distance, parfois via un satellite – mais dans les grandes occasions et pour le gros gibier seulement –, en suivant la progression de la voiture sur un écran de contrôle embarqué.

A Paris, Pierre Goupil, le directeur intérimaire, écoute le rapport de Bobby et de Mady, analyse, interroge, décide. Puis il verse un pleur compatissant :

– L'ambiance délétère de la direction régionale de Canderel ne va pas vous faciliter le boulot, mes doux agneaux.

– On a observé un certain laisser-aller... commente Bobby.

– Laisser-aller ? C'est carrément le bordel ! Tant que ce mec n'aura pas résolu le problème de quéquette qui le mine, il ne tiendra pas sa boutique. En plus, il fait école. Vous connaissez la dernière ?

– Non ? dit Mady d'une voix inquiète.

– Ramequin. Il était bourré comme une huître.

– Ça, c'est pas un scoop ! s'exclame Bobby.

– Oui. Mais attendez la suite... Il y a trois semaines, il faisait le beau dans une boîte à putes sous prétexte de chercher des renseignements.

– Je ne voudrais pas paraître vulgaire, coupe Mady, mais il essayait pas plutôt de se faire tailler une pipe à l'œil ?

– Affirmatif ! Tu connais l'histoire, alors ?

– Non. Mais il fait ça dans tous les claques où il passe « enquêter ». Y a une pute, je sais plus où, qui l'a surnommé « l'Enquéquéteur des douanes ». Il exhibe sa carte de réquisition tricolore pour attendrir les dames.

– Ouais ! Ben là, il s'est fait foutre dehors. Furax, il est remonté dans la bagnole du service, et il a accroché une voiture en faisant marche arrière pour se tirer ! Il s'est même pas arrêté pour laisser sa carte, ce con ! Et vous savez quoi ? La pute qui n'avait pas voulu lui pomper le zizi gratos, elle a pompé le numéro d'immatriculation et l'a refilé aux flics. A 9 heures, le lendemain matin, les poulets étaient dans le bureau de Canderel !

– Ce genre de mec est aussi dangereux pour nous que les truands, se lamente Bobby.

– Quand tu montes une opération avec des gabelous comme Ramequin d'un côté et des poulets ripoux comme Riri de l'autre, tu sais jamais qui va braquer qui. Un jour, on aura une merde, prédit Mady.

– On ne choisit pas ses mercenaires, malheureusement. Si je pouvais vous offrir le 11e Choc, je le ferais, mais la DGSE se le garde, dit Goupil. Y a qu'à faire comme si on avait les meilleurs et que tout allait bien.

Dimanche, 9 heures. Le téléphone de Mady lui massacre les tympans. Elle a un peu festoyé la veille au soir, et, comme elle dit, « fessoyé » entre minuit et une heure du matin. Une voix grave dit lentement dans un français presque correct :

– Premier rendez-vous à Lyon, sur le parking de l'hôtel Mercure de Charbonnières, à 14 heures. Une 505 grenat, numéro en 67. Vous approchez et on fait l'échange argent-marchandise. Trois kilos. Le reste à Strasbourg le soir. Compris ?

– D'accord, dit Mady.

Déclic. L'autre raccroche sans dire au revoir. Mais il n'avait pas non plus dit bonjour.

La 505 grenat appartient à Charles Durcak. Elle a été identifiée par les locaux qui planquent depuis quatre jours devant chez lui. Mady appelle Bobby pour lui annoncer leur départ immédiat. C'est la Nanette qui décroche.

– Qu'est-ce que vous lui voulez un dimanche ?

« Toujours aussi conne ! », pense Mady.

– Il faut que je lui parle...

– Vous ne pouvez pas, coupe sèchement Nanette.

« Mon Dieu qu'elle est chiante... »

– C'est urgent, dit doucement Mady.

– Il n'est pas rentré du marché.

– Dites-lui que je serai dans une demi-heure en bas de chez vous, nous partons en province.

Quand Mady arrive, Bobby sort du hall de son immeuble avec son sac de voyage.

– Salut bébé. T'as pas été trop mal reçue par ma furie ?

– On pense difficilement à la duchesse de Windsor quand on l'entend mais...

– Je vois. Je te dis pas la scène, l'autre jour, quand elle a découvert du rouge à lèvres sur un de mes mouchoirs. Elle n'a pas voulu croire que je te l'avais prêté pour éponger ta crève. Depuis, elle me fait la gueule. Encore, ça... j'ai l'habitude. Mais la vache se venge en me faisant bouffer que des trucs que j'aime pas. J'ai jamais vu autant de salsifis de ma vie. Je vis un enfer !

– Durcak a fixé le premier rendez-vous à Lyon. Si Mimo n'est pas du voyage, on n'alpaguera que du menu fretin.

– On baisse... dit Bobby.

– On leur piquera tout de même trois kilos d'héro et une 505.

– Tu parles ! Elle a au moins quinze ans, la tire ! Elle vaut pas plus de 300 balles. Ça paie pas le remorquage jusqu'au garage des Domaines. La douane va y être de sa poche pour le papier et le carbone du PV.

– Dans l'état actuel du droit, on n'est pas près de casseroler les vrais caïds. La guerre à la drogue, les battages médiatiques, l'assistance aux toxicos, c'est bien joli. Mais si on déglinguait correctement ceux qui détiennent le produit, on éviterait que des « accros » irrécupérables fassent du prosélytisme à la sortie des écoles. Les discours généreux et la méthadone n'empêchent pas Escobar de se faire des couilles en or.

– Eh ! C'est le jour du Seigneur, tu pourrais être polie...

– Le Seigneur, il ferait bien d'inspirer un peu nos législateurs et de réduire les distances intersidérales qui les séparent de toute cette merde. Prends l'Iran : j'aime vraiment pas ce qui s'y passe, mais pour la dope, les barbus ont trouvé le truc. Ils pendent les trafiquants et les consommateurs. Point final. Ils n'enculent pas les mouches en se cachant derrière le code pénal.

– Je te signale que seuls les trafiquants non agréés par les fous de Dieu se balancent au bout d'une corde. Les autres, ils sont presque au même régime que nos céréaliers. On leur verse sûrement des indemnités d'intempéries et des montants compensatoires monétaires quand la concurrence sud-américaine devient trop rude.

– Ça me rappelle mon petit dealer de Colmar... dit Mady d'un air songeur.

Une histoire que Bobby connaît bien. Dans le brouillard dense d'une nuit de novembre, à 23 heures, sur le parking de l'hôpital Pasteur, un jeune dealer turc avait balancé son grossiste à Mady.

– Tu peux aller là, madame, il est chez sa maison.

– Non, je ne peux pas, avait expliqué Mady. Je n'ai pas le droit d'entrer sans raison. Et pas à cette heure-ci.

Alors le gamin s'était enflammé.

– Toi, madame, tu sais pas quoi tu veux ! Tu laisses la merde venir dans la France. Après, tu veux chasser la merde. Je te dis où la merde ! Chez qui la merde, où il planque, et tu dis que tu entres pas la nuit. T'es la police ? J'y comprends pas. Tu veux ou tu veux pas ?

Mady avait souri amèrement à cette dernière question et continué la chanson : « Si tu veux pas tant pis, t'iras pas au paradis ».

– Hein ?

– Non. Rien...

Mais elle souriait aussi parce que le petit Turc venait de lui administrer la plus belle et la plus sobre leçon de philosophie politico-juridique qui soit. Tout était résumé en une phrase : face à l'ampleur du mal, les infiltrés seront toujours des besogneux inefficaces leurrés par leurs saisies, quels qu'en soient le poids et la valeur. Au moins participent-ils à une chasse plus passionnante que celle offerte aux inspecteurs de police sans fric et sans moyens qui cavalent après des débris de toxicos.

Dans ses moments de déprime, Mady se jurait de plaquer ce service impuissant et d'aller donner sa démission au Vieux le lendemain à la première heure. Elle devenait un « comité » à elle toute seule, et du haut de sa tribune imaginaire, elle haranguait le beau monde fourvoyé. « Mesdames et messieurs, politiciens et artistes au grand cœur qui, sincèrement ou non, menez des débats, dirigez des missions, organisez des œuvres charitables contre la drogue, êtes-vous dépourvus de bon sens ? Croyez-vous résoudre le problème avec des affiches et de la méthadone ? Les trafiquants, les assassins de la jeunesse, il faut leur rentrer dedans au lance-flammes ! On les flingue d'abord et on leur cause morale après. Les droits de la défense, mon cul ! C'est tout simplement le droit à la défonce que vous soutenez. La morgue pour les toxicos et le tapis rouge pour les délinquants. Pas de liberté pour les ennemis de la Liberté, merde ! »

Mady avalait alors un somnifère et, le lendemain, il faisait jour... Elle repartait faire la guéguerre sans se poser de questions existentielles, parce que les cons de son espèce sont nécessaires dans notre société avancée. Il faut bien quelqu'un pour mettre les mains dans les poubelles pendant que d'autres discourent avec élévation sur les problèmes essentiels.

– Mimo a laissé un numéro de téléphone pour le contacter en cas de retard ou de catastrophe. J'ai fait identifier. C'est un bar lyonnais.

– C'est vraiment des pros, ces mecs ! On a quelque chose sur le taulier ?

– L'enquête est en cours. Mais la périphe ne va pas être de la tarte. Jacky Terrot est en congé, dit Mady avec des regrets dans la voix.

– T'as pas de pot ! Pour une fois qu'on bosse avec Lyon, ton idole se tire ! Je comprends pas ce que tu lui trouves, à ce mec ? C'est pas le meilleur directeur régional de la douane et il n'a rien pour lui sauf, peut-être, une vague ressemblance avec Omar Sharif à l'époque du film sur les bolchos. Comment ça s'appelait, déjà ?

– Tu trouves que c'est rien, toi, de ressembler à Sharif dans *Docteur Jivago* ? Bah moi, tu vois, je ferais bien une petite révolution avec lui. Et même deux. Une révolution étant, comme chacun sait, un tour complet qui ramène au point de départ. Si ça t'a plu, tu peux recommencer.

– Les galipettes avec Terrot, c'est râpé pour cette fois.

– J'ai parlé de révolution, pas de galipette ! T'as déjà entendu parler de galipette prolétarienne, toi ?

– Quand on voit le résultat, je me demande si tu viens pas de trouver le mot juste. Mais abrégeons. On ne sait jamais où nous entraîne la politique. Le hic, c'est que l'adjoint de Terrot, Dédé Caillot, galère sur une autre affaire et qu'il faudra se passer de lui aussi. Et sans eux, la troupe est en débandade.

Soudain, Bobby allume les feux de détresse et stoppe sur la bande d'arrêt d'urgence.

– Prends le volant. Je vais contacter l'équipe par radio. Et mets la gomme, parce qu'on sera jamais à l'heure. J'appelle les PC autoroutiers CRS et gendarmes pour qu'ils évitent de nous prendre en chasse.

Cette précaution prise, Bobby demande aux locaux de Lyon de tendre une souricière sur le parking du Mercure-Charbonnières à partir de midi et, surtout, de ne pas tenter d'intercepter les trafiquants avant leur arrivée.

A 13 h 30, la 505 conduite par Charles Durcak entre au pas sur le parking de l'hôtel. Mimo est assis à côté de Durcak. Et là, tout va très vite.

Les locaux de Lyon, installés décontractés dans des Peugeot blanches et grises, hérissées d'antennes, auxquelles il ne manque que l'immatriculation des Domaines, oublient que Bobby vient d'annoncer par radio que Mady et lui sont à 1 500 mètres de l'hôtel et que la jonction est imminente. Les Lyonnais décident d'interpeller les trafiquants. A leur façon.

Charles Durcak, qui amorce un tour de reconnaissance, tique à la vue de deux malabars un peu à l'étroit dans une 205 dont le moteur tourne. Et il percute au millième de seconde quand il voit le conducteur d'une 309 le regarder en parlant à son pare-soleil rabattu ! Il s'arrache aussitôt dans un hurlement de pneus fumants. Le gabelou qui commande le dispositif n'a pas le temps d'aboyer « Top ! » dans son micro que la 505 roule déjà à 130 sur la route de Lyon.

Quand l'arrogante calandre du coupé Mercedes loué par la Pomme pointe ses chromes sur le parking du Mercure trois minutes plus tard, Bobby et Mady n'ont pas besoin d'un dessin. La 309 et la 205 qui lui faisait face se sont lancées ensemble à la poursuite des fuyards. Mais le passage n'a été prévu que pour une voiture et la rencontre des deux, tonitruante, s'est terminée sur la pelouse. Les deux ailes et les deux portières de droite de la 205, sabrées par le pare-chocs de la 309, sont à changer. Mais la 205 a réussi *in extremis* à arracher le pare-chocs de la 309, qui s'est fiché dans le gazon comme un stabile de Calder après avoir tourbillonné dans l'air.

Blêmes de rage, Bobby et Mady descendent de la Mercedes. Un début de compte rendu est coupé par le constat rageur de Bobby :

– Bande de connards !

Mady explose aussi.

– Et en plus, vous avez mis vos brassards ! Cow-boys de pacotille ! Si le parking est surveillé par des chouffes de nos trafiquants, on est détronchés ! C'est pas possible d'être aussi caves, nuls et sûrs de soi. C'est pas la peine de bomber le torse. Mais vous vous êtes vus ?

– Vous n'avez pas le droit de vous adressez au personnel...

– Ta gueule, syndicaliste de mes deux ! Tu sais combien de temps on a passé à infiltrer ce réseau ? Combien d'heures au-dessus de tes trente-neuf légales on y a consacré sans palper un rond de plus ? Tu sais ce que ça coûte aux finances publiques les déplacements, les bagnoles de location, les frais d'hôtel, de transmissions et de téléphone ? Et tout le reste ? Et notre peau, à combien tu l'évalues, si les mecs que vous avez alertés décident de nous la trouer ? T'inquiète pas, on fera les comptes plus tard !

– Je ne voulais pas...

– Tais-toi, ça vaut mieux, dit Bobby d'une voix blanche. J'ai envie de t'en coller un. Tu le mérites.

Et, regardant les voitures au milieu de la pelouse, il ajoute :

– Allez continuer votre concours de labour. Nous, on se casse. Faut qu'on rattrape le coup. Vous pouvez rentrer chez vous voir « Dimanche-Martin »...

– T'as une idée ? demande-t-il à Mady une fois installés dans la Mercedes. Y a pas, faut qu'on se les farcisse à Strasbourg, merde !

Mady est aussi enragée que Bobby. Ni l'un ni l'autre ne s'accorde dix minutes de décompression pour analyser plus calmement la situation.

– Le numéro de secours... dit-elle. On essaie ?

– On n'a pas le choix. On va raconter à Mimo que des mecs bizarres traînaient sur le parking et qu'on s'est barrés. Il nous croira peut-être puisqu'il les a vus...

– Faut jouer l'indignation. Dire qu'ils devaient être sur écoutes, qu'ils ont été imprudents... Faut leur faire porter le chapeau, les laisser se défendre et continuer de jouer les méfiants à leur égard, et finir par dire qu'il n'est pas question de repartir sans dope. Qu'on a assez eu la trouille, qu'on a paumé assez de temps et de pognon, bref, qu'on est des commerçants et qu'on veut conclure. Tu téléphones, pépère ?

– J'y vais. Je le sens bien, ce numéro.

Bobby descend de voiture et va s'enfermer dans une cabine du hall de l'hôtel Mercure. Et là, le talent de pépère explose. Il joue dans la cour des plus grands. A côté, Delon et Belmondo passeraient pour des figurants pistonnés dans la troupe en résidence d'une salle polyvalente des hauteurs du Cantal. Pépère va même jusqu'à laisser entendre qu'il suspecte Mimo et Durcak d'avoir voulu les balancer aux flics, et que si cette suspicion prenait corps, ils n'auraient plus de souci à se faire pour leur retraite : ils n'y arriveraient jamais. Le monde deviendrait trop petit pour eux. Et la tirade fonctionne ! Mimo se défend d'avoir voulu les « niquer ». Ils jure de son honnêteté en affaires et il accepte un rendez-vous le lendemain, place Kléber, à Strasbourg, devant l'Aubette. A 15 heures.

– Tu mérites un oscar. Je me retiendrais pas, je t'embrasserais ! dit Mady en lui frictionnant les joues à deux mains.

– Comme je vois que tu refoules de plus en plus difficilement la passion que je t'inspire et que je crains que tu t'abandonnes en public, je propose de se remettre tout de suite au boulot et de concevoir un dispo de surveillance autour de la copropriété de Durcak, à Illkirch. Mimo et lui vont sûrement rentrer à Strasbourg dans la nuit.

A la direction régionale de Strasbourg, mauvaises nouvelles. Noël Kuony est en congé, le sous-marin est en révision et le flic détaché par la PJ est Riri-le-Ripou. La responsabilité des opérations sur le terrain échoit donc à Dominique Nongar, alias Petit-Prince-Poltron, alias Trois-P, alias Trois-Pets. Il sera assisté de Chapot, fort naturellement surnommé Bonnet-d'Ane. Quand il raccroche, Bobby confie ses soucis à Mady.

– On est mal barrés, et ça continue. La nullité assiste la stupidité. Viens. On va boire un café.

– Tout ça n'est pas brillant, dit Mady après avoir passé commande. Heureusement, Canderel a eu la bonne idée de prendre des congés aussi. C'est donc Taruc qui assure l'intérim. Et comme flic, on aura qui ?

– Stemmelin.

– D'où y sort, çui-là ?

– C'est le nouveau patron de la brigade des stups. Commissaire divisionnaire. Un bon.

– Bien. On va passer tout ce monde-là au mixer. En mélangeant la crasse et l'incompétence des uns au talent et au volontarisme des autres, on s'en sortira peut-être. T'as remarqué que les meilleurs ne sont jamais payés selon leurs capacités ? Mais qu'ils tirent toujours vers le haut les salaires des tocards de la fonction publique ?

Bobby affiche un petit sourire narquois.

– Tu pars au quart de tour, toi. Contente-toi de pousser ton rocher en fermant ta gueule, Sisyphe !

– Oh ? Tu connais Sisyphe, toi ?

– Elle, pas très bien, mais sa sœur, oui.

– Déconne pas. Tu connais le mythe et tout ?

– J'ai dû lire un truc dans ce goût-là dans San Antonio... Tu me prends vraiment pour un con, des fois ?

– Mais non, se défend Mady en rosissant. Je voulais pas te vexer...

– Alors oublie tes problèmes philosophiques et imagine que tu es heureuse ! On vit une époque formidable, non ?

Mady regarde Bobby avec inquiétude.

– Notre opération est en train de foirer lamentablement, et toi tu...

– L'opération foire, y a pas de doute, mais l'année sera bonne pour le bourgogne, alors... Bon. Je vais rendre compte à Goupil et on file à Strasbourg.

Sur la route, Bobby raconte que le Vieux déprime sous les cocotiers et téléphone tous les jours au service.

– Il a l'air pressé de rentrer. En tout cas, comme il appellera encore ce soir, Goupil l'informera du déroulement de l'OP-Polder.

– C'est con, mais il me manque, le Vieux. Pas toi ?

– Moi, tu sais, j'ai fait les enfants de troupe, à La Flèche, alors les sentiments... Je plaisante. C'est vrai que ce mec est super. Il est plus petit que les autres mais il les dépasse tous de trois têtes. Je suis content de travailler avec lui. Fier, même.

– Moi aussi. Pourtant, il aura pas sitôt foulé le tapis pakistanais de son burelingue qu'il va trépigner de rage et blatérer comme un chameau. Parfois, quand sa danse de Saint-Guy le prend, j'ai envie de lui dire : « Mords pas Joseph, on t'aime ! »

– Après le massacre que viennent de nous faire les connards de Lyon, j'ai l'impression qu'il va falloir lui déverser des tombereaux de tendresse pour le calmer.

Les duettistes prennent leurs quartiers à l'hôtel Diana, à Molsheim, près de Strasbourg. Le maître d'hôtel, émule de l'adjudant Flick, refuse de leur servir à dîner. Motif : il est 22 h 40, le service est terminé depuis dix minutes. Bobby et Mady se contentent donc de vin, de tarte aux myrtilles et de café servis au bar. Ils avalent cette maigre pitance sous la surveillance du berger allemand de l'établissement. Mais la bestiole à l'air féroce se révèle plus sympa que le maître d'hôtel et elle vient s'assoir à leurs pieds. Bobby se tasse au fond de son fauteuil devant les crocs qui luisent si près de son anatomie et met instinctivement une main en coquille entre ses jambes. Mady éclate de rire.

– C'est pas ça qui l'intéresse, pépère ! Ces bêtes-là n'ont pas été initiées à la gastronomie. Elles préfèrent les croquettes...

– Où tu vois écrit qu'il va pas me bouffer les couilles, toi ?

– Dans ses yeux.

– Parce qu'il faudrait savoir lire dans les yeux des clebs ? J'ai assez de mal avec ceux des femmes...

– Donne-lui la croûte de ta tarte, tu t'en feras un pote.

Bobby pose craintivement son assiette sur le sol et dit :

– On monte téléphoner, Fräulein ? Je voudrais appeler les locaux qui planquent à Illkirch-Graffenstaden. Au fait, t'as remarqué ? Les noms des patelins s'éternuent, dans le coin.

– Oui. C'est parce que la région est humide.

Bobby demande à l'équipe de planque de « taper » Durcak et Mimo devant le domicile du premier si les trafiquants sortent munis d'un gros sac en toile ou en plastique. Ayant affaire à des durs toujours armés dans le travail, Bobby préfère tenter l'interpellation en zone résidentielle à l'heure du repas plutôt que de risquer un flinguage place Kléber à 15 heures.

L'ordre d'interpellation conditionnelle – dans le cas présent, s'ils sont porteurs d'un gros sac – est toujours difficile à donner à une équipe de planque car ses membres, isolés, font parfois mal le lien entre les objectifs, les moyens, les méthodes et ce qu'ils observent réellement sur le terrain. Un homme en planque se croit souvent « reniflé » et ce sentiment vire à l'obsession au fil des heures. Il interprète de travers les instructions, dépasse les ordres, et prend des initiatives sans voir l'ensemble du dispositif, sans connaître la véritable cible.

– Je crains que ça foire, dit Bobby en raccrochant. Je sens les gars nerveux et je me demande si j'ai eu raison de leur demander de casseroler ces mecs comme ça...

– C'est leur boulot. Bon. Je vais me coucher, pépère. Si t'as du mal à t'endormir, compte les petits plis que feraient les kilos d'héro qu'on va piquer aux Maastrichiens.

A 6 h 30, sonnerie du téléphone. L'équipe de planque informe que les truands sont rentrés dans la nuit et que la 505 est garée sur le parking intérieur de la résidence.

– Bien. Comme on ne peut pas sonner et aller perquisitionner, on se met en stand-by.

Vu l'heure matinale, le boulot qu'ils se sont farci la veille, et la journée qui les attend, Mady décide de ne pas réveiller Bobby. Et elle se rendort.

A 10 heures, les deux douaniers prennent leur petit-déjeuner dans la chambre de Bobby quand sa radio portable grésille.

« Charles Durcak sort seul de chez lui les mains vides. Il monte dans sa voiture. On le prend en filature large. Direction centre ville... Il ralentit... Il s'arrête. Il descend. Il entre dans une pharmacie. On va se garer. Meeeeerde ! Y a pas de place ! »

– Bah, foutez-vous en double file plus loin ! beugle Bobby. « Négatif. Voie de circulation unique. On tourne toujours à droite et on revient. »

Plusieurs minutes s'écoulent.

« Ça va, on retombe sur l'avenue. Il est parti ! Non ! Là-bas, on le voit. On est coincés ! Y a trop de circulation. »

La deuxième voiture stationnant à l'autre bout de la rue de la résidence annonce une demi-heure plus tard le retour de Durcak.

« Il porte un sac de pharmacie, et un autre beaucoup plus gros marqué Cora. On le tape ? »

Bobby et Mady s'interrogent. Ils ignorent ce qu'a fait Durcak pendant la demi-heure où la filoche a été cassée. Le sac contient-il de l'héroïne ou tout simplement de la bouffe prise en passant au supermarché ?

– On laisse entrer, décide Bobby. Qu'une équipe aille à la pharmacie et demande ce qu'il a acheté.

Le pharmacien collabore de bonne grâce. Le client décrit par le douanier a acheté quatre boîtes de Manitol pour soigner ses maux d'estomac. Mais l'apothicaire n'y a pas cru, pour deux raisons. D'abord parce que le client n'avait pas la tête d'un malade, ensuite parce qu'il ne demandait rien à son client qui a pourtant éprouvé le besoin de se justifier. Il en a tout de suite déduit que le produit était destiné à couper de l'héroïne, mais il ne pouvait pas refuser de le vendre, il n'est pas responsable de... Le douanier l'avait remercié avant qu'il ne termine sa phrase.

– Ces deux salopards ne vont pas nous baiser et couper notre commande ? s'inquiète Mady.

– Quatre boîtes de Manitol pour six kilos d'héro, ça colle pas.

– T'as raison. Ils doivent avoir d'autres commandes de 250 à 500 grammes à trafiquer.

– En tout cas, la dope est là, dit Bobby en se frottant les mains. Il ne faut plus les lâcher.

Les effectifs répartis dans les trois véhicules disposés autour de l'immeuble ont été relayés à 7 heures du matin. Relève des douanes : Nongar, Chapot et Baldoni, auxquels s'est joint un nouveau, Jean-Gilles Hersant qui, avant même de prendre ses fonctions, a été surnommé Sodome-et-Comores. A cause de son juron de prédilection (« Bande d'enculés ! »), dont il gratifie les trois quarts de la planète, et de ses « campagnes » sous les ordres de Bob Denard. Mercenaire avant d'être fonctionnaire. Il y a pire, comme cursus.

Relève de la PJ : l'inévitable Riri-le-Ripou, et Doumé, un fumeur de pipe qui serait parfaitement sociable s'il n'emboucanait pas ses collègues. Comme personne ne veut partager un habitacle avec lui, il faut à chaque fois désigner les volontaires.

A 13 h 10, Riri, qui fait équipe avec Hersant, signale à l'ensemble du dispositif que Durcak et Mimo viennent de prendre place à bord de la 505. Bobby verdit de rage. Le dispo a raté la sortie des truands. Ils auraient dû les interpeller entre l'immeuble et la bagnole, dans la verdure. Mais sans le sous-marin, impossible de planquer dans la résidence où même un mongolien repérerait deux étrangers un peu corpulents dans une voiture inconnue à la copropriété. La rue aux larges trottoirs plantés d'arbres et bordée de maisons particulières entourées de jardins n'est pas planquable non plus, sauf aux extrémités. Donc loin de l'immeuble qui se trouve au milieu. Les gars ne sont pas responsables du ratage et le risque d'un rodéo place Kléber se profile.

– Maintenant, attention à la filoche ! Ne les perdez plus ! Et essayez de trouver une opportunité pour un contrôle de routine à la circulation, dans une rue calme. N'oubliez pas que Mimo est toujours armé. Pour Durcak, on ne sait pas, alors faites comme si.

Baldoni et Doumé, dans la R18 de la PJ, prennent la tête du cortège, à bonne distance de la 505. Il faut redoubler de précautions : les deux truands ont montré à Lyon qu'ils étaient doués d'un sixième sens.

– On se dirige vers Strasbourg-centre par la route de Colmar, dit Baldoni dans la radio.

Puis, trois minutes plus tard :

– Ils entrent en ville par la rue du Lazaret... Rue de Rathsamhausen... Pont Churchill... Ils prennent avenue du Général-de-Gaulle... Maintenant, boulevard Leblois. Attention ! Ils accélèrent ! Merde ! Ils slaloment...

– Ils vous ont repérés ? demande Bobby.

– Non...

Silence de quelques secondes puis, de nouveau, la voix de Baldoni.

– On raccroche. Avenue de la Forêt-Noire. A droite rue Edel. Encore à droite, rue Vauban... Ça fait beaucoup de à droite... On dirait qu'ils veulent casser une filature. Ils nous ont peut-être repérés. Clignotant. Ils stoppent devant une école. C'est plein de moutards. Qu'est-ce qu'on fait ?

La direction des opérations sur le terrain ne revient pas à Bobby mais à Nongar. C'est à lui de décider du moment le plus propice à l'interpellation, en fonction de l'objectif, de la position des effectifs et de la topographie des lieux. Mais Nongar est un zombie en l'absence de Kuony. Sans Nono, il tergiverse, il attend, il panique. L'action n'est pas sa tasse de thé et tout le monde se demande ce qu'il fout dans les douanes, à un poste de décision. Une erreur d'aiguillage de l'administration qui n'a pas été rectifiée, car l'administration ne se trompe jamais. Nongar aurait brillé à Versailles, sous Louis XVI, lissant sa perruque poudrée, époussetant son jabot, fouettant les insectes avec un mouchoir de dentelle. Mais braquer un truand à Strasbourg, ce n'est pas dans ses cordes, même si c'est dans ses attributions. Ce nul sait que la 505 renferme six kilos d'héroïne d'une valeur marchande de 9,6 millions. Il sait le nombre de doses et d'overdoses que cette drogue représente. Il sait ce que les toxicos coûtent à la Sécu et les dealers au budget de la justice. Mais il sait surtout que ces six kilos, il ne les raflera pas comme un pack de yaourts au rayon produits frais de son supermarché. La dope est défendue par deux véritables méchants. Il sait que le plus taciturne des deux, Mimo, laisse généralement son calibre s'exprimer à sa place. « Et c'est sûrement un 11,43 », pense Nongar. Et son estomac chavire. Il a des renvois de bile. Sa vésicule est sous pression. Il ne parvient pas à chasser de son cerveau l'image sanglante des ravages provoqués par une seule balle.

Trois-Pets transpire. Il respire court. Et pendant ce temps, les secondes s'égrènent inexorablement. Il doit commander les opérations. S'approcher. S'exposer. A cette idée, ses intestins s'échauffent, se nouent, gonflent. Ses mains collent. Ses tempes battent. La trouille lui tourne la tête. La hantise de tomber dans les pommes devant les collègues augmente ses vertiges. Baldoni et Doumé, placés en pointe, sont découverts. Il doit, lui, Nongar, rejoindre pour la couvrir l'équipe qui le précède. Entrer dans la bagarre en attendant les autres équipes. C'est ce que ferait n'importe quel fonctionnaire payé pour cela. C'est ce que ferait un homme digne de ce nom. Mais Nongar... Il se dit qu'ils vont bien finir par arriver, les autres... Alors, il ferme les yeux pour ne plus voir les moutards qui piaillent devant l'école, à cinquante mètres, il passe ses deux index moites au-dessus de ses oreilles, pour rabattre quelques cheveux ébouriffés, et il appuie ses paumes sur ses oreilles, pour ne pas entendre sa voix dégueuler l'ordre : « Maintenant ! On y va ! »

Mais Nongar n'y va pas.

Entendant l'ordre d'intervention, Baldoni et Doumé ont doublé la 505, ils se rabattent brusquement, pilent en travers pour contrer toute tentative de fuite, et jaillissent de la voiture. Doumé, côté chaussée, braque Durcak avec son 357 magnum. Baldoni fond sur Mimo, 38 spécial au poing, côté trottoir. Derrière la 505, personne ! Un grand espace vide. Nongar, qui aurait dû refermer la tenaille en écrasant le pare-chocs arrière de la 505, reste figé à cinquante mètres. Durcak profite de la faille. Craquements de boîte de vitesse. Marche arrière rageuse. Première à 8 000 tours ! Crispé sur le volant, les yeux injectés de haine, Durcak prend le flic pour cible. Il le percute de plein fouet. Doumé s'élève à deux mètres, retombe sur le capot, rebondit sur le montant gauche du pare-brise qui le projette au milieu de la rue. La 505 s'enfuit en accrochant plusieurs voitures.

Baldoni, qui visait la tête de Mimo, abaisse son arme. Impossible de tirer dans la foule. Son regard va des enfants pétrifiés au corps inerte de Doumé. Il faut le secourir. Il hurle à la foule :

– Mais merde ! Appelez le Samu !

La radio ! Il a la radio dans la R18. Il alerte Nongar, qui s'est rapproché à trente mètres... Pendant ce temps, Riri et Sodome-et-Comores, qui ont doublé Nongar sans le voir, pilent devant Doumé. Baldoni leur dit de prendre en chasse la 505, il s'occupe du blessé.

Pendant ce temps, Nongar demande un Samu par le PC-Trans des douanes et, pour se redonner du courage, signale l'accident d'une voix monocorde : « Tentative d'homicide volontaire, refus de se soumettre aux injonctions... »

– Ta gueule ! coupe Taruc qui intervient sur le réseau. On récapitulera les infractions plus tard, merde ! Faut serrer ces fumiers !

Comores gagne du terrain sur la 505. Riri, 357 magnum à la portière, a les fuyards en ligne de mire. A un carrefour, la 505 percute une

R5 qui part en tonneau. Un instant déstabilisée par la violence du choc, la 505 dérape et se retrouve face au boulevard Leblois. Elle le remonte à contresens, percutant encore plusieurs voitures. Riri ne peut pas tirer. Trop de monde.

Rameutés par radio, un flic de la PJ et son collègue du groupe de répression du banditisme, se joignent aux poursuivants. Sirènes hurlantes et girophares en action, ils s'engagent dans l'avenue de la Forêt-Noire, puis dans la rue Goethe.

– Y a pas un chat, tu vas voir le steak haché sur le macadam ! annonce Riri en ajustant les pneus de la 505.

Il tire deux fois. Le pneu arrière gauche éclate. La 505 fait plusieurs embardées mais Durcak réussit à en garder le contrôle.

Boulevard de la Dordogne, un septuagénaire dégage péniblement sa vieille 4L du trottoir. Comores s'arc-boute sur la pédale de frein. A un cheveu de la catastrophe... Pendant ce temps, la 505 gagne dix mètres, vingt mètres, cinquante mètres, et disparaît en cahotant dans le flot de voitures.

« Perte de l'objectif. On continue dans la même direction », annonce Riri par radio.

Bobby, à l'écoute avec Mady, enrage.

– C'est pas possible ! On a un flic désarticulé dont personne n'a de nouvelles, on en est à treize bagnoles embouties, et ces fumiers vont réussir à se tirer avec leur poudre de mort !

Riri annonce : « On recolle. Quai Mullenheim. Ils s'arrêtent et s'éjectent ! Y en a un qui balance un gros sac en plastique dans l'Ill ! C'est pas vrai... »

Comores et Riri giclent aussitôt de la R18 et se penchent au-dessus du parapet. Pour voir le sac s'enfoncer lentement dans la rivière. Quand ils se redressent, les deux truands ont disparu.

– Bon dieu ! Où ils sont ?

– Ils ont fait diversion avec le sac. On est baisés.

Les autres équipes arrivent. Nongar le dernier. Il est blanc.

– On ratisse les alentours, décide-t-il.

Au bout d'une heure, les huit limiers sont bien obligés de se rendre à l'évidence : Mimo et Durcak se sont volatilisés.

Avant de rappeler tout le monde, Taruc donne par radio de brèves nouvelles de Doumé, admis dans le coma à l'hôpital de Hautepierre : trois fractures ouvertes de la jambe droite et traumatismes multiples. Il est sur le point d'entrer en salle d'opération.

Atterré par ce qu'il vient d'entendre, Bobby téléphone à Taruc et Stemmelin et suggère d'effectuer immédiatement une perquisition chez Durcak pour tentative d'homicide volontaire, puisque que le code pénal prime sur le code des douanes.

Taruc et Stemmelin en réfèrent au juge qui donne son accord. Puis ils lancent des avis de recherche avec transmission aux frontières. Ils réquisitionnent aussi des hommes-grenouilles pour repêcher le sac en plastique.

– Si l'héroïne est bien emballée, dit Mady, on pourra la récupérer. Sinon, quel shoot pour la poiscaille ! Il va y avoir une de ces noubas jusqu'au Zuiderzee, je te dis pas !

La perquisition du domicile de Durcak est effectuée hors la présence de l'occupant, en fuite. Le flic du groupe de répression du banditisme qui se charge de la fouille a visiblement dû sécher le cours de dentelle à l'Ecole de police. Il enfonce la porte du coquet F4 qui ne le restera pas longtemps, coquet. Tout est retourné. La farine, le sucre en poudre, le sel, les légumes secs, tout ce qui est en bocal ou en sachet est étalé sur la table de la cuisine et dégagé sur le carrelage. Les gaines d'aération, les caches des prises électriques, les plinthes, les lustres, les radiateurs : tout est arraché et sondé. Les plantes sont dépotées sur la moquette et la terre étalée. On découvre une matraque, des cartouches et des sachets vides de Manitol. On relève des traces d'héroïne mais le stock n'est pas là. Ou plus là...

Arrivé après la bataille, le procureur s'étrangle devant le spectacle de désolation. Il menace les auteurs de la perquise « à la mexicaine », couine une tirade sur les droits de l'homme. L'homme-truand en fuite, qui a tous les droits. Pas l'homme-flic envoyé à l'hosto qui n'a que le droit de souffrir en silence en échange de son salaire. Baldoni écoute d'un air intéressé puis, avisant les dégâts, lâche sans rire :

– A mon avis, les Huns étaient au moins deux...

Le procureur sentant l'apoplexie le terrasser lui demande son nom avant d'expirer. Le sens du devoir... Mais le magistrat survivra.

Quand la nuit tombe, l'Ill n'a toujours pas restitué le sac en plastique et les plongeurs remontent. Bobby et Mady regagnent leur hôtel. Ils n'ont pas la moindre piste à suivre.

Le Vieux rentre des Antilles en plein Waterloo. Goupil est allé l'accueillir à Roissy et lui a relaté les événements pendant le trajet en voiture. Rien n'a filtré de leur conversation.

A midi, le lendemain, Bobby et Mady ont l'impression de prendre la flèche de la cathédrale de Strasbourg sur la tête. Charles Durcak a téléphoné au procureur de chez son avocat. Il accepte de se présenter au tribunal pour expliquer « le malentendu ». Le procureur Coudrot donne son accord. Et il exige que la police filme l'interpellation de Durcak chez son avocat, afin d'être certain qu'on ne brutalisera pas « le chauffard par esprit de basse vengeance ».

– Pauvre France ! dit Mady. Baisse ton string, l'état de droit s'occupe de tes fesses.

Les flics de la PJ vont donc prier poliment Durcak de les suivre. Au palais, il est entendu par la juge Biller après avoir été « vu » par le procureur. Avant même de décliner son identité, le truand yougo qui a frisé l'homicide volontaire se plaint que son costume a été sali pendant la poursuite par la faute des policiers et il exige qu'on lui paye le nettoyage. Mademoiselle le juge, émue par tant d'adversité, en prend l'engagement formel au nom de la République. Et le Trésor public règle la note du teinturier. Puis Charles Durcak, trafiquant de drogue fiché au grand banditisme, réclame du linge de rechange, car il a beaucoup transpiré pendant sa fuite. On le conduit complaisamment à son domicile. Quand il découvre l'état de son appartement, il pousse des cris et porte plainte aussitôt contre les flics. Et aussitôt la juge enregistre sa plainte.

Pendant que le greffier « inscrit » la nature des griefs, le chirurgien finit de recoudre les plaies de Doumé. Il lui a placé trois broches dans la jambe. Du platine payé par la Sécu, le veinard... Quant à ses collègues fautifs d'avoir été trop méticuleux dans leur travail, ils s'entendent annoncer par le procureur une minoration de leur notation d'officiers de police judiciaire. Motif invoqué : manque de maîtrise dans l'exercice de leur fonction. Durcak, lui, n'a certes pas manqué de maîtrise dans la conduite de son véhicule. Il a proprement déglingué le flic qu'il avait l'intention de déglinguer. Il a défoncé treize bagnoles, mais pour les dégager de sa route de fuite. C'était son intention de truand, il n'a donc pas manqué de discernement dans l'exercice de sa fonction. Si Durcak avait exigé de voir poulets et gabelous flagellés sur le parvis de la cathédrale, le procureur aurait sûrement accédé à sa requête. Un grand jour pour le droit et la République.

Le lendemain matin, les plongeurs reprennent les recherches. Au bout de quelques heures, ils remontent le sac en plastique. La quasi-totalité de la dope a été dissoute. Impossible d'évaluer la quantité immergée. La juge interroge Durcak sur le contenu de ce bagage perdu. Ce n'était pas le sien, dit-il, mais celui de son ami. Il croit savoir qu'il contenait des cadeaux de Noël. Le procureur Coudrot, qui assiste à l'audition, pose un regard compatissant sur ce pauvre frère tourmenté par des affreux justiciers. Monsieur le procureur est persuadé, semble-t-il, que Durcak a écrasé un flic et percuté treize voitures parce que son ami « de passage » avait un urgent besoin de balancer un sac de jouets dans la flotte.

Mady écume la ville et cuisine tous les indics yougos de la douane. La PJ en fait autant avec les siens. A la fin de la journée, elle a reconstitué le circuit d'évasion de Mimo. Après avoir balancé son sac, il a couru tant qu'il a pu. Puis il est entré dans la salle d'attente d'un cabinet médical où il a repris son souffle. Les autres patients l'ont pris pour un asthmatique en perdition. Il est ressorti au bout d'une heure et demie et s'est réfugié dans la cave du petit immeuble bourgeois voisin. D'où il est reparti à la nuit tombée, quand une vieille femme est descendue chercher un seau de charbon. Il a alors pris un bus qui l'a déposé à la périphérie de Strasbourg, où il a téléphoné d'une cabine à un compère yougoslave propriétaire d'un bar à Kehl. Le compère est venu le chercher et lui a fait passer la frontière. Probablement sous une fausse identité, car les contrôles, renforcés à la suite de l'avis de recherche, ne lui laissaient aucune chance.

Une dure journée s'annonce. Les flics enregistrent les plaintes des propriétaires de voitures ayant involontairement participé au stock-car. Et pendant que Doumé se tortille de douleur à l'hosto, Durcak se pavane au palais de justice. En bonne compagnie : le proc et sa juge font tout pour lui rendre le séjour agréable.

Mimo est reparti en Hollande. Mady entre alors en scène pour l'avant-dernier acte. Elle téléphone à Bénito. Chacun raconte à l'autre sa version des incidents. Bénito se plaint : Dan et lui ont perdu six kilos de marchandise dans l'expédition. Tout cela ne serait pas arrivé s'il avait pu piloter et livrer lui-même en avion, dit-il. Et Mady expie son rôle de comédienne en se désolant pour cette perte.

– C'est peu de chose, affirme Bénito.

L'opération Polder est à recommencer. Et elle recommencera. Les deux gros trafiquants de Maastricht sont persuadés qu'ils ont trouvé en Bobby et Mady des truands de leur trempe, des malins qui ont réussi à déjouer les pièges des flics, et qu'ils feront de bonnes affaires avec eux quand le rodéo de Mimo sera oublié.

Durcak ne prononcera jamais le nom de Mimo et sera condamné au minimum : deux mois de prison. Doumé boitera au maximum : toute sa vie, le chirurgien l'a dit. Mais il sera promu inspecteur principal « à titre exceptionnel ». Ses collègues un peu trop actifs lors de la perquisition écoperont d'un blâme en conseil de discipline. Et le crépi du palais de justice continuera de s'effriter sur les justiciables qui rasent d'un peu trop près ses murs. La vie en société continue, quoi...

Un jour de printemps, Bobby envoie sa gomme sur le chignon de Mady.

– Ah ! tu cherches la bagarre ? dit-elle en plongeant la main dans sa boîte de trombones.

– Non, non ! Paix ! dit Bobby qui en reçoit une volée. Je pensais : si on retournait voir Bénito à Maastricht ?

Mady réfléchit quelques secondes et répond :

– Ça me déplairait pas de jouer le dernier acte avec ces fumiers. Mais c'est toi qui en parle au Vieux.

Le Vieux n'y a vu aucune objection, au contraire. Et le dernier acte s'est joué jusqu'au bout. Mais hors de la juridiction de Coudrot. Faut savoir ce qu'on veut, dans la vie.

Bénito s'est fait gauler en beauté par le couple infernal alors qu'il venait leur livrer quarante kilos d'héroïne. Son coucou a été saisi par la douane. Et il est parti pour dix ans fermes en cabane. Mais avec les remises de peine, il pourra fêter chez lui le réveillon de l'an 2000.

# Opération Chèvres

– Les bonnes femmes, y a pas plus pervers ! éructe le Vieux. Vous allez me conduire ce troupeau de chèvres à l'abattoir, j'espère ?

– Deux chèvres, c'est pas vraiment un troupeau, observe Mady. Mais me croyez-vous assez perverse, patron ?

– Oh ! Ça... En plus, votre caractère de bourrique devrait favoriser la cohabitation temporaire avec les autres quadrupèdes. Bobby et tous les mâles de l'équipe sont détronchés. A part vous, qui pourrait s'occuper de cette affaire ?

– Une vraie chèvre... susurre Mady.

– Vous m'agacez ! Alors, vous êtes partante ?

Mady inscrit « OP-CHÈVRES » sur le dossier remis par le Vieux.

– Je prends, patron.

Deux ans plus tôt, Bobby et Belroux opérant en uniforme dans un poste frontière proche de Lille avaient interpellé Hassan et Husseyin Ozpinar, deux convoyeurs turcs d'héroïne. Des politiques entrés dans le trafic de stupéfiants pour financer leur parti révolutionnaire. En tout cas, c'est ce qu'ils prétendaient. Les flics de l'Office central, qui surveillaient les frangins trafiquants depuis plusieurs mois, avaient facilement pincé dans la foulée les six autres membres du réseau. Or, théoriquement anéanti sur le papier, il n'avait jamais cessé de fonctionner. Le Vieux avait donc fait reprendre l'enquête par Taruc, le directeur régional des douanes de Metz. Conclusion de ses investigations : les « bonnes femmes » des frères Ozpinar, Faïza et Leïla, avaient continué de faire tourner la boutique. Pour la cause, elles aussi, sans doute.

– Quelles connes ! Au lieu de profiter du séjour en taule de leurs seigneurs et maîtres pour s'émanciper et prendre un peu de bon temps... commente le Vieux.

Puis, poussant son fauteuil vers la fenêtre, il ajoute :

– Le seul avantage de ma fonction, c'est ce bureau en rotonde au septième étage. Soleil jusqu'à dix-sept heures. Pas de vis-à-vis. Je pourrais bronzer à poil, si je voulais.

– Patron... Quand même ! s'offusque faussement Mady.

– Vous n'êtes plus une rosière ? On peut causer. Et quel panorama. Sacré-Cœur, Notre-Dame et tout le reste.

– Et la ligne bleue des Vosges, par beau temps, non ?

– Persiflez si ça vous chante ! De votre quatrième sur cour de sous-fifre, vous voyez quoi ?

– Oh ! moi, patron... si je m'attarde devant une fenêtre, c'est celle qui ouvre sur les espaces infinis de ma vie intérieure... réplique Mady avec inspiration.

Le Vieux l'observe une seconde.

– C'est joliment dit. Il y a comme un élan proustien. Mais arrêtez là, sinon vous risquez de vous prendre les pinceaux dans la planche d'appel. Prenez le schéma du circuit d'acheminement.

Pendant que Mady déplie deux feuillets scotchés bord à bord, le Vieux poursuit :

– Les salopes crèchent en Belgique, à Beringen, comme vous pouvez le lire en marge du schéma dessiné par votre chéri.

– Mon chéri ?

– Taruc... Vous en pincez un peu, non ?

– Mais... Patron ! Oh !

– Bah contentez-vous d'en pincer. Rappelez-vous : jamais dans la paroisse ! Sinon, je vous vire tous les deux !

– Rassurez-vous, vous ne perdrez pas vos meilleurs éléments pour... pour...

– Vous voulez dire « une histoire de cul » mais vous ne trouvez pas les mots ? Allez, vous devriez déjà entrer dans Strasbourg !

– En chantant *Sambre-et-Meuse* ?

– Foutez le camp ! Maintenant, je me chauffe. On a vraiment un mois de juin superbe.

Joseph Tengo étire ses jambes au soleil et ferme les yeux. Il en rouvre un quand Mady pose la main sur la poignée de la première porte du sas de son bureau.

– Au fait ! Depuis le temps que vous opérez en Alsace, vous n'avez pas remarqué que les autochtones ne sont pas tous trafiquants ? Je me suis laissé dire qu'il y a aussi quelques vignerons...

– Euh.. ui... ui... pépie Mady.

– Je croyais que ce détail avait échappé à votre sagacité. Vous ne rapportez jamais de pinard...

– Touchée, patron ! Vous le préférez sec ?

– Comment avez-vous deviné ?

– Votre caractère, patron...

– Saleté ! jure le Vieux. Pour la peine, vous me rapporterez une caisse de chaque !

Quand Tengo convoque Mady sans l'en informer, Bobby se croit tenu à l'écart et il va et vient devant la porte de leur bureau comme un lion qui guette l'arrivée de sa pitance à travers les barreaux de sa cage.

– Qu'est-ce qu'il voulait, le Vieux ? demande-t-il en bondissant sur Mady.

– Une caisse de riesling, une caisse de gewurz et une caisse de tokay.

– Tu déconnes, là ?

– Non. Mais, à propos de pinard, les frères Ozpinar, ça te rappelle quelque chose ?

Bobby se gratte la tempe et dit :

– Une prime de trois cents balles partagée avec Chicorée. Cent pour moi, deux cents pour lui. Normal, je suis le chef. Les Turcos se sont évadés ?

– Non, mais tiens-toi bien : leurs gonzesses ont continué le trafic !

Mady montre le croquis du circuit de fraude reconstitué par Taruc.

– Vingt kilos d'héro, elles importent chaque mois, les deux grosses, commente Mady. C'est elles, sur la photo.

– Elles sont enceintes ?

– D'après l'enquête périphérique, celle-ci, Leïla, consulte régulièrement pour ça depuis cinq mois...

– La salope ! Son mec est au trou depuis deux ans.

– Ben oui... Deux hypothèses : ou monsieur a des spermatos à retardement, ou le Saint-Esprit a repris l'entraînement.

– Il y a une troisième hypothèse : un coup de queue classique vite fait bien fait...

– Ton romantisme désuet a un charme fou... Travaillons, sinon je craque. L'héro, pure à 80 %, est chargée chaque mois en Turquie, à Aran, dans des bagnoles de tourisme conduites par des fourmis du troisième âge. Soixante-cinq à soixante-dix balais ! Livrée aux environs d'Amsterdam, la camelote est ensuite convoyée jusqu'en Belgique, à Beringen, où crèchent « les chèvres ». Là, dispatching. Une dizaine de kilos part en Suède, le reste est acheminé à Colmar, via le Luxembourg, par le beau-frère de Faïza. A Colmar, nouvelle répartition. Le grossiste du lieu approvisionne d'abord ses cinq gros dealers, et le solde est expédié en Allemagne, à Kehl, et parfois en Suisse, à Bâle.

– La périphe a été vachement bien faite. Le nom, l'adresse et la photo du grossiste avec le beauf de la gonzesse, le numéro des bagnoles des dealers, leurs photos, les noms et adresses... Même les clients ont été photographiés et filochés. On va ratisser large à l'arrivée... se réjouit Bobby.

– Il faut tamponner entre Thionville et Colmar, non ? suggère Mady.

– Fais voir les rapports de surveillance.

Bobby les parcourt en diagonale et s'étrangle soudainement.

– Les tuyaux initiaux viennent de la gendarmerie ?

– Ouais. Les gars de Taruc ont découvert que les bleus étaient sur le coup en planquant devant chez le grossiste. Un crâne rasé traînait par là sans aller au contact. Ils l'ont pris pour un skin timide et l'ont filoché... jusqu'à la gendarmerie ! Se farcir un pandore toxico ! Les collègues nageaient dans le bonheur. Mais en trois jours, ils ont filoché trois pandores différents. Là, un doute les a étreints : ou la caserne de gendarmerie allait être transformée en annexe de Marmottan, ou ils s'étaient plantés ! Taruc a pris contact avec le chef d'escadron, qui a joué le jeu. Il a refilé ses tuyaux. Ça lui fendait le cœur, mais il a reconnu que les douaniers avaient l'avantage de pouvoir opérer sur tout le territoire. Ils ont bien gratté, les bleus, hein ?

– Ouais... Mais ça nous oblige à prendre des OPJ dans leur section de recherche. Pourvu qu'ils ne fassent pas les mêmes conneries que leurs collègues de Metz...

– Mais non. Ils ont de la ressource, ils vont nous en inventer d'autres.

Un jour, assistant judiciairement la douane dans un dispositif d'intervention banalisé, la gendarmerie messine avait désigné un de ses meilleurs limiers pour opérer en civil. Il avait posé son képi, enfilé un jean à la place du pantalon rayé et échangé sa chemise bleue contre une rose, mais comme le temps était un peu frais pour la saison, il avait gardé son pull-over bleu à liseré blanc brodé « gendarmerie ». Renvoyé dans ses foyers pour y enfiler un pull vraiment civil, il était revenu en jaune chiné brun. Moutarde à l'ancienne, quoi. Hilares, les gabelous l'avaient surnommé « y a que Maille qui m'aille ». Mady, elle, avait piqué une de ses colères où l'on relève plus de noms d'oiseaux que dans un traité exhaustif d'ornithologie, et elle avait traîné le pandore au Prisunic pour lui acheter un sweet vert bouteille.

– Oh ! Et l'autre génie, celui des porte-skis ?

Pour filer des trafiquants, un gendarme de Mulhouse avait pris sa R18 personnelle, son service ne disposant pas de véhicules banalisés.

Mais il n'avait pas démonté ses porte-skis. Le hic, c'est que le mois de mai touchait à sa fin. Repéré en moins de quatre cents mètres.

– T'as la haine des pandores, pépère. Tu les aimes pas ?

– Bah.. Pendant que nos bataillons d'anciens se faisaient décimer par les Boches, la maréchaussée gardait le Vél' d'Hiv que les poulets remplissaient. La rafle ne m'a pas influencé favorablement à l'égard des autres uniformes... On est les seuls à avoir la bande rouge de la Légion d'honneur sur le pantalon, c'est pas pour rien.

– C'est plus les mêmes... osa Mady qui savait son petit camarade chatouilleux sur le sujet.

– Si on allait clapper ?

Les tournedos de canard de la brasserie du Louvre, place du Palais-Royal, distraient Bobby de ses noires pensées. Soudain, Mady émet un sourd grognement :

– Nonnn !

– Qu'est-ce qu'il y a ? demande Bobby dont le regard suspicieux balaye aussitôt la salle.

– Tes doigts ! Suce pas tes doigts ! Pas ici, quand même. C'est classe. Y a des mecs du Conseil d'Etat, du ministère de la Culture, de la Direction des douanes, et même du *Canard Enchaîné* !

– Pourquoi tu m'as entraîné dans un établissement aussi mal famé ? Tu veux me compromettre ?

– Et puis, ce serait con de sucer tes doigts alors que, pour une fois, t'as pas mangé avec !

– Tiens, c'est vrai... s'étonne Bobby. Et pourtant, j'allais...

– Cherche pas, c'est freudien.

Puis la conversation roule sur la façon d'entrer en contact avec les chèvres, Faïza et Leïla.

– Le grossiste de Colmar me paraît tout recommandé, dit Bobby. Le beauf le livre chaque mois et, d'après la périphe, il a l'air de bien connaître les gonzesses aussi.

– Affirmatif. Les pandores ont noté leur venue à Colmar.

– Faut tamponner ce mec. Comment il s'appelle ?

– Je ne sais plus. Appelons-le l'Asperge.

– On lui passe une grosse commande qu'il peut pas fournir, on insiste, et à force de persuasion, il organise un contact chèvres-trafiquantes et chèvre-douanière.

– Je me cale dans mon personnage de femme d'affaires parisienne. Je commence à bien me sentir dans sa peau.

– OK. La Pomme te louera une BMW 325.

– Sancho, comme chauffeur ?

– J'aurais préféré Chicorée, mais on a arrêté les mecs ensemble il y a deux ans. On part lundi à Colmar, bébé ?

Le lundi matin, Bobby arrive au bureau appuyé sur des cannes anglaises ! Disputant la veille un match de foot avec fils et neveux, il a voulu enseigner aux gamins l'art des retournés à la Pelé. Il n'a réussi qu'à se retourner la cheville : quarante jours de plâtre. Mady sort de l'ascenseur quand son petit camarade escalade les dernières marches de l'escalier.

– T'as monté quatre étages dans cet appareillage ?

– C'est pas le moment de faire un alexandrin, grommelle Bobby. Surtout qu'il est aussi bancal que moi.

– Tu verrais ta tête ! On dirait un sorbet cassis qui rumine son passé devant un feu de bois. Ta tronche dégouline sur ton blouson. Un étage de plus, et on retrouvait ton plâtre et tes béquilles flottant sur une mare visqueuse !

Bobby lève une de ses cannes et sautille, menaçant, vers Mady.

– C'est ça, casse-toi encore la gueule, ricane-t-elle en faisant un écart.

Bobby est d'une humeur massacrante. Alerté par la rumeur et descendu prendre des nouvelles, le Vieux trouve plus acariâtre que lui. A côté, il fait penser à un bedeau falot qui s'étiole en presbytère. Malgré son handicap, Bobby tient à participer à l'opération. Comme le patron s'y oppose, il promet de se contenter de coordonner les transmissions et d'analyser les informations en temps réel.

– J'aurais le recul idéal, de ma chambre d'hôtel, pour diriger les manœuvres sur le terrain.

– Même mourant, tu veux continuer de nous emmerder ! Mais lâche-nous les baskets ! Prends un ticket maladie, tu y as droit, et va promener ton plâtre à la campagne.

– Il moisirait, c'est trop humide, la cambrousse. Je pars avec vous, ma valise est en bas, au standard.

– On vous a plâtré la cheville, intervient le Vieux, mais il faut déposer plainte : c'est une bavure médicale. C'est sur la tête que vous êtes tombé ! Allez à Colmar, au diable, où vous voulez, mais disparaissez de ma vue !

A Colmar, Mady « tamponne » l'Asperge comme prévu. Elle le retrouve à la brasserie de la gare et lui raconte sa fable : elle est acheteuse de dix kilos par mois mais va faire un essai de qualité avec deux kilos seulement. Les yeux de l'Asperge brillent de convoitise mais il se tortille sur sa banquette. Il ne peut pas suivre et articule la réplique espérée par les douaniers :

– Il faut que je contacte mon fournisseur. Je vous rappellerai à votre hôtel.

– Je suis au Mercure, à Mulhouse.

– Je téléphone ce soir, promet-il.

A 20 heures pile, il annonce à Mady que Faïza et Leïla Ozpinar la rencontreront le lendemain, à la gare de Thionville, à 18 h 30.

Tant de facilité chiffonne Bobby.

– C'est pas des trafiquants ordinaires, dit Mady. Ils vendent de la came pour financer leur parti de merde, rappelle-toi de ça, pépère. Dans leur petite tête, ils ne font pas de mal. Ils militent pour une grande cause.

– Vive la révolution ! Mais c'est pas des loukoums qu'ils fourguent, ces enfoirés ! C'est de la dope ! Je suis pour la libération des peuples, moi, mais pas à ce prix-là !

– Tu te laisses influencer par la propagande impérialiste... Calmetoi, sinon tu vas t'obstruer le myocarde. Demain, on met Gros Nan-Nan en planque devant la gare avec la camionnette ?

Bobby acquiesce en s'épongeant le front.

– Pour rencontrer les chèvres, je vais me mettre un pin's à l'effigie du Che. C'est vendeur, dans ces milieux-là. Je vais aussi m'habiller moins classe.

– T'as raison, fringue-toi « lutte des classes »...

A 18 h 44, l'Asperge embrasse les chèvres sous la pendule de la gare de Thionville. Gros Nan-Nan, en planque dans le J7 aménagé, immortalise la scène au Nikon. Pendant ce temps, Frenet, son équipier, tourne une vidéo.

– T'as remarqué comment l'Asperge a bécoté Leïla ? fait le Gros.

– Ouais. En lui mettant carrément la main au cul.

– Tu crois que la cloque de la gonzesse, c'est lui ?

– Je tenais pas la chandelle... Mais là, il n'a pas fait dans le demi-gros.

Gros Nan-Nan rit grassement et dit :

– Si Ozpinar a demandé à l'Asperge de veiller sur sa femme pendant son incarcération, il l'a pris au mot. Il a vraiment veillé dessus !

Après un bref conciliabule, les trois Kurdes se dirigent vers la brasserie de la gare où Mady patiente depuis dix minutes. Elle réprime difficilement un haut-le-cœur en les voyant entrer. « Quelle horreur, mon dieu ! Comment peut-on être aussi mal fringué ? A 800 000 francs le kilo de dope, elles encaissent chaque mois dans les 16 millions de francs lourds et elles s'achètent des nippes à cent balles sur les marchés ! »

Mady fait une revue de détail pendant qu'elles se faufilent entre les tables. La trentaine mais déjà des allures de mémères, l'œil noir et méfiant sous une épaisse chevelure noire tirée en queue de cheval. Bas gris en coton, chaussures noires à talons plats et robes de coton blousantes, une rose sous une veste en Nylon « bleu équipe de France », une vert pomme sous un imper kaki. Des sacs volumineux pendus à l'épaule. « Elles ont dû profiter de leur sortie pour faire des courses », pense Mady.

Elles manient mal la langue française, mais elles la parlent avec un accent belge correct. Elles remettent discrètement un échantillon d'héroïne. Mady discute prix et conditions de livraison. Elle se dit acheteuse de 10 kilos par mois. Cette quantité énorme ne fait pas ciller les « chèvres », qui proposent une première livraison de 2 kilos, « de la pure à 80 % », à 800 000 francs le kilo. Intéressant. Faïza explique que son beau-frère apportera la marchandise à l'hôtel Mercure de Sausheim dans trois jours. Puis elles se lèvent. La négociation n'a pas duré un quart d'heure.

Le lendemain, lors du briefing, Mady convainc ses équipiers de serrer le trafiquant à son arrivée au contact, et pas avant, ce qui serait facile entre la frontière belge et Mulhouse. Elle sait qu'il passera seul la frontière, selon son habitude, probablement dans la voiture qu'on lui connaît. L'avion de la Brigade de surveillance aérienne des douanes, la BSA, basée à Dijon, le prendra en charge à la frontière et ne le lâchera plus. Des gabelous en civil, des « sonnettes », seront disposés le long des itinéraires principaux pour confirmer sa progression et intervenir au cas où il bifurquerait vers un autre contact.

– Banco ! dit Bobby. Quartier libre pour tout le monde. Revue de détail après-demain à 6 heures.

– Putain ! Pour un rencard à midi ? C'est pas parce que ta patte douloureuse t'empêche de pioncer qu'il faut réveiller tout le monde aux aurores ! râle Sancho.

– Ça fait décaniller tôt, je le sais, reconnaît Bobby. Mais si on fait le briefing maintenant, ça va causer au bistrot, ce soir, et il y aura des fuites. On a trop de monde à mettre dans le coup. Tandis qu'en faisant ça demain matin, on se met en place tout de suite et on se surveille les uns les autres.

La journée suivante se passe à graisser les armes, à compter et à recompter le fric rangé dans la mallette Cartier et à tester pour la énième fois l'échantillon remis par les « chèvres ». Les radios et les portatifs sont calés sur le canal réservé, essayés, notamment en liaison avec le PC-Transmission, et chargés de piles neuves. On dresse la liste des numéros de téléphone des douanes, de la gendarmerie, de la police, du Samu et des tribunaux que l'on peut avoir à contacter pendant l'opération. Enfin, pour éviter des fuites possibles, les dossiers contenant photos, plans et détails de l'action ne sont remis aux équipes de terrain qu'à la prise de service.

Un avion de surveillance, dans un dispositif de cette ampleur, est extrêmement précieux. Il ne se repère pas et couvre un vaste territoire une fois « accroché » à son objectif. Une voiture en planque à la frontière lui indiquera le véhicule à suivre par rapport à sa propre position dans une file de circulation et l'avion ne le lâchera plus.

Mady proposera au beauf des chèvres de faire l'échange sur un parking, où la camionnette de planque et les véhicules d'intervention auront pris position. Prétexte : sur un parking, il y a des poubelles et il mettra la dope dans l'une pendant qu'elle déposera l'argent dans une autre. Chacun pourra vérifier qu'il n'y a pas d'entourloupe et sera couvert par son chauffeur. Correct. Le trafiquant ne pourra qu'être d'accord.

Jour J, Mulhouse, hôtel Mercure, 7 heures. Mady et Sancho rejoignent Bobby dans sa chambre, d'où l'éclopé coordonne comme prévu l'opération. L'Asperge a annoncé que le beau-frère de Faïza effectuera lui-même la livraison ce 15 juin, vers 14 heures. Il voyagera seul et s'assurera d'abord que Mady a le fric. Probable qu'il planquera la dope en route.

Connaissant l'heure d'arrivée du beauf, il a été facile de calculer l'heure de son départ. A 7 heures, un lourd dispositif se met en place. Dès son passage frontière, le trafiquant sera pris en charge par les douaniers de Metz qui le repasseront à ceux de Mulhouse. Douze équipes radioguidées par l'avion de la BSA se relaieront pour le filer jusqu'à Colmar. S'il dépose la dope chez un complice avant le contact avec Mady, le complice sera logé et mis sous surveillance pour être casserolé après la livraison contrôlée.

Bobby, rouge et fripé comme une pivoine, avale un café et dit dans un grelot de crotale :

– Ça marche trop bien. Je sens une arnaque.

– Tais-toi ! T'as le mauvais œil ! dit Mady.

– Et l'avion, il a décollé ? demande Sancho.

– Il y a une demi-heure, répond Bobby en consultant sa montre. Il ne devrait pas tarder à survoler Metz. En plus, on a une météo rêvée. Pas le moindre nuage.

– Le zinc, c'est idéal, dit Sancho. J'ai fait plusieurs filoches en bagnole dans le coin, c'est l'enfer. Avec les virages et les dénivellations, t'es obligé de coller au cul sinon t'es largué dans la première colline. Mais si tu colles, t'es repéré et faut décrocher. Dans les deux cas, t'es baisé. Là, le mec va se douter de rien.

– Ouais... Mais je sens une arnaque, répète Bobby.

– T'es pire qu'une rage de dents, merde ! Dis-moi plutôt si mes boucles saphir vont bien, demande Mady qui soigne son look en noir et bleu.

Bobby lève une paupière et bougonne :

– Pas mal... En tout cas, ça te va mieux qu'à une vache.

– Toujours aussi charmeur, mon pépère.

– T'es belle comme une toile de maître, cheffe ! dit Sancho. On dirait une duchesse espagnole. Tu vas impressionner le mec.

A midi, le trio, duchesse en tête, descend déjeuner au bord de la piscine. Sancho s'affale dans un fauteuil, étend ses jambes et croise ses mains sur son estomac. Bobby le fusille du regard.

– Prends pas tes aises comme ça, bon dieu ! T'es pas en villégiature ! Si le beauf s'amène plus tôt que prévu, faut que tu ressembles à un chauffeur porte-flingue.

Sancho rectifie la position.

– T'as raison, mon colonel. Mais depuis que je bosse dans l'équipe, c'est la vie de château et des fois, je m'oublie. Pour pas avoir l'air d'un minable aux yeux du trafiquant, je vais commander une entrée, un plat, un fromage et un dessert. Avec l'apéro, le pinard et le café, mon repas va coûter aussi cher que la cantoche de mes deux mômes pour la semaine. Je ferais pas ce boulot, j'aurais jamais mis les pieds dans un hôtel Mercure. Avant, Mercure, pour moi, c'était seulement synonyme de thermomètre.

– Putain ! Arrête les sanglots longs des violons de l'automne, c'est pas la saison, implore Mady. Tu veux nous faire chialer ?

Les heures passent et aucune voiture susceptible d'être celle du convoyeur n'est signalée sur le réseau routier alsacien-lorrain. Ni par l'avion, ni par les « sonnettes » disposées le long des itinéraires retenus. Bobby ne cesse de rabâcher qu'il avait senti l'arnaque.

Le ton des messages radio, moins fréquents, est de plus en plus las. Postés le long des routes, les douaniers ne voient rien venir. Un plaisantin annonce : « Ici sœur Anne. Je vois le ciel qui flamboie mais pas la route qui poudroie. Et j'en ai plein le cul. Je sais pas si j'aurai la patience d'attendre que le ciel rougeoie. »

Bobby prend sa radio et dit sans conviction : « T'es un con ! T'auras affaire à moi. »

Un seul gabelou en aura eu pour son argent : le « terrestre » de Dijon embarqué dans l'avion pour effectuer la surveillance et assurer le relais radio. Le zinc pique, remonte, vire d'une aile sur l'autre pour tuer le temps. Et le terrestre a une surdose de trous d'air. Il a dégobillé les charcuteries de son petit-déjeuner bourguignon dans un sac en plastique dès le décollage et depuis des heures, les mâchoires béantes comme le débouché d'un collecteur d'égouts, il se racle vainement les parois de l'estomac au-dessus de son pochon. Le pilote demande l'autorisation de le débarquer : « J'ai un problème de vases communicants, annonce-t-il. Le sac à dégueulis pèsera bientôt plus lourd que le collègue qui le remplit. Ça pue et je commence à avoir envie de gerber... »

Bobby fulmine.

– T'étais trop sûre de tes deux grosses salopes ! On a mis en place un dispositif lourd et on est bredouilles ! On a l'air fin...

– Merde ! Les collègues sont payés pour ça, non ? J'ai fait le max. Je tâche d'y croire à chaque fois pour réussir. Comme toi, d'ailleurs. On a une obligation de moyens, pas de résultat ! Eh ben, on a mis le paquet en moyens et question résultats, c'est le bide ! On est dans les normes !

Il est 19 heures. Piquée au vif, Mady décide de débarquer chez l'Asperge. Elle prend la route de Colmar, couverte par les douaniers locaux.

– Toi, tu t'es foutu de ma gueule ! J'ai perdu ma journée, j'ai dépensé mon fric, alors tu vas me rattraper le coup, et fissa ! Et fais gaffe à tes abattis, parce qu'on boxe pas dans la même catégorie, tous les deux !

L'Asperge dépasse Mady de deux têtes, mais c'est elle qui donne l'impression de toiser son interlocuteur.

– De nous deux, c'est toi le petit ! Ta gueule !

– J'ai rien dit...

– Moi, j'ai dit ta gueule ! Tu vas m'appeler les deux grosses, là, tout de suite !

L'Asperge décroche le téléphone et fait le numéro de Beringen. Conversation en kurde. Mady est larguée. Pendant la phase d'observation, elle lisait *Hurryet*, mais c'était pour passer inaperçue. L'Asperge blêmit et se tourne vers Mady.

– Le passeur n'est pas parti...

– Bande d'enculés ! hurle Mady pour être entendue des deux « chèvres ». Je serais venue de Paris avec mon chauffeur et mon mec dans le plâtre pour des prunes ? Si j'ai pas la dope cette nuit, on t'en colle une dans la tête ! T'es mort !

Quelques mots en kurde et l'Asperge raccroche. Il renifle bruyamment et se racle virilement la gorge.

– Je t'ai promis 5 % de commission, faut la mériter, mec ! Sinon, c'est comme ça que tu seras payé... dit Mady en mimant un coup de flingue.

L'Asperge rappelle les deux « chèvres ». Il glapit, larmoie, use de son charme oriental et annonce à Mady que la dope lui sera livrée à la gare de Thionville. Traduit en langage douanier, cette proposition s'avère irréalisable. Primo, les seuls magistrats avisés de la probabilité d'une livraison contrôlée sont ceux de Colmar et de Mulhouse, pas ceux de Metz et de Thionville. Deuzio, les gendarmes de Colmar déguisés en civils pour assister judiciairement les douaniers sont territorialement incompétents en Moselle. Ils croiront que Mady veut tirer le flag ailleurs pour le seul bénéfice de son service qui a, lui, compétence sur tout le territoire national. Un beau suif en perspective...

– Ah ! non. Je ne vais pas me balader jusqu'à Thionville avec mon mec dans le plâtre. Je suis à l'hôtel Mercure, j'y reste. Et si c'est une question de pognon, je file une commission au livreur.

L'Asperge rappelle la Belgique. Nouvelles palabres. Les « chèvres » cèdent. Le beauf apportera un kilo d'héro en dépannage, mais pas avant une heure du matin. Rendez-vous sur le parking des hôtels, au col du Bonhomme.

A nouveau l'horreur pour Mady, qui commence à se sentir persécutée. Le col du Bonhomme relève de la compétence de quel tribunal ? Ces connards de « bleus » de Colmar peuvent-ils opérer là-haut ? Il est 20 heures et Mady angoisse. Il faut déplacer tout le dispositif. Planquer de nuit et interpeller un trafiquant sans repérage des lieux. C'est la catastrophe. Il faut refuser. « Démonter », comme dit le Vieux. Pas d'autre alternative.

– OK, dit-elle. Mais s'il ne vient pas, je te flingue. Et s'il y est, je te rappelle que j'ai commandé deux kilos et que pour la prochaine livraison, c'est dix. Je me demande si vous êtes capables de fournir. Plus je vous pratique, plus vous me faites penser aux Pieds-Nickelés.

– C'est quoi ?

– Laisse tomber. Mais rappelle-toi : pouic !

En retournant à Mulhouse, Mady se demande comment annoncer aux équipes en planque depuis déjà treize heures d'affilée qu'elles doivent s'attendre à un minimum de six heures de rab. Plus, pour les heureux élus, les heures de paperasserie qui suivront. Un tour de cadran complet en perspective.

Bobby écume à l'annonce du changement de programme. Il convoque Noël Kuony et l'adjudant-chef pandore, qui, sentant que l'heure est grave, se met au garde-à-vous en jean et baskets.

– On est en limite de compétence au col du Bonhomme, mon colonel, dit le gendarme en faisant la gueule. Tant que ça monte, on est dans le Haut-Rhin, on peut agir. Mais dès que ça descend, c'est les Vosges et c'est plus nous. C'est les collègues de Saint-Dié qui sont compétents.

– Mais bordel de merde ! Ça peut s'arranger, non ?

– Ça peut, mon colonel. On va régler ça de capitaine à capitaine. Je vais à la radio.

Et il effectue un demi-tour réglementaire en faisant couiner la semelle de ses baskets.

– Le problème reste entier, annonce Mady. Sur notre versant, le tribunal de Colmar est compétent. Sur l'autre, c'est celui de Saint-Dié. Faudra pas serrer le mec sur la mauvaise pente, on risquerait d'être poursuivis pour enlèvement.

– Putain de pays de cons ! explose Bobby. Le protocole, les préséances, les règlements... Faut vraiment que les truands y mettent du leur pour qu'on les alpague !

– J'ai entendu parler des magistrats de Saint-Dié par mon ex, dit Mady. C'est pas des obsédés de la répression. Ils vont nous massacrer la procédure si on ne leur explique pas le montage en long, en large et en travers, et s'ils n'ont pas l'accord préalable de la Chancellerie.

– Bon dieu ! On leur explique pas ce que c'est que les stups, à l'Ecole de la magistrature ? Si on leur montrait le délabrement des mômes accros, ils nous aideraient peut-être, non ?

– Je voudrais pas te décourager, pépère, mais si on s'y met tout de suite, on aura fait pivoter le Ballon d'Alsace pour amener leur pente de notre côté avant de les avoir tous convaincus du bien-fondé de notre action.

– On a quand même du pot, intervient Kuony. On va taper une procédure avec « col du Bonhomme ».

– Et alors ? s'étonne Mady.

– C'est plus facile que « col de la Schlucht ».

– Il est con, çui-là ! Passe-moi plutôt la radio, dit Bobby.

Et il envoie deux équipes repérer les voies d'accès au col et à ses abords.

– T'as vu l'heure ? hurle une voix anonyme dans la radio. On a le cul dans les bagnoles depuis 7 plombes du mat' et tu veux qu'on remette ça pour la nuit ? Mais t'es malade !

– Llorca, je t'ai reconnu ! aboie Bobby. Tu fermes ta gueule et tu fonces, ou tu démissionnes !

– Mais c'est pas moi ! proteste Llorca.

– Qui c'était, alors, le faux-cul qui imite la voix d'un petit camarade ? Bon, allez les gars, un effort. On fait le plus beau métier du monde.

Et il coupe la radio.

– Je croyais que c'était pute, le plus beau métier du monde, fait Sancho.

– Tu confonds. Pute, c'est le plus vieux.

– Vous me les brisez, bande d'incultes. Le plus vieux métier du monde, c'est espion, comme papa, précise Mady. Si personne ne vous indique où est le bordel, comment vous y allez ? Bon. On se fait monter des casse-croûte ? Quand on aura le rapport de repérage, on disposera les effectifs d'interpellation et j'irai me placer en appât avec l'argent sur le parking des hôtels.

Le trio saucissonne sur le couvre-lit quand l'une des équipes de repérage annonce que le col du Bonhomme est implanquable. La nuit est d'un noir d'encre et les loupiotes du parking éclairent trop faiblement le théâtre des futures opérations. C'est un coin paumé et les sapins gigantesques qui bordent la route sont plus lugubres qu'ailleurs. Le convoyeur repérera tout de suite les bagnoles stationnées hors du parking. Au moment de le serrer, tous les phares vont s'allumer et les moteurs rugir en même temps. Si le zèbre est normalement constitué, il va paniquer, c'est humain, et il risque de flinguer Mady. Le bon sens recommande d'envoyer tout le monde se coucher. Fin du rapport radio.

Mady avale cul-sec un verre à eau rempli de vin. De quoi assommer un troupeau de dinosaures.

– T'as arrêté de fumer, mais t'as pas arrêté de tisaner, lance Bobby goguenard.

– On vient de causer de ma peau, dans le poste, non ? Si je prends une bastos, j'aimerais pas que l'orifice s'infecte. Alors je m'alcoolise. Je fais de la prophylaxie.

– T'excite pas, t'es pas encore partie. Faut qu'on avise. Je me demande si vaudrait pas mieux démonter...

– Vous m'emmerdez tous ! On patauge dans une histoire de compétence territoriale de juges et de pandores, d'heures sup', d'obscurité : mais je rêve ? On a un réseau de trafiquants à portée de flingue et on encule les mouches ? Et l'autre branleur, là, dit Mady en montrant la radio : il voudrait planquer sous les magnolias dans la brise embaumée ? Cette histoire de chèvres, c'est mon affaire. Je fonce. On évaluera les dégâts après. Moi, je serai là-haut à une heure du mat'. Si vous n'avez pas de couilles au cul, allez vous faire greffer chez les Turcs !

– Eh ben... Le vin te porte au caractère, mon bébé. Enculer, branler, couille : si tu ne fais pas plus attention à ton langage, tu risques de tomber dans la vulgarité. Attends-moi ! Tu vois bien que je peux pas marcher ! Sancho, aide-moi !

Sancho s'installe au volant de la BMW pendant que Bobby se cale à l'arrière. Pas de danger de passer pour des assimilés flics avec les deux béquilles posées sur la plage arrière. Surtout que Bobby est affublé d'un survêtement vert fluo. Sa devise : être voyant pour passer inaperçu. Le plus fort, c'est que ça a toujours marché.

Une Visa bleue pilotée par le grand Llorca, flanqué du petit Pérez, est partie deux minutes plus tôt. Les autres voitures se succéderont de deux minutes en deux minutes, comme pour un rallye. La Lancia grise de Petit-Prince-Poltron, alias Trois-Pets, et de Chichemori partira après Bobby et Mady. Puis Kuony et Ramequin, dans une R21 beige. La camionnette conduite par Gros Nan-Nan suivra et amènera à pied d'œuvre un maréchal des logis-chef de la gendarmerie de Colmar et l'ex-para Claude Frenet. Une équipe panachée occupe la 309 rouge bordeaux : un pandore et Frantz Furschmüller, un douanier mosellan à la carrure de schlitteur. Une vieille Talbot blanche fermera le convoi avec à son bord Baldoni, qui a relégué sa moto, et Alain Schwob, un nouveau venu dans l'équipe, vif et astucieux comme un sapajou.

Le cortège rejoint le col du Bonhomme par des itinéraires différents quand la voix paniquée de Pérez lance un SOS-radio : « On vient d'avoir un accident. Llorca est inerte sur la chaussée. Plein de sang. Sans connaissance. Il faut une ambulance, vite ! »

Le PC-Transmission calme Pérez et lui fait préciser sa position. Mady obtient de plus amples informations : arrêtée à un feu rouge, la Visa a été percutée sciemment par quatre jeunes en BMW. Furieux, Llorca est sorti pour engueuler les jeunots. Il avait ôté sa veste et son holster se détachait sur sa chemise blanche. Panique. Les mômes, camés ou pétés, l'ont chargé et il a fait un soleil.

Bobby ordonne au dispositif de continuer vers l'objectif, d'affiner le repérage et de prendre position : comme au cirque, le spectacle continue. Mady, Sancho et lui feront un détour par l'hôpital Pasteur où a été transporté le Grand.

Trouver l'hosto, pour un étranger, c'est une performance. Et quand on y parvient, trouver le service des urgences relève de l'exploit. A peine Sancho est-il arrêté que Mady bondit dans le hall.

– Je suis collègue du douanier blessé qu'on vient d'amener, dit-elle. Puis-je avoir des nouvelles et récupérer son arme ?

Regards suspicieux des internes sur la perruche ébouriffée et décorée comme un paquet-cadeau qui piaille. Ça, un douanier ? L'académie n'a pas fini d'élaborer son diagnostic que les portes vitrées automatiques s'ouvrent sur un extra-terrestre vert pomme qui s'avance en vacillant dans un cliquetis de béquilles. Un interne se précipite :

– Appuyez-vous sur moi, monsieur.

Mady glapit :

– Mais non ! Pas lui. Il est déjà réparé ! Vous voyez bien que le plâtre est sec ! C'est l'autre, le grand, qui a besoin de vous !

On peut avoir fait médecine et ne pas comprendre ce qu'une Schtroumpfette et un Martien qui se prétendent douaniers peuvent avoir à faire au service des urgences à 10 heures du soir. Les toubibs sont en proie à une tenace perplexité quand la police arrive. Là, pas de doute, l'uniforme réglementaire répond au code d'accès à leurs méninges. Pour les gabelous excités, cette apparition tient du miracle. Les flics ont déjà alpagué les quatre agresseurs au domicile du propriétaire de la BMW, dont Pérez avait relevé le numéro minéralogique. Il s'agit des rejetons remarquablement camés de quatre notables colmariens.

Llorca passe sur un chariot chromé. Il a repris connaissance et fait une grimace amicale à ses collègues.

– Tu souffres... dit Mady, maternelle.

– Non. Je suis anesthésié des orteils au nombril. C'est l'odeur que j'aime pas. Ça pue l'éther, dans cet établissement.

Les internes, qui ont enfin compris qu'ils avaient un petit rôle dans un film de gangsters, autorisent Bobby et Mady à lui parler deux minutes.

Paroles de réconfort, effusions, et direction le col du Bonhomme. En cours d'ascension, Bobby passe sur le canal interne, inaudible du PC-Transmission.

– Ach so ! éternue Mady qui contemple le paysage. C'est effectivement un noir des plus noirs. On ne voit même pas les sapins !

– Mais on les sent. Respire, dit Sancho en abaissant sa glace. Oh fan de chiche ! ça pèle.

Bobby dissimule au mieux les voitures dans les allées des hôtels. La BMW-appât avec ses trois passagers est bien en vue au centre du parking. La camionnette stationne dix mètres derrière. Si Sancho actionne les feux-stop de la BMW, Gros Nan-Nan donnera aussitôt par radio le top d'intervention à tout le dispositif et la Lancia, la R21 et la 309 rappliqueront aussitôt. Mady et Bobby se regardent et hochent la tête. Traduction : ces conditions d'interpellation garantissent la bavure, sinon la tuerie, en moins de dix secondes.

– Le noir opaque de cette putain de nuit est angoissant, murmure Mady.

– On se croirait jamais le 15 juin, dit Sancho.

– Et alors ? Les nuits raccourcissent mais c'est pas pour ça qu'elles éclaircissent, remarque Bobby.

– On est le 16, plus le 15. Il est 1 h 30. Et le convoyeur qui n'arrive pas, s'inquiète Mady.

– Tu vois ça comment, bébé ?

– Je ne vois plus rien. C'est le moment d'implorer Mathieu, notre saint patron, de nous éclairer. Tu sais tes prières, Sancho ?

– Moi ? Je suis athée. Mais j'en ai appris une dans le métro : « Prière de tenir la main courante ». Si Dieu est aussi bon qu'on le dit, il devrait s'en contenter ?

– Blasphème pas, merde ! Tu vas nous porter la scoumoune.

Le froid de la nuit se fait plus piquant et l'odeur de la forêt change. Vers 2 heures du matin, la voix de Trois-Pets chevrote dans la radio. Le chef des opérations de terrain s'inquiète : « Euh... Comment on va s'y prendre pour les serrer ? On voit rien... »

Horripilée, Mady arrache la radio des mains de Bobby et rétorque :

– A l'infrarouge, connard ! Ou t'attends la fin de l'éclipse !

Et elle remet la radio en écoute.

– T'as l'art de te faire des potes, commente Bobby.

– Ce mec m'agace. C'est un incapable et je supporte pas ses manières de vieux minet.

Chichemori intervient sur le réseau : « Goéland Mady, je signale un VL sombre, Opel je crois, plaques belges peu lisibles... Un seul occupant. »

Vingt secondes plus tard, la voiture débouche à l'entrée du parking. Elle passe sans ralentir et descend en direction de Saint-Dié.

Frantz, dissimulé en contrebas, confirme. Excité comme une sardine, Bobby glapit : « Frantz, tu bouges pas. Chichemori, tu le prends large et tu vois ce qu'il fait. J'ai dit large. »

La voiture de Chichemori reste insensible aux sollicitations du démarreur et le Belge disparaît de sa vue. Heureusement, Noël Kuony a pris l'initiative de le filocher. Surprise : il croise la voiture qu'il devrait suivre ! Le Belge a rebroussé chemin et se gare devant un hôtel désaffecté, à quatre cents mètres du col.

– C'est un piège ? s'interroge Bobby.

– Ou un complice en couverture du livreur ? imagine Mady.

– Ou une coïncidence, suggère Sancho. Un type qui passe et qui s'arrête un moment pour pioncer. Parce que votre Opel, je voudrais pas dire, mais c'est une Toyota. Et elle est neuve. En général, les trafiquants livrent dans des cranques bonnes pour la casse au cas où on les saisirait.

– T'es bon en marques de bagnoles, toi ? relève Bobby. C'est pourtant bien des plaques belges. Ça doit être notre mec...

– Si c'est lui, il va falloir le tirer dans le Haut-Rhin par la peau des couilles, constate Mady. Pour le moment, il est dans les Vosges, et nos pandores ne voudront jamais intervenir en dehors de leur juridiction.

– Ouais... Tu sais exactement où tu es, toi, dans ce noir ? C'est la même nuit, les mêmes sapins... Haut-Rhin, Vosges... C'est simplement un problème de rédaction...

Stand-by. Plus personne ne bouge. En vrai chasseur, Noël s'est approché à pied de la Toyota et annonce que le client roupille dans sa caisse :

– Je peux tout de même pas taper à la vitre et lui demander d'aller rêver plus loin à ses orgies de frites parce qu'on craint du grabuge dans le secteur, non ?

Vers 4 heures du matin, Sancho, assoupi, ébauche de timides ronflements, comme pour dire : « Je peux ? » Aucune objection n'étant émise, il s'enhardit et vrombit comme un vieux DC 4 qui s'arrache du sol plein gaz. Sur la banquette arrière, Bobby alterne souffles rauques et gémissements, à cause de sa jambe qui enfle sous le plâtre. Mady soupire. Les effluves âcres des deux mecs qui macèrent depuis la veille dans leur linge commencent à l'incommoder. Elle aussi se sent cradingue. Un peu de Chanel derrière les oreilles. Les narines de Sancho frémissent et il cesse aussitôt de ronfler. Mais le DC 4 se met alors à siffler comme s'il tombait en torche. Conclusion, pense Mady : pour descendre l'aviation ennemie, il suffit d'une pulvérisation de Chanel dans les réacteurs. Elle trouve durs les sièges baquets de la BMW et ses cervicales cliquettent quand elle se tourne. Elle irait bien faire pipi... Mais elle va devoir s'enfoncer dans les taillis et ses collègues ne vont pas la manquer. La radio va gazouiller des commentaires de la plus exquise délicatesse et comme elle sait parler le langage des mâles et qu'elle aime bien avoir le dernier mot, un long dialogue naturaliste risque de s'engager. Comment pourrait-elle en vouloir à « ces cons » en planque dans les bagnoles depuis vingt et une heure d'affilée ?

5 heures. Le jour se lève. Les lueurs roses vibrant à la cime des sapins annoncent une journée superbe. Soudain, la voix enrouée de Kuony tonne dans la radio : « Goéland Mady, le type à la Toyota vient sur toi. Je suis sûr que c'est notre mec. Je le sens. Il a dû aller planquer la dope en forêt, par sécurité. Terminé. »

L'information douche le dispositif qui s'ébroue. « Goéland Nono, bien compris, dit Mady. Je cesse l'écoute, je planque tout. » Et vogue le destin.

Mady sort de la BMW et, souriante, va au devant de la Toyota qui roule lentement. Au volant, un homme jeune, de type moyen-oriental, plutôt beau. Il s'arrête et descend, souriant aussi. Le genre à mettre les mains aux fesses d'abord et à compter fleurette ensuite :

– T'as argent ?

– Et toi, t'as le business ? demande Mady, aussi directe.

– Oui. Dans voiture.

L'essentiel est dit en sabir anglo-franco-turc. Le convoyeur insiste pour voir d'abord l'argent. Normal. Il est seul contre trois. Mady ordonne à son « chauffeur » d'ouvrir le coffre. Sancho descend en chemise, pivote sur lui-même en écartant les bras pour montrer qu'il n'a pas d'arme, et s'exécute. Mady déverrouille la mallette et le Kurde contrôle la matérialité du magot par-dessus son épaule en épousant les courbes de son dos. Il ne la colle pas, mais il n'y a entre eux que l'épaisseur d'une feuille de papier à cigarette. Pas celle d'un flingue. Car mine de rien, il palpe Mady. Donc, il redoute de se faire braquer. Mais il ne sent rien sous le taffetas et les liasses de biftons sont bien réelles. L'affaire va pouvoir se traiter.

Soudain, une bande de fadas en survêtement apparaît sur la route de Saint-Dié.

– C'est quoi, ces guignols ? dit Mady éberluée.

Sancho arque les sourcils en signe d'ignorance. Le Kurde devient nerveux. Ses yeux vont des sportifs à Mady en passant par les mains de Sancho pour finir sur l'éclopé bloqué sur sa banquette qui s'efforce de sourire. Mais un sourire de Bobby qui souffre et n'a pas dormi depuis vingt-quatre heures est aussi avenant que celui d'un coyote qui compose son menu dans un poulailler.

Des camionnettes publicitaires apparaissent alors dans le sillage des pantins qui se désarticulent dans leur survêt et Mady percute : c'est la marche Paris-Colmar ! Au lieu de casser l'opération Chèvres, ces fadas vont la servir. Mady explique au Kurde qu'il est impossible de faire l'échange sous le nez des marcheurs et des suiveurs qui vont défiler une bonne partie de la matinée. Sans compter les pandores qui accompagnent toujours les caravanes sportives.

– Va te garer là-bas, dans le petit chemin, dit-elle en désignant la zone farcie de gabelous embusqués. On te rejoint.

Mady est certaine que le Kurde a la dope. Son attitude en descendant de voiture et la « palpation de sécurité » à laquelle il s'est discrètement livré en contrôlant l'argent étaient révélatrices. Elle remonte en voiture et dit à Sancho :

– Allez, coco, excite-toi sur la pédale de frein. On le serre !

Gros Nan-Nan qui voit clignoter les feux stop de la BMW donne le top d'interpellation. Dès que la Toyota s'engage dans le chemin désigné par Mady, Sancho écrase l'accélérateur et s'arrache. Bobby qui a rebranché le micro hurle : « Serrez-le ! Serrez-le, ce porc ! » Mady sourit :

– Tu l'as mal regardé. Il est plutôt mignon...

Les moteurs qui rugissent en même temps finissent de réveiller la forêt. Les marcheurs, ahuris d'avoir trouvé plus fadas qu'eux, piétinent sur place.

Pour Mady et Bobby, les crampes d'estomac commencent. Pourvu que le type se laisse interpeller sans casse. Pourvu que la dope soit bien dans la Toyota. Pourvu... Pourvu...

– Qu'est-ce qui se passe ? Y a rien dans la radio...

Il se passe que le Kurde a compris qu'il était piégé en voyant une voiture avec deux occupants patibulaires lui barrer le chemin. Il fait une embardée pour l'éviter et fonce comme un fou vers la liberté en écrasant les myrtilles et les fraises des bois. La course poursuite s'engage dans les virages. Une fois de plus, Nono Kuony va sauver l'opération. Il rattrape le Kurde sur la départementale qui dévale sur Sainte-Marie-aux-Mines, le dépasse en labourant le bas-côté et, comme Bullitt dans les rues de San Francisco, réalise en dérapage un demi-tour parfait sur la route étroite. Voyant la R21 face à lui, le fuyard pile dans un crissement à un millimètre. Le reste de la meute aboyante le coince par l'arrière et sur le côté gauche. Sur son flanc droit, c'est le précipice. Le sous-bois sent le caoutchouc brûlé. Les portières claquent. Deux flingues louchent vers le trafiquant. Le Beretta d'un gendarme par la portière, et le 357 magnum de Noël Kuony par le pare-brise. Le Kurde laisse ses mains sur le volant. Ramequin et Furschmüller l'extraient sans ménagement de sa Toyota. Des pinailleurs y verraient une certaine forme de molestation. Mains sur le toit, jambes écartées à coups de pieds dans les tibias, palpation sommaire et pinces serrées dans le dos. Il faudra adoucir certains petits détails dans le PV d'interpellation pour ne pas effaroucher les âmes tendres qui sont l'honneur de la magistrature.

Tout est fini, Trois-Pets arrive. Son coéquipier Chichemori fait la gueule : à cause de lui, il a raté l'action. Mais Trois-Pets se hâte toujours d'arriver lentement.

Baldoni et Schwob fouillent la Toyota. Sans avoir posé la question rituelle mentionnée dans le manuel du douanier : « Transportez-vous des marchandises d'origine étrangère ? » Rien dans l'habitacle. Ramequin ouvre le coffre :

– L'extincteur. Il a l'air bizarre.

– Ouvre-le, dit Kuony. Non, pas comme ça. Donne.

Il dégoupille la manette, puis dévisse le capuchon.

– Cette poudre-là n'est pas ignifuge, si vous voulez mon avis, dit-il à ses collègues. Parce que vous voulez mon avis, n'est-ce pas ?

– Un peu, mon neveu ! dit Baldoni.

Alors Kuony prend sa radio et dit simplement : « Gagné ! » à l'intention du trio Mady-Bobby-Sancho qui attend sur le bas-côté de la route à trois kilomètres de là. Puis il ajoute : « Mais y a pas le compte. Il en manque la moitié. » Mady en oublie ses crampes d'estomac. Quoi ? Il n'y aurait pas « son » kilo ? Impossible. Il faut chercher mieux. Elle est certaine qu'il y est. Mais elle verra plus tard. Le trio regagne l'hôtel Mercure de Mulhouse. Mission de Sancho : dormir pour être en forme et ramener Mady et Bobby à Paris en fin de journée.

Les bureaux de la douane de Colmar, déserts en ce samedi, connaissent un regain d'activité. Il est 7 heures du matin et il y a exactement vingt-quatre heures d'horloge que les quinze douaniers et les trois gendarmes du dispositif sont sur le pont. Sans la moindre minute de détente. Et le repos n'est pas pour tout de suite, car la loi est formelle : la procédure douanière doit être formalisée « sans divertir », autrement dit sans perdre de temps. Les douaniers vont donc jouer les prolongations pendant huit ou neuf heures encore. Les gendarmes, officiers de police judiciaire, peuvent aller se coucher. Ils prendront la relève des gabelous quand ils en auront terminé avec la procédure douanière et commenceront la procédure judiciaire.

– Je vais taper les PV de synthèse, décide Trois-Pets.

– Surtout pas ça ! couine Kuony.

– Mais je suis...

– Mon supérieur hiérarchique, je sais, réplique Nono. Mais vu le nombre de conneries que tu fais quand tu rentres de tes cures de thalassothérapie avec le poil brillant et les neurones galvanisés, j'aime mieux pas penser à ce que tu vas inventer alors que t'es sur les rotules.

– Je te permets pas de mettre en doute mes compétences professionnelles !

– Je les mets pas en doute, je les mets en accusation !

– On en reparlera, menace Trois-Pets.

– Evidemment... puisqu'on en parle à chaque fois. Mais te sauve pas. Puisque t'es le chef, préviens le proc.

Puis Kuony, qui s'anime de plus en plus, appelle Mady au Mercure.

– On a pesé dans une pharmacie, sur la route. Il n'y a que 510 grammes.

– Oh ! les salopes de chèvres. On part à dix kilos, on descend à deux, et à l'arrivée il n'y aurait que 510 grammes ? Mais elles me prennent pour une conne ? Cherchez mieux. Je suis sûre qu'il y avait le kilo. Démerdez-vous pour trouver le reste.

– On a cherché. On a l'habitude. Y a pas plus.

– Moi, je dis qu'il y a plus. Que Ramequin, Furschmüller, Baldoni et Schwob retournent sur le terrain et fouillent les abords de l'hôtel désaffecté où poireautait le Kurde. Il a planqué la dope dans les parages soit pour me rouler, soit par sécurité. Ces 500 grammes qui manquent, il me les faut.

– OK... On y retourne, dit Kuony d'une voix lasse.

Il raccroche et vrille son index sur sa tempe :

– Mady a pété les plombs. Elle a désigné quatre volontaires pour retourner là-haut.

Les recherches reprennent. Quatre gabelous explorent le sous-bois dans un rayon de cent mètres autour de l'hôtel, pendant que les marcheurs de Paris-Colmar continuent à défiler.

Au garage de la douane, Chichemori et Pérez déshabillent la Toyota et lui font subir une « fouille à corps » qui frise les derniers outrages. Résultat après quatre heures de harcèlement : néant. Mady est folle de rage.

A 16 h 30, les douaniers nauséeux de fatigue remettent le Kurde et la procédure aux gendarmes reposés et rasés de près. La Toyota est saisie et confiée à la garde du receveur local des douanes qui la remise au garage-atelier de la direction départementale, à Mulhouse.

A 17 heures, au moment de reprendre la route pour Paris, Mady, toujours aussi enragée d'avoir été « volée » de cinq cents grammes d'héroïne, dit à Bobby :

– Et si j'appelais l'Asperge ?

– Fais ce que tu veux ! J'en ai marre. Ma guibole me torture et toi tu nous pompes depuis ce matin pour une livre de merde. Appelle même le Vatican si ça peut te faire du bien, mais lâche-nous, gémit Bobby.

Puis il ajoute avec calme :

– Cinq minutes après le top, on se tire. Si t'es dans la bagnole à ce moment-là, tu feras la route avec nous, sinon, tu prendras le train.

Mady engueule l'Asperge pendant une minute trente. Son convoyeur de merde lui a encore posé un lapin, dit-elle. L'Asperge appelle les « chèvres ». Leur conversation dure deux minutes trente. Il rappelle Mady et lui explique en cinquante secondes que ces dames s'étonnent, leur convoyeur étant parti depuis plusieurs heures avec un kilo d'héro très pure réparti dans deux sachets.

– Eh ! bien, il s'est tiré avec, parce qu'on ne l'a pas vu. Vous êtes vraiment des branques ! Je rentre à Paris, j'ai assez paumé de temps et d'argent. Salut, dit Mady en six secondes.

Quatre minutes cinquante-six secondes : quand elle arrive à la porte de l'hôtel, la voiture roule vers la sortie du parking. Bobby lui fait un signe d'au revoir. Mady met sa main gauche en cornet et la frappe du plat de la main droite. Et elle enchaîne sur un bras d'honneur de bonne facture. Bobby sent qu'il y a du nouveau. Il fait stopper Sancho et, paré de son sourire le plus charmeur, il attend Mady.

– Tu serais parti, salaud ? s'enquiert-elle en s'asseyant.

– Mais non. On allait acheter des clopes. Alors ?

– Alors, il y a encore 500 grammes dans la tire. Chauffeur, à Paris !

Mady passe son dimanche en solitaire à se convaincre qu'elle avait raison. Le lundi matin, elle monte voir le Vieux.

– Vous avez bien fait de venir, je voulais vous féliciter. 500 grammes d'héroïne, c'est bien.

– Il en reste autant à récupérer, patron.

– Je sais, mais 500 grammes, ça fera déjà bien dans les journaux.

– Ouais, mais un kilo, ça fera deux fois mieux...

– Faudra vous contenter de la moitié. La procédure douanière est close, on ne peut plus agir.

– Mais...

– Vous n'allez pas me foutre le bordel avec le parquet de Colmar, le juge et les pandores qui ont la commission rogatoire, hein ?

– Patron, les collègues étaient crevés, leur week-end était à moitié pété, les bobonnes faisaient la gueule, je comprends... Mais le boulot a été bâclé.

– Nom de dieu ! Vous allez me faire devenir chèvre ! Téléphonez au proc, aux gendarmes, arrangez-vous avec eux, mais dégagez de mes pattes ! Je vous donne quarante-huit heures pour dégoter ce complément de dope qui ne doit exister que dans votre imagination. Le Kurde voulait vous enfler, c'est clair. C'est un malhonnête.

– Tchao, patron !

– Bon vent ! C'est pas possible, une bonne femme pareille... Si les deux chèvres sont comme vous, les frangins Ozpinar devraient nous remercier de les avoir mis en taule, au moins, ils auront passé deux ans peinards.

Mady téléphone au garage-atelier de Mulhouse et fait un numéro de charme au jeune douanier qui est au bout du fil. Il n'est pas dupe.

– Vous n'êtes pas sur 3615-Piège à con, là. Vous désirez quoi, au juste ?

– Que vous démontiez la Toyota belge qu'on a saisie samedi. Il y a un demi-kilo d'héro planqué dedans.

A 17 heures, six heures après avoir donné le premier tour de clé à molette, le mécano rappelle Mady. Il a découvert deux sachets d'héroïne dans la console du tableau de bord. 502 grammes en tout.

Le beau-frère a pris quatre ans de prison. Mais les chèvres, elles, broutent toujours en liberté.

Annexe

## LES CHIFFRES DU TRAFIC DE LA DROGUE

En 1996, les saisies de drogue opérées par les douanes ont augmenté de 22 % par rapport à l'année précédente, portant à 42 tonnes les divers produits retirés du marché. Mais si 34,4 tonnes avaient été saisies en 1995, c'était exactement 20,1 tonnes de moins qu'en 1994 !

L'herbe de cannabis arrive en tête avec 10 tonnes saisies, soit trois fois plus qu'en 1995. Si cette augmentation des prises reflète l'amélioration des performances douanières, elle traduit surtout un très net développement du trafic. Car si la douane réalise de plus en plus de saisies lors de contrôles aux frontières ou lors de contrôles routiers, c'est que les passages « chargés » sont plus fréquents que par le passé. Trois nouveaux pays ont rejoint le club des producteurs traditionnels d'herbe de cannabis : la Thaïlande, la Grenade et... l'Albanie. Les récents événements d'Albanie ont d'ailleurs permis aux trafiquants emprisonnés dans leur pays de s'évader et de demander l'asile politique dans les autres pays européens.

L'importation illicite de résine de cannabis est restée stable avec 29,9 tonnes, provenant principalement du Maroc. Les promesses du roi Hasan II de combattre les « cultivateurs » de cannabis dans son royaume n'ont donc pas encore porté leurs fruits.

La cocaïne a connu une progression plus inquiétante avec une hausse de 131 %, soit 1 627 kg saisis, contre 704 en 1995. La Bolivie, la Colombie et le Pérou conservent le quasi-monopole de la production. L'Europe est devenue le deuxième marché au monde derrière les Etats-Unis.

Les saisies d'héroïne sont, elles aussi, en nette augmentation : 27,3 % de plus, avec 323 kg. Deux grandes zones géographiques produisent cette poudre : le Triangle d'Or, composé des régions les plus reculées de Birmanie, du Laos et de Thaïlande, et le Croissant d'Or, avec l'Afghanistan, l'Iran et le Pakistan. Et un électron libre : la Turquie.

Quand les douanes arrêtent des trafiquants lors des contrôles, elles ne s'en prennent qu'aux passeurs. Mais lorsque des douaniers clandestins infiltrés agissent, ce sont les grossistes qui vont en prison et les réseaux d'approvisionnement sont désorganisés pour plusieurs mois. C'est toujours cela de gagné pour la santé publique.

Table

Impression et finition
Saint-Paul France S.A.
55000 Bar le Duc
Dépôt légal : avril 1997
N° 4-97-0476